倍斯特出版事業有限公司
Best Publishing Ltd.

首選必考 新多益
金色證書 文法

一次滿足所有師生需求
集三種動物特長
一舉奪「金」

郭玥慧、
Jin Ha Woo ◎著

應考＋備考　　　　獵豹

獵豹一樣反應快，能即刻
殺試題。

教學解說　　　　貓頭鷹

貓頭鷹的特長，能查覺問題、
到問題癥結。

解題＋靈活運用　　浣熊

浣熊一樣思考靈活，能應對
題變化。

Author's Preface. 作者序

回想當年參加新多益考試的經驗，唯一的感想就是題目非常的繁多，所以考生如果了解的概念不夠多或解題的速度不夠快，要完成考試或考高分恐怕會很辛苦。因此我們撰寫了這本書，這本書包含了各種文法試題，且與市場上大部分的新多益書籍不同，我們不但指明能快速辨識解題重點的方法，讓考生能夠快速完成考題，也有更多時間可以做其他部分的考題。除此之外，這本書每題還提供了詳細的解釋，讓考生能夠更深入的了解一個文法概念與解題的重點，更加上相關的文法概念說明，讓考生不但可以面對書中的文法考題，更能輕鬆應付有變化的類似考題或是面對未來的其他考題。撰寫這本書的過程讓我深刻瞭解合作夥伴的重要，感謝編輯一路的扶持，感謝我的家人、朋友以及我最愛的 Karin 的鼓勵，他們的支持是我能完成這本書的原因。

郭玥慧

This innovative book will help students to prepare for the NEW TOEIC grammar section and to strengthen their English grammar skills in an effective and engaging way. Students will solve grammar problems related to practical and interesting topics commonly found on the TOEIC exam. Careful thought and consideration was put into selecting the grammar topics and problems to provide students with a beneficial and helpful learning experience. The grammar rules are reviewed and reinforced throughout the book to help students to remember what they learned.

Each grammar problem is followed by three different types of explanations. First, an explanation on how to solve each grammar problem quickly and accurately is provided. Next, a detailed explanation about each solution is provided. Finally, a related explanation about how each solution can be applied to similar problems/situations is provided. The comprehensive and in-depth explanations for each problem will not only benefit students who are preparing for the NEW TOEIC exam, but also students who wish to strengthen their English grammar and writing skills. Whether the goal is to get a high score on the NEW TOEIC exam or to do well in an English class, grammar is a necessary and important part of long-term English language learning success.

此創新書籍能幫助學生準備新多益文法部分，以更有效且有吸引力的方式學習。學生能解決常出現在新多益考試中與文法相關的實用和有趣的問題。文法主題和問題都經過精心挑選跟考量而選入，以提供學生有助益和幫助的學習體驗。在整本書中，文法規則均重複地探討和強化以幫助學生記住所學的概念。

每個文法問題均遵循三個不同類型的解釋。首先，提供了最快和精確地如何解決每個問題的解釋。接著，詳細提供了每個問題的解決之道。最後，提供了對於每個問題的相關解釋以及如何能應用於相似問題或情境中。對於每個問題廣泛且深入的解釋不只對正準備新多益考試的考生有助意外，也對希望強化他們英文文法和寫作技巧的有幫助。不論目標是否是在新多益考試中獲取高分或是在英語課堂中有好的表現，文法在長期的語言學習成就上都扮演者必需且重要的角色。

Jin Ha Woo

新多益測驗算是能夠經由短期、系統性的強化就能答對一定的題數的測驗，但是對大多數考生來說，在備考上一直缺乏全盤的規劃。許多經驗和方法都顯示其實對大多數考生而言問題根源在於學習方式、是否能以最有效的時間利用達到成果（即答對最多題數和用最短時間完成part 5和6，而有更多時間寫完part 7，當然程度極佳的考生一定能於時間內完成part 7）、懂得變通（題目固然要寫，但只寫無數題目卻不能舉一反三，應考時換個方式問，仍答錯，讀者需要的是要訓練出考不倒的實力）和了解原因（不徹底了解原因，可能答對某些題目卻在類似題型栽了）。

這次編輯部規劃了與市面上新多益解析書做出區隔的學習書，讓讀者不僅是「寫題目後對答案，再看錯在哪」的傳統學習模式，而是融入在數位學習、國外英語教學中常見的吸引點，以動物學習行為跟英語學習作結合，在學習中有學習意象、增添學習動力，集三種動物（獵豹、浣熊和貓頭鷹）學習特長，分別達到「秒殺」（以最短時間完成題目）、「變通」考題換個方式也不影響答題和「了解原因」（了解考題設計）。

此外，書籍中的三種學習方式更可以有更靈活的使用，例如：即將應考者可以只看獵豹學習方式直接掌握關鍵，有較長時間準備者可以三種學習法都看，貓頭鷹的學習法尤其更適合用於英語教學，讓部分需要知道

為什麼選這個選項的學生或學習者能解惑與深刻記憶該考點（用「語感」或「就是選這個選項」其實某種程度對學習者來說是個敗筆，因為並不能讓學習者釋疑，就如同愛因斯坦說的如果不能講解到讓六歲小孩都懂，那你其實不懂的意思是一樣的），而浣熊的學習法包含了舉一反三跟可能會被考官改寫成的句子，很值得學習者多看，遠勝過寫一堆題目，最後祝所有讀者透過這三種方式徹底了解文法概念，以最全面的方式準備勇奪新多益金色。另外要特別感謝玥慧跟韓籍作者Jin在這本書付出許多心思，完成了這本浩大的工程，衷心向您推薦這本文法書。

編輯部 敬上

三種動物對新多益考試的應對之道

● 浣熊（靈活型）

性格｜
懂得融會貫通、見樹見林

解題+靈活運用｜
讓學習者能舉一反三、不被考倒
→ 用「浣熊」答題攻略，換個題目也能答對。

● 貓頭鷹（理解、思考型）

性格｜重理解、求知慾強

教學解說｜讓學習者的疑惑得到解答、有所成長
→ 用「貓頭鷹」學習法，讓學習者知道為什麼。

獵豹（速捷型）

性格｜迅速、最短時間內完成目標

應考+備考｜讓學習者相信自己做得到、有成就感
→ 用「獵豹」方式應考，在時限內完成答題

Marketing
行銷 1
UNIT 5

❶ She interviewed young adults in Tokyo so that she was able to do an ------- of consumer trends in the fashion market.

(A) analyze　(B) analysis　(C) analytics　(D) analyzing

翻譯 (B) 她造訪東京的年輕人以分析流行服裝市場中的消費者趨勢。

🐆 5 秒「秒殺」

＋ 看到整個句子目光直接鎖定在「doing an ＿＿＿ of ...」，空格前為 an，冠詞 an 後面一定要接名詞，且必須是以母音開頭的單數名詞，即是選項(B) analysis。

＋ 選項(A)與(D)皆為動詞，因此不可選。常見的動詞形式為 analyze、analyzed 或 analyzing。即使選項(C)是名詞，卻是複數名詞，同 analyses（analysis 的複數），因此不可選。

🦉 了解原因

＋ 本題句型被稱為「複合句」，因為它含有一個從屬子句以及一個獨立子句。獨立子句必須含有一個主詞與一個動詞。根據英語的 S-V-O 句型，動詞後面通常跟著受詞（名詞、代名詞或片

12

● 每個單元的例句均為新多益必考的商業情境主題：
一般商務、辦公室、人事、採購、財務與預算、經營管理餐廳與活動、旅行、娛樂、健康。
（**P.S.** 應考前務必確認自己熟悉各主題的相關單字跟文法考點）

● 請謹記這是考試，分秒必爭，請務必訓練自己看到題目時，目光只鎖定句子某一間隔段，並充分使用自己所學的文法，答對題目。
（**P.S.** 若遇到選項均為同詞性或單字題等例外，無法利用技巧性投機答題時，請務必要讀完整句，利用上下文的文意推敲等，確認文意後再答題）

● 獵豹學習法在某方面有其侷限，所以時間充裕的情況下，請也花些時間看完貓頭鷹學習法，它能協助你補強一些你忽略的部分和文法觀點，更深入了解原因。

● 超精心規劃，請務必於寫完每單元試題後，對照看，在考場中遇到相同文法考點、題目換個方式問或稍做變化也要確保自己能答對。

語），因此在動詞 doing 後，可預期會是個受詞，如名詞 analysis。

＋ 此外，名詞前可能直接是冠詞（a、an 或 the）或是接著冠詞與形容詞，因此，如果空格前為冠詞，則空格內有可能為名詞或形容詞。因為空格後為介系詞 of，而不是名詞，空格內不可能是形容詞。冠詞 an 後須為母音開頭的單數名詞，但有些名詞，如 honor，第一個字母雖是子音但並不發音，表示這個字的第一個音是個母音，冠詞應使用 an。

🦝 靈活變通‧舉一反三

＋ 補充：辨識一個詞是否為名詞最簡單的方法，便是測試其是否可以直接在冠詞或量詞（some、a lot、man）、或者能否改為複數（不可數名詞除外），以及是否能放入「冠詞＋形容詞＋名詞」的結構。analysis 這個字可以接在冠詞 an 與 the 後面，可以改成複數形的 analyses，且可以用在「冠詞＋形容詞＋名詞」的結構，如 the complete analysis，由此可見 analysis 是個名詞。

＋ 改寫：

1 To interview young adults in Tokyo, she was able to analyze consumer trends in the fashion market. (此時要選 analyze)
面試東京的年輕成年人，她才能分析消費者在時尚市場的趨勢。

2 Analyzing consumer trends in the fashion market requires a thorough survey or enough interview data from young adults in Tokyo. (此時要選 analyzing)
在時尚市場分析消費者趨勢需要從東京年輕的成年人進行徹底的調查或是收集足夠的面試資料庫。

13

CONTENTS 目次

Part 1
一般商務、辦公室

Part 2
人事、採購、財務與預算

Part 3
Management Issues 經營管理

Part 4
餐廳與活動、旅行

Part 5
娛樂、健康

Part 1
一般商務、辦公室

	學習進度規劃	延伸學習
單字	Part 1包含合約、行銷、保固、商務規劃、會議、電腦與網路、辦公室科技、辦公室程序和電子產品九大類主題，每天使用零碎時間完成一個主題後將每個主題相關字彙跟例句都記起來。	浣熊改寫句中出現的單字，記誦同個主題或類別的字，例如Unit 1中出現了interview 面試、analyze分析、consumer消費者、trend趨勢、fashion流行、market市場等等相關用字，可抄錄於筆記本中做背誦。
文法	使用【獵豹→貓頭鷹→浣熊】逐步且漸進式的學習邏輯，每完成一個主題後徹底了解每題的文法概念並做複習。	從貓頭鷹解題中出現的文法概念，可以找相關的慣用語搭配，背誦不定詞跟動名詞用語。
分數段	550-650	位於此分數段的學習者仍需掌握更多複雜的文法概念，例如動名詞當主詞後句子中的主要動詞需用單數，讀者需精讀part1收錄的40個精選文法概念。

Contracts
合約 ❶

❶ A contract without formal acceptance is usually not considered to be ------- binding to either party.

(A) legal　(B) lawful　(C) legally　(D) law

中譯▶ (C) 未經正式接納的合約在正常情況下通常不對任何一方有法律約束力。

5 秒「秒殺」

✦ 看到整個句子目光直接鎖定「considered as ----- binding」，空格後為 binding，形容詞 binding 前必須接副詞，許多副詞皆以 -ly 結尾，如本題選項(C) legally。

✦ 選項(A) legal 與(B) lawful 皆為形容詞，因此不可選。選項(D) law 為名詞，同樣不可選。

了解原因

✦ 本題重點為詞性的搭配。考生可先藉由「A contract…is… considered (to be)」的結構，to be 後沒有冠詞等，推測 binding 為形容詞。考生也須了解形容詞會搭配副詞，藉由副詞來修飾形容詞本身，通常置於形容詞前方，如本題選項(C)

legally，用來修飾形容詞 binding，表示是在「法律上」具有約束力。

✦ 選項中的 legal 與 lawful 有常見的形容詞結尾 -al 與 -ful，可判斷為形容詞。而 law 為名詞，以上皆無法修飾句中的形容詞 binding，都不選。

➡ 靈活變通、舉一反三

✦ 補充：

考生可多利用單字結尾來推測詞性，即使遇到沒有背過的單字，也可找出正確答案。常見的副詞結尾除 -ly 之外，還有 -ward（如 forward）或 -wise（如 likewise）。考生也需特別注意有些字雖是 -ly 結尾，卻是形容詞，如 friendly、fatherly 或 oily。或是有些形容詞，如 high, hard, late，本身是形容詞也是副詞，但加上 -ly 後，卻變身為不同意思的副詞。副詞除了修飾形容詞之外，也可被用來修飾動詞、其他副詞或修飾片語與句子，因此當題目空格出現在這些詞的前後，都可能需要填入副詞。副詞可能出現在動詞前後（如 rapidly increased 或 increased rapidly）。副詞也可能在前修飾其他副詞（如 dropped unusually quickly）。副詞也可能修飾整個句子（如 Consequently, the case has been overturned.）。

✦ 改寫：

▇ A contract that violates the basic rights you have as a human is not **legal**.（此時要選 legal）一份違反基本人權的合約是不合法的。

▇ The lease includes a clause that contradicts the **law** and violates tenant rights.（此時要選 law）那份租約有一條內容和法律相牴觸並違反承租人的權利。

Contracts
合約 ❷

❷ The renewal of the contract is ------- unless a six-month termination notice is received.

(A) automatic   (B) automation

(C) automatically   (D) automaton

中譯 ▶ (A) 除非提前六個月收到合約終止通知,否則合約會自動續約。

5 秒「秒殺」

✦ 看到整個句子目光直接鎖定「The renewal... is -----」,空格前為 is,是一種聯繫動詞,後多接形容詞,故應選用來修飾主詞的形容詞 (A) automatic。

✦ 選項(B) automation 與(D) automaton 皆為名詞,常見的名詞結尾如 tion, sion, ness, ment,空格前無冠詞或形容詞,推測空格非名詞。選項(C) automatically 為副詞,空格後無動詞或形容詞,不可選。

了解原因

✦ 本題考的重點同樣為詞性的搭配。考生可只注意主詞中的重點字 the renewal,忽略後續僅作限定或形容的字(of the contract),並注意 be 動詞 is。Be 動詞是連綴動詞的一種,不表示動作,而用來連繫主詞與後面的詞(補語),多接形容

詞，如 She is pretty. 或 I am smart. 等。

✦ Be 動詞後也可能是名詞（如 They are students.）。但選項中的 automation 與 automaton 雖為名詞，在語意上與本句不合，不可選。選項中的 automatically 為副詞，無法修飾名詞 the renewal，故不選。

靈活變通、舉一反三

✦ 補充：

連綴動詞除了 be 動詞外，還有如 look, taste, remain, keep, become, get 等，連綴動詞後一定要有補語，這些連綴動詞後面的補語基本上必須是形容詞（如 That looks delicious. 或 He remained silent during the trial.），想使用名詞必須先接上其他字（如 She looks like a sweet girl.），僅部分連綴動詞可直接加上名詞（如 He became a frog.）。應注意單數可數名詞前時常會加上冠詞，如選項中可數的 automaton 前可能會加上 an 或 the。然而，很多情況下也不需冠詞，端看名詞種類以及想要修飾或限定的範圍，如選項 (B) automation（表「自動化技術或系統」）屬表整體概念的抽象名詞，前面基本上不加冠詞。

✦ 改寫：

1 The first thing we want to introduce into the old factory is **automation**.（此時要選 automation）我們第一個想要引入這間舊工廠的就是自動化。

2 All the information needed will be **automatically** downloaded from the database.（此時要選 automatically）所有需要的資訊都會自動下載進資料庫。

Contracts
合約 ❸

UNIT 3

❸ ------- an employment contract may sound intimidating, especially for a new graduate.

(A) negotiate　　(B) negotiation　　(C) negotiating　　(D) negotiated

中譯 (C)（與雇主）談判聘僱契約可能聽起來很恐怖,尤其對職場新鮮人來説。

⟶ 5 秒「秒殺」

✦ 看到整個句子目光直接鎖定「----- an... contract...sound」,空格在主詞位置,應選原形動詞改為動名詞的選項(C) negotiating,才可作主詞。

✦ 選項(A) negotiate 與(D) negotiated 分別為原形動詞與過去分詞,不可置於主詞位置。選項(B) negotiation 為名詞,後不接冠詞,故不可選。

⟶ 了解原因

✦ 本題為動名詞作主詞的概念。原形動詞(以及選項中的過去分詞)不可作主詞,故不選(A)或(D)。動詞須改為動名詞(Ving)才可當作主詞,仍帶有動作的含意。在本題目中,negotiating 連

同後面名詞 an employment contract 一併作為主詞，主要動詞則為 sound（連綴動詞），後接補語 intimidating，到此已為一完整句子。

✦ 名詞也可接名詞作為主詞，為複合名詞的一種，中間可能有空格或連字號，也可能不留空格（如 benefits package、fund-raiser 或 marketplace），但名詞與名詞間不會有冠詞，因此本題空格不可選 (B)。

靈活變通、舉一反三

✦ 補充：

如本題，動詞可改為動名詞作主詞，也可改為不定詞 to + V.，當作主詞，否定時則使用 not Ving（或 not to + V.）。以動名詞或不定詞當主詞時，需視為一件事，故動詞須使用第三人稱單數（如 Recruiting applicants is not as easy as people think.），本句的主詞為「招募面試者」這件事，因此動詞使用單數 is，千萬不要因為 applicants 而使用複數形的動詞。唯有當主詞有兩個動名詞（或不定詞）時，視為兩件事，並使用複數動詞（如 Providing economic security and protecting civil rights are the most urgent now.）。

✦ 改寫：

1 The **negotiation** process of the agreement has reached its final stage.（此時要選 negotiation）合約的談判已經到達最後階段。

2 Being **eliminated** after years of preparation is extremely frustrating.（此時要選過去分詞 eliminated）在多年的準備後被淘汰是很讓人挫折的。

Contracts
合約 ❹

UNIT 4

❹ During mediation last week, the company attempted ------- with the manufacturer but failed.

(A) to settle　(B) settling　(C) settled　(D) settle

> **中譯** (A) 在上周的調停中，這家公司曾嘗試與製造商和解，但並沒有成功。

➡ 5 秒「秒殺」

✦ 看到整個句子目光直接鎖定「attempt -----」，空格前為動詞 attempt，attempt 後的動詞必須是不定詞，即(A) to settle。

✦ 選項(B) settling 為動名詞，選項(C) settled 為過去分詞，選項(D) settle 為原形動詞，都不可接在動詞 attempt 後，故不可選。

➡ 了解原因

✦ 本題重點為動名詞與不定詞的概念。本題應先注意一個句子不可以有兩個動詞，若要有兩個動詞，須透過適當的連接詞（如 and, so, that, if, although 等）連接兩個子句或其他文法概念。

✦ 當句子有連續兩個動詞時，第二個動詞必須改為動名詞（Ving）或不定詞（to V.），故(C)與(D)不可選，而使用動名

詞或不定詞會因第一個動詞不同，本題空格前為動詞 attempt，後方不選其他動詞形態，必須使用不定詞，故選(A)。

⮕ 靈活變通、舉一反三

✦ 補充：

如前述，在某些動詞後的動詞需使用動名詞（如 discuss, recommend, suggest, mind, avoid, enjoy, appreciate 等），而有些動詞後需使用不定詞（如 attempt, expect, refuse, offer, fail, strive, pretend, volunteer 等）就必須接不定詞，通常需要個別熟記，另一個協助判斷的方法是，當第一個動詞有未來動作等意思時，後面使用不定詞；當第一個動詞表達持續事實或狀態時，使用動名詞。又有些動詞後可用動名詞與不定詞，如 like、prefer 或 hate，基本上意思沒有太大的差異，但動名詞仍較自然，且較有持續事實或狀態的意義。另外有些動詞，接動名詞或不定詞則各有不同意思，如 forget、remember 或 stop，「stop + 動名詞」表停下來做某事，「stop + 不定詞」表停下某事去卻做別的事。

✦ 改寫：

1️⃣ The lawyer recommended **settling** with the manufacturer to avoid a costly legal battle.（此時要選 settling）律師建議與製造商和解，以避免昂貴的法律訴訟。

2️⃣ The lawyer recommended that we **settle** with the manufacturer to avoid a costly legal battle.（此時要選 settle）律師建議與製造商和解，以避免昂貴的法律訴訟。

Marketing
行銷 ❶

UNIT
5

❺ She interviewed young adults in Tokyo to do an ------- of consumer trends in the fashion market.

(A) analyze　(B) analysis　(C) analyses　(D) analyzing

中譯▶ (B) 她訪問東京的年輕人以分析流行服裝市場中的消費者趨勢。

➡ 5 秒「秒殺」

✦ 看到整個句子目光直接鎖定「do an ----- of」，空格前為 an，後面一定要接名詞，且必須是以母音開頭的單數名詞，即是選項(B) analysis。

✦ 選項(A)與(D)皆為動詞，不可選。選項(C) analyses 為 analysis 的複數形，因此不可選。

➡ 了解原因

✦ 本題句型被稱為「複合句」，因為它含有一個從屬子句以及一個獨立子句。獨立子句必須含有一個主詞與一個動詞。根據英語的 S-V-O 句型，動詞後面通常跟著受詞（名詞、代名詞或片語），因此在動詞 do 後，可預期會是個受詞，如名詞 analysis。

✦ 此外，名詞前可能直接是冠詞（a、an 或 the）或是接著冠詞與形容詞，因此，如果空格前為冠詞，則空格內可能為名詞或形容詞。因為

空格後為介係詞 of，而不是名詞，空格內則不可能是形容詞。冠詞 an 後須是母音開頭的單數名詞，因此，本題才會選擇兩個條件都符合的 analysis。

➡ 靈活變通、舉一反三

✦ 補充：

辨識一個詞是否為名詞最簡單的方法，便是測試其是否可以直接接上冠詞或量詞（如 some, a lot, many 等），或者能否改為複數（不可數名詞除外），以及是否能放入「冠詞＋形容詞＋名詞」的結構。名詞 analysis 可以接在冠詞 an 與 the 後面，也可以改成複數形的 analyses，且可以用在「冠詞＋形容詞＋名詞」的結構（例如 the complete analysis），由此可見 analysis 是個名詞。此外，單字字尾也常常可協助判斷詞性，常見的名詞字尾有 ity, ence, ment, tion, sion, ness 等。最後須注意的是冠詞後所接的名詞須視字母的發音並非全以 a. e. i. o. u. 決定，例如 an hour。

✦ 改寫：

1 After interviewing young adults in Tokyo, she was able to **analyze** consumer trends in the fashion market.（此時要選 analyze）訪問過東京的年輕人後，她能夠分析流行服裝市場中的消費者趨勢。

2 **Analyzing** consumer trends in the fashion market requires a thorough survey or enough interview data.（此時要選 analyzing）分析流行服裝市場中的消費者趨勢需要充分的調查與足夠的訪問資料。

Marketing
行銷 ❷

UNIT 6

❻ The best-selling smartphone ------- the market has an attractive design, useful features, and cutting-edge functions.

(A) on　(B) in　(C) from　(D) of

中譯 ▶ (A) 市場上最熱銷的智慧型手機有迷人的設計、實用的特色與最尖端的功能。

➡ 5 秒「秒殺」

✦ 看到整個句子目光直接鎖定「----- the market」，片語「on the market」最符合句意，用來表示「開始販賣的、已經可以買到的」，故填選項(A) on。

✦ 選項(B) in 合成的「in the market」表「特定地點」。選項(C) from 指來源。選項(D) of 組成的「of the market」表市場的一部份。與本題語意不合，皆不選。

➡ 了解原因

✦ 本題重點為介系詞。介系詞通常出現在名詞前，表示名詞與其他字的關係，本題中 on 在 market 前表示 best-selling smartphone 與 market 的關係。本題空格前後為名詞，且語意不

明確，可知缺少介系詞。而判斷正確答案可藉由帶入選項以確定關係是否清楚合理。

✦ 此外，也可熟悉介系詞的用法與含意或熟記常用的介系詞片語，如本題的 on the market 屬慣用語，指「市場上可以買得的」。

➡ 靈活變通、舉一反三

✦ 補充：

本題選項中皆為常用的介系詞，各能呈現不同關係。介系詞 on 指物體表面（on the table）、特定的一天（on Wednesday）、裝置或機器（on the phone）、身體部位（on the phone）或狀態（on fire）。介系詞 in 指地點、形狀、顏色、尺寸、意見、興趣等（如 in the park, comes in three colors）。介系詞 of 則用來表達關係、連結或是特定數量（如 the door of the room, two bowls of rice）。介系詞 from 則指起始點或來源（如 came from the park）。其他常見的介系詞還有可表地點或時間的 at（如 at the gym, at 10:45）或是可表時間或方法的 by（如 by tomorrow, by train）。

✦ 改寫：

1 I have been looking for the best-selling smartphone **in** the market.（此時要選 in）

我尋找了市場內銷售最好的智慧型手機。

2 The best-selling smartphone accounts for 40% **of** the smartphone market share.（此時要選 of）

銷售最好的手機佔了智慧型手機市場的 40%。

Marketing
行銷 ❸

UNIT
7

❼ To attract the attention of younger consumers, the company -------- advertised on social media websites rather than the newspaper.

(A) do (B) is (C) have (D) should have

中譯 (D) 那間公司本該用社群媒體網站打廣告來吸引年輕消費者，而非報紙。

➡ 5 秒「秒殺」

✦ 看到整個句子目光直接鎖定「the company ------ advertised」，空格前為單數名詞，後有主要動詞，空格內應填符合語意且可用在單數形名詞的助動詞，故選(D) should have。

✦ 選項(A) do 與選項(C) have 用在非第三人稱單數名詞上，不可選。選項(B) is 為單數形，但形成被動語態，語意不合，不選。

➡ 了解原因

✦ 本題重點為主詞動詞一致以及假設語氣。本題的「should have + 過去分詞」是用來表示與過去事實相反的一種假設，含「本來應該...」的意思，而本題空格後的主要動詞為過去分詞，且想

表達的句意為「本來應該使用社群媒體」，故應選擇(D) should have。此外，本句主詞為單數形，should 不論單複數名詞皆可共用，故有達到主詞動詞一致。

✦ 其他選項與子句主詞或是本句語意皆不合，不選。

➡ 靈活變通、舉一反三

✦ 補充：

助動詞用來協助主要動詞形成不同的時態或語氣等，常見的助動詞為 be, have, do。助動詞 can, will, should, could, would 等後面應該使用動詞原形，且通常表示現在或未來的事件（如 I will call you in a minute. 或是 You should talk to the manager about it.）。英語中一句話中一般動詞只能有一個，但助動詞卻可有好幾個，如本句的 should have 便是例子之一（其他如 will have been... 或是 must have been being...）。而本句的結構則是對過去的假設，類似 should have + p.p. 的結構還有 could have + p.p. 與 would have + p.p.，單複數皆同形，故單數複數主詞皆可搭配使用（如 We could have finished. 或是 She would have helped.）。

✦ 改寫：

1 To attract the attention of younger consumers, the companies **have** advertised on social media.（此時要選 have）
那家公司在社群媒體上打廣告以吸引年輕消費者。

2 Social media **is** used by the company to attract the attention of younger consumers.（此時要選 is）
社群媒體被那間公司用來吸引年輕消費者的注意。

Marketing
行銷 ❹

UNIT 8

❽ Companies encourage celebrities and athletes to use their products because it will lead to ------- awareness and increased revenue.

(A) more　(B) many　(C) a couple of　(D) several

中譯▶ (A) 各家公司鼓勵明星與運動員使用他們的產品，因為可以提升認知度與增加收益。

➡ 5 秒「秒殺」

✦ 看到整個句子目光直接鎖定「-----awareness」，空格後為不可數名詞，空格內應填可搭配不可數名詞的形容詞，即選項(A) more。

✦ 選項(B) many、(C) a couple of 與選項(D) several，都只能接可數名詞，故不可選。

➡ 了解原因

✦ 本題重點為正確的量詞。從句子結構可判斷 awareness 為名詞、空格須填修飾名詞的形容詞。選項皆為量詞，也就是限定程度與數量的形容詞，而名詞的可數與不可數決定可使用的量

詞。

+ 選項(B)到(D)的量詞都只能放在可數名詞前（如 many celebrities, a couple of celebrities, several celebrities），而選項(A) more 則可數與不可數名詞都可使用（如 more awareness 或 more celebrities）。而本題中的 awareness 屬於不可數名詞，故只能使用選項(A) more。

➡ 靈活變通、舉一反三

+ 補充：

英語中的名詞可分為可數以及不可數名詞。其中不可數名詞無法直接計算、改為複數形或進一步分解為小部分，包含抽象名詞或代表活動、液體與部分食物的名詞（例如 time, illness, juice, rice 等）。不可數名詞後方需使用單數動詞（如 Water is essential.）。不可數名詞一般不需冠詞，若要加冠詞，只能用 the（不可使用不定冠詞 a/an）。若要使用量詞，僅能使用特定能接不可數名詞的量詞，如 much, little, less 等，或同時可接可數與不可數名詞的量詞，如 some, any, enough, lots of, most, more 等。

+ 改寫：

1 **Several** celebrities used their product.（此時四個選項都可用）
好幾個藝人使用了他們的產品。

2 The endorsement led **several** consumers to become interested in the product.（此時四個選項都可用）
這次的代言讓數個客戶對這項產品有興趣。

Warranties
保固 ❶

UNIT 9

❾ She argued with the ------- when she found out that accidental damage was not covered by the basic warranty.

(A) manage　　(B) manageably　　(C) manager　　(D) manageable

中譯 ▶ (C) 當她發現意外損壞不含在基本保固內時,和經理吵了一架。

⇒ 5 秒「秒殺」

✦ 看到整個句子目光直接鎖定「**She argued with the -----**」,空格前方有主詞與動詞,空格內應填受詞,即選項(C) manager。

✦ 選項(A) manage 為動詞,選項(B) manageably 為副詞,選項(D) manageable 為形容詞,與本句不合,不可選。

⇒ 了解原因

✦ 本題重點為正確詞性。由句子結構可判斷有主詞與動詞,且空格前為介系詞 with 與定冠詞 the,後無名詞,故空格應填入名詞當作受詞。

✦ 解題時可先判斷空格內應填的詞性。選項(A)為動詞,選項(B)有副詞常見詞尾 -ly,故可判斷為副詞,選項(D)有形容詞常見詞尾 -able,為形容詞,而選項(A)前可接冠

Unit 9｜保固

1
一般商務、辦公室

2
人事、採購、財務與預算

3
經營管理

4
餐廳與活動、旅行

5
娛樂、健康

詞或數量詞、可改為複數形、可加上形容詞，且有名詞常見詞尾 -er，故可判斷為名詞，故本題填入(A)的 manager。

➡ 靈活變通、舉一反三

✦ 補充：

判斷詞性時，除了前面說過的，可由字尾等方式判斷外，也可以藉問題判斷詞性。主詞會是名詞，因此可回答 who 或 what 等問題，如本題主詞是 she，會是「Who argued?」的答案。動詞會是「What is (the subject) doing?」的答案。受詞則可回答 whom 或 what 問題。形容詞可用來回答「What kind?」或「Which one?」。此外，置放位置根據詞性也會有不同，如形容詞可能置於名詞前或後（如 a busy man 或是 something useful），甚至動詞後來修飾名詞（如 The man is busy.）。副詞修飾動詞、形容詞或副詞，置放的位置較不限（如 He carefully opened the box. 或 Carefully, he opened the box.）。

✦ 改寫：

1 **Manageable** problems are usually assigned to the rookie, whereas unmanageable tasks are given to experienced executives.（此時要選 manageable）

可處理的問題通常交給新人，而較難處理的任務則派給有經驗的管理階層。

2 To **manage** the problem in an efficient manner, she asked the sales rep for help.（此時要選 manage）

為了更有效率的處理這個問題，她請業務幫忙。

Warranties
保固 ❷

UNIT 10

❿ My car has the ------- warranty of all because it covers damages for three years and includes roadside assistance.

(A) reliablest　　　(B) most reliable

(C) more reliable　　(D) most reliablest

中譯 ▶ (B) 我的車的保固最可靠，因為它包含三年的損傷保固與道路救援。

➔ 5 秒「秒殺」

✦ 看到整個句子目光直接鎖定「**My car has the ----- warranty of all**」，空格後為名詞，且後有 **of all**，空格內應填形容詞最高級，即選項(B) most reliable。

✦ 選項(A) reliablest 為錯誤的最高級形，選項(C) more reliable 為比較級，選項(D) most reliablest 為錯誤形，皆不可選。

➔ 了解原因

✦ 本題重點為形容詞最高級。本題已有主詞與動詞，且空格後有名詞，空格前應填形容詞，又空格前有 the，而不見比較級常出現的的字眼，如「as + 形容詞」或「形容詞 + than」，且從 of all 明

顯可看出比較的東西超過兩件（如所有的保固之中），故形容詞須使用最高級。

✦ 最高級可能是形容詞尾加 -est 或形容詞前加 the most，當單字為單一音節時（與部分雙音節）可直接加 -est，但部分雙音節與全部三個音節以上的單字則在前加 the most。選項中的 reliable 有四個音節，應使用 the most，故選(B)。

➔ 靈活變通、舉一反三

✦ 補充：

形容詞或副詞的比較有三種，原級、比較級與最高級。原級為 as + 形容詞 + as，用來比較兩樣東西，但結果一樣或難分高下（如 as tall as 或是 as reliable as）。比較級為 -er 或 more + 形容詞，用來比較兩樣東西，且結果有差別時，兩樣東西之間需要加 than（如 taller than 或 more reliable than）。最高級則為 -est 或 most + 形容詞，前面時常使用定冠詞 the，用來比較三樣或以上的東西，且結果有差別時（如 the tallest 或是 the most reliable）。副詞也是同樣的使用方式（如原級的 as hard as，比較級的 faster 或 more gently，以及最高級的 latest 或 the most quietly）。

✦ 改寫：

1 My car has a **more reliable** warranty than my neighbor's car.（此時要選 more reliable）我車子的保固比我鄰居的更可靠。

2 I decided to choose the **more reliable** warranty between the two.（此時要選 more reliable）我決定選擇兩個之間比較可靠的那份保固。

Warranties
保固 ❸

UNIT 11

⑪ The number of units sent back for replacement ------- more than we expected so the product was pulled off the market.

(A) is　(B) are　(C) was　(D) were

中譯 (C) 送回更換的產品量比我們想像的多，所以產品被下架了。

5 秒「秒殺」

✦ 看到整個句子目光直接鎖定「The number of…------ more than we expected」，空格前為 the number of，且整句為過去式，空格應填過去式的單數動詞，即選項(C) was。

✦ 選項(A) is 為現在式的單數動詞，選項(B) are 為現在式的複數動詞，而選項(D) were 為過去式複數動詞，皆不可選。

了解原因

✦ 本題考的重點是 the number of 的用法。片語 the number of 表達數量，後接複數名詞（如 the number of students），但卻須視為單數，故後方使用單數動詞。

✦ 本句主詞為 the number of 接上複數名詞 units，加上修飾語 sent back for replacement，句中無主要動詞，空

Unit 11 | 保固

1
一般商務、辦公室

2
人事、採購、財務與預算

3
經營管理

4
餐廳與活動、旅行

5
娛樂、健康

格中應填入單數主要動詞，故不選為複數動詞的選項(B)與選項(D)。又從句子中的 expected 等可判斷句子談論過去事件，故選擇過去式的選項(C) was，而非現在式的選項(A)。

靈活變通、舉一反三

✦ 補充：

與本句中 the number of 很類似的片語為 a number of。片語 a number of 後方同樣使用複數名詞，表「數個、一些」，故視為複數，使用複數動詞（如 A number of students are in the classroom.）。以上兩個片語 the number of 與 a number of 後面接的複數名詞可以是人或事物，而另有 amount 以及 quantity 則通常與事物共用，其中 amount 與不可數名詞使用，quantity 則能搭配可數或不可數名詞（如 A large amount of time is spent weekly on maintenance. 以及 They found a large quantity of weapons.），注意 a large amount 後方使用單數動詞，而 quantity 本身也可使用複數，故後方動詞可能為單數或複數（如 a large quantity of water is… 以及 large quantities of water are…）。

✦ 改寫：

1 A number of products **were** sent back for replacement.（此時要選 were）

數個產品被寄回要更換。

2 The number of units sent back for replacement **is** more than we expect and something needs to be done.（此時可選 is）

送回更換的產品量比我們想像的多，我們需要採取行動。

Warranties
保固 ❹

UNIT 12

⓬ If the item is not repaired ------- the end of the warranty period, the warranty period will be extended.

(A) by　(B) on　(C) in　(D) until

中譯▶ (A) 如果這個產品在保固期間的尾聲還沒修好的話，保固期限會被延長。

⇒ 5 秒「秒殺」

✦ 看到整個句子目光直接鎖定「----- the end of the warranty period」，空格後為截止的時間 the end of...，空格應填適當的介系詞，即選項(A) by。

✦ 選項(B) on 可表某日，選項(C) in 與較長的時間共用，選項(D) until 表「直到」，皆不選。

⇒ 了解原因

✦ 本題考的重點是時間介系詞用法。介系詞 by 可表示「不晚於」，會用來表達某個截止的時間點（如 by Monday）。本句空格後為 the end of 與其他選項的介系詞都不符，只能使用 by 來表示「保固時間截止前」。

✦ 介系詞 on 可和表某日的詞共用（如 on Monday 或 on April 25），介系詞 in 則可和月份、季節或年份等較長的時間共用（如 in summer 或 in 2020），而介系詞 until 則表示直到某個時間點，以上語意都不合，不選。

➡ 靈活變通、舉一反三

✦ 補充：

句中 by the end of… 表「在…結束之前」，而另外常見的片語還有容易混淆的 in the end 與 at the end。副詞片語 in the end 單獨使用，表示「最終、最後」的意思（如 In the end, they met each other.），而 at the end 後面會接時間或事物，表「盡頭、結尾」（如 What lies at the end of the rainbow?），而 at the end 與 by the end 有些相近，但 at the end 強調與結束時間同時或結束的那段時間的期間，而 by the end 則強調在結束時間之前。另外，介系詞 by 常用在連接詞 by the time 中，主要子句通常需使用完成式（如 By the time he came home, the boy had finished his homework. 或 By the time he comes home, the boy will have finished his homework.）。

✦ 改寫：

1. The defective product is expected to be replaced **in** May.（此時要選 in）有瑕疵的產品預計在五月會被替換。

2. The warranty will remain in effect **until** the warranty period ends.（此時要選 until）保固直到保固時間結束前都有效。

Business Planning
商務規劃 ❶

UNIT 13

⓲ The ------- step of creating a business plan is writing a summary about your company profile and goals.

(A) initial　(B) infant　(C) intuition　(D) concluding

中譯 ▶ (A) 做營運計畫的第一步就是寫公司概況與目標。

🡒 5 秒「秒殺」

✦ 看到整個句子目光直接鎖定「the ----- step」，空格前後為冠詞 the 與名詞 step，空格內應填可修飾名詞 step 的形容詞，即選項(A) initial。

✦ 選項(B) infant 與(C) intuition 為名詞，不可選。選項(D) concluding 可能是動詞或形容詞，在本句必須解讀為形容詞，但語意不合，同樣不可選。

🡒 了解原因

✦ 本題重點為正確詞性。首先應判斷空格中應填的詞性，因為空格前是 the 且後方是名詞，可推斷空格中應填形容詞。判斷形容詞的方法，可試著將單字套入 more + 形容詞或 most + 形容詞的結構，或是加在動詞 seems 的後面（如 seems initial/ seems concluding），由此可知選項(B)與(C)非形容詞，不可

選。

✦ 選項(A)與(D)皆可能為形容詞，故須判斷語意。理論上，撰寫公司概要與目標需在建立營運計畫的一開始，故空格中的字詞的語意應該表達「一開始」的概念，及選項(A) initial。選項(D) concluding 則為相反詞。

➡ 靈活變通、舉一反三

✦ 補充：

考試題目的選項中時常會有令人混淆的字詞，這時可先判斷詞性以刪去不可能的答案。除了藉由常見的字尾外（如 -al 或 -ful 為形容詞而 -ion 或 -ment 則為名詞），判斷詞性也可藉由句子結構或回答問題來判斷，例如選項若可加上 the，那麼可能是形容詞或名詞；判斷單字是否為動詞時，可測試單字是否可加上 -ing 或能否回答問題「Who is doing what?」。

✦ 改寫：

1 One should rely on his or her **intuition** when creating a business plan.（此時要選 intuition）

建立營運計畫時應該靠直覺。

2 The **concluding** step of creating a business plan is seeking funding.（此時要選 concluding）

建立營運計畫的最後一步驟是找資金。

Business Planning
商務規劃 ❷

14 She made ------- business a success through unique marketing strategies that gave her a competitive advantage over other businesses.

(A) she　(B) her　(C) hers　(D) herself

中譯▶ (B) 她事業有成來自於其具備了特殊的行銷策略，這也使她擁有其他企業所沒有的競爭優勢。

➡ 5 秒「秒殺」

✦ 看到整個句子目光直接鎖定「She made ----- business」，空格後為名詞 business，空格中可能是人稱代名詞所有格，即(B) her。

✦ 選項(A) she 為人稱代名詞主格，選項(C) hers 為所有格代名詞，選項(D) herself 為反身代名詞，以上皆與本句不符，皆不可選。

➡ 了解原因

✦ 本題考的重點是代名詞。本句已有主詞、動詞與受詞 business，而空格在受詞前，基本上需填入形容詞，而人稱代名詞所有格也是形容詞的一種，用來表述某物的歸屬，故本題應該選擇是人

稱代名詞所有格的(B) her，來表示「她的事業」。

✦ 選項(A)為人稱代名詞主格，應做主詞用。選項(C) hers 為所有格代名詞，不可與名詞共用，而是用來替代所有格＋名詞（例 hers = her business）。選項(D)為反身代名詞，皆以 -self（-selves）結尾出現，必須做受詞用。以上都與所有格的要求不符，不可選。

➜ 靈活變通、舉一反三

✦ 補充：

人稱代名詞有主格、受格與所有格，主格包含 I, we, he 等，受格包含 me, us, him 等，所有格包含 my, our, his 等。判斷考題的正確答案時，空格的位置可協助推判應填的代名詞，如主格必須當主詞用，通常應置於句首（如 I bought a new car. 中的 I），所有格代表某事物的所屬，應置於名詞前（如 Where is my dog? 中的 my）。此外，應注意的是，代名詞是用來代替名詞，故數量或陰陽性等務必與替代的名詞相符。

✦ 改寫：

1 She made herself a success by setting **herself** apart from other competitors.（此時要選 herself）她藉由區分自己與競爭對手，讓自己成功。

2 The successful business with unique marketing strategies is **hers**.（此時要選 hers）那個有著特殊行銷策略的公司是她的。

Business Planning
UNIT 15 商務規劃 ❸

⑮ Thoroughly research the market and competitors, ------- you will be able to increase your business success rate.

(A) and　(B) or　(C) but　(D) while

中譯 (A) 仔細研究市場與競爭對手，你就可以增加你事業的成功率。

➡ 5 秒「秒殺」

✦ 看到整個句子目光直接鎖定「research…increase success」，這些字眼顯示空格前後意思無對立關係，且似乎同樣重要，故選(A) and。

✦ 選項(B) or 表示有兩樣選擇，選項(C) but 表對立關係，選項(D) while 表動作同時進行，皆不可選。

➡ 了解原因

✦ 本考題重點為連接詞。空格前後為兩個完整的子句，空格內需填入連接詞來顯現兩子句的關係。對等連接詞是用來連接兩個相同重要性的子句，包含 but, or, so, and, yet, for, nor，根據兩子句的語意關係必須使用不同連接詞。

✦ 本題兩子句皆著重在創立事業，且兩者語意關係相符（研究會使你成功，而成功建立在研究上），除了選項(A)以外的連接詞皆不符合語意，故只能選擇(A) and。

🠖 靈活變通、舉一反三

✦ 補充：

連接詞主要有三種，對等連接詞、從屬連接詞以及相關連接詞。對等連接詞連接兩個同樣重要的獨立子句，如 so, for 可用來連連接兩個有因果關係的子句（如 I'm busy, so call me later.），而 nor 連接兩個相似且否定的子句（如 You neither asked nor listened.）。選項中的 while 為從屬連接詞，用來連接獨立子句與從屬子句（如 He came in while I was cooking.），雖然兩個子句都有主詞語動詞，但從屬子句本身無法表達完整的概念，故無法單獨存在，其他從屬連接詞包含 although, after, if, unless, whenever, still 等。相關連接詞如 either…or, neither…nor, not only…but also 等，用來連接成對的字詞或子句等。

✦ 改寫：

1 Researching the market and competitors **while** creating a business plan is not an easy task.（此時要選 while）
研究市場與競爭對手，並同時建立營運計畫，並不是件簡單的任務。

2 Research the market and industry, **or** research the competitors.（此時要選 or）
要去研究市場與產業，或是研究競爭對手。

Business Planning
商務規劃 ❹

⓰ If you clearly identify the responsibilities of your management team, your employees ------- well together.

(A) will work　(B) would not work　(C) worked　(D) work

中譯 ▶ (A) 若你能清楚地辨識你負責團隊的責任,你的員工就能合作無間。

5 秒「秒殺」

✦ 看到整個句子目光直接鎖定「your employees ----- well」,由 if 帶領的條件句是現在簡單式時,另一個子句的結果句可能會是現在式或未來式,選項(B) would not work 與(C) worked 不可選。

✦ 當講述的是事實,結果句會使用現在式,若講述的是未來的結果,則會使用未來式,本句解釋的是未來會達到的結果,故不選(D) work,而選(A) will work。

了解原因

✦ 本考題重點為假設語氣,由 if 帶領的條件句加上一句結果句所組成,條件句可能是與事實相符或不相符的設定,當條件句是與事實相符的設定條件時,if 句會使用現在簡單式,而結果句可能

會是現在式或未來式，使用現在式時表示一定會發生的結果、不變的習慣或事實等，使用未來式時，表示不真實但很可能發生的狀況、還沒發生但很可能會發生的狀況。

✦ 本題中「假設責任清楚的辨識出來」那麼很容易可以想像「員工能合作無間」，是個未來很可能發生的結果，只能選擇(A) will work。

➡ 靈活變通、舉一反三

✦ 補充：

假設語氣可分為四類，包含真實假設、不真實但可能假設、不真實且不可能假設、不真實假設。前面解釋了前兩項假設語氣（如 If you add water, it explodes. 以及 If you add water, it will explode.），而在不真實且不可能假設中會使用 if + 簡單過去式並加上 would + 動詞的結果句（如 If I were you, I would call her.）；不真實假設句則用來表達與過去事實相反的假設結果，會使用 if + 過去完成式並加上 would have + 過去分詞的結果句（如 If you had called her, she wouldn't have left.）。

✦ 改寫：

1 If you want your employees to work well together, you have to clearly identify the responsibilities.（此時要選 work）
假如你想要你的員工能合作無間，那你必須清楚辨識出責任。

2 If you did not clearly identify the responsibilities of your management team, your employees would not work well together.（此時要選 would not work）假如你沒有清楚地辨識你負責團隊的責任，那麼你的員工就無法好好合作。

47

Conferences
會議 ❶

UNIT 17

⓱ Attending business conferences is a good way to ------- with people who have the same interests.

(A) connecting (B) connected (C) connection (D) connect

中譯 ▶ (D) 參加商業會議是個與有相同興趣的人聯繫的好方法。

🔜 5 秒「秒殺」

✦ 看到整個句子目光直接鎖定「to ----- with」，空格前有 to，後面應該接原形動詞，即選項(D) connect。

✦ 選項(A) connecting 為現在分詞，選項(B) connected 過去分詞，選項(C) connection 為名詞，皆不可選。

🔜 了解原因

✦ 本考題重點為不定詞。雖然 to 這個字通常當作介系詞使用，但也常常用在不定詞的結構中（to + 動詞原式），即此結構中的動詞不可加上任何字尾（to 在某些特定動詞的使用中可省略，如「特殊動詞＋受詞＋原形動詞」）。

Unit 17｜會議

1
一般商務、辦公室

2
人事、採購、財務與預算

3
經營管理

4
餐廳與活動、旅行

5
娛樂、健康

✦ 本題的空格前為 to，且語意要表達的不是去某地，而是與人連結，故應為不定詞結構，空格內不填其他詞性或動詞形態，而需填入原形動詞(D) connect。

靈活變通、舉一反三

✦ 補充：

不定詞的 to + 動詞原形，看似是動詞，但其實扮演著名詞、形容詞或副詞的角色（如當名詞 To see is to believe. 中的 to see），也會接在一些特殊動詞後，如 attempt, deserve, hope 等（如 I hope to finish the project soon. 中放在 hope 後的 to finish），在某些情況下，不定詞的 to 必須省略（如 He must finish the project by 10:00. 中在 must 後的 finish）。另外，若 to 作介系詞用時，在 to 後方必須接名詞或代名詞，用來指事物移動的方向（如 She moved to London last month.）。

✦ 改寫：

1 I attended a business conference and **connected** with people.（此時要選 connected）
我參加了一場商業會議並與人聯繫。

2 I attended a business conference and made a strong **connection** with him.（此時要選 connection）
我參加了一場商業會議並與他有了緊密連繫。

Conferences
會議 ❷

UNIT 18

⓲ The office is empty because all our employees ------- to host the international business conference next month.

(A) prepares　　(B) are preparing

(C) is preparing　(D) preparing

中譯 (B) 全部的員工都在準備下個月我們主辦的國際商務會議,所以辦公室是空的。

➡ 5 秒「秒殺」

✦ 看到整個句子目光直接鎖定「employees ----- to host」,從屬子句中無動詞,故空格應填入與主詞相符的動詞,即選項(B) are preparing。

✦ 選項(A) prepares 與(C) is preparing 為須用在單數名詞後的單數形動詞,與本題主詞不符,不可選,選項(D) preparing 缺少 be 動詞,故不可選。

➡ 了解原因

✦ 本考題重點為主動詞一致性。本句含從屬連接詞 because 連接的主要子句與從屬子句,兩個子句都各自會有一個主詞與一個動詞,故本句的 employees 後面應該接動詞。而主詞與動詞必須

要一致，即動詞可能因主詞不同而有變化，選項(A)與(C)都與複數形的 employees 不符，不可選用。

✦ 另外，本題應使用現在進行式，目的是強調進行中但很快就會結束的動作，也就是 am/are/is + Ving，結構中有兩個元素，故不選只有 Ving 的(D)而選(B) are preparing。

🔵 靈活變通、舉一反三

✦ 補充：

進行式的結構為 be + Ving，用來表示進行中的動作，進行式也依時態可分為現在進行式、過去進行式與未來進行式。現在進行式用來表示現在正在進行的動作，如 is preparing，前面會接單數名詞，而 are preparing 則接複數名詞後；過去進行式則表達過去某個時間正在進行的動作，如 was preparing，須與單數名詞共用，而 were preparing 則會接在複數名詞後；未來進行式表未來某個時間會正在進行的動作，單數複數名詞皆使用 will be preparing。

✦ 改寫：

1. The office is empty because our employee **is preparing** to host.（此時要選 is preparing）

   我們的員工在準備主持，所以辦公室是空的。

2. Every year in August, the office is empty because our employee **prepares** to host the international business conference.（此時要選 prepares）

   每年八月辦公室都是空的，因為我們的員工都在準備主辦國際商業會議。

Conferences
會議 ❸

UNIT 19

⑲ I will ------- a proposal describing the purpose and content of my presentation for the conference.

(A) submission　(B) submittingly　(C) submittable　(D) submit

中譯 ▶ (D) 我會繳交計畫書，描述我會議報告的目的與內容。

➲ 5 秒「秒殺」

✦ 看到整個句子目光直接鎖定「I will ----- a proposal」，空格前為助動詞 will，必須與主要動詞共用，故空格應填動詞，即選項(D) submit。

✦ 選項(A) submission 為名詞，選項(B) submittingly 為副詞，選項(C) submittable 為形容詞，皆不可選。

➲ 了解原因

✦ 本考題重點為詞性。根據英語 SVO 句型結構與句中的 will 可知空格中為動詞。助動詞 will 其中一個功能是可被用來表示未來，結構為 will + 動詞原形，故本題選擇原形動詞的(D) submit。

✦ 另外，可藉字尾判斷選項的詞性，如選項(A)結

尾 -ion 為常見的名詞結尾，選項(B)結尾的 -ly 為常見的副詞結尾，選項(C)的 -able 則是常見的形容詞結尾，由字尾可判斷這些選項都非本題答案（動詞較無常見的結尾，較常見的有 -en, -ify, ize 等）。

靈活變通、舉一反三

✦ 補充：

助動詞 will 與它的過去式 would 還有其它用法。我們可使用 will 來表達未來可能發生的事（如 I will present at the conference.），也可用在條件句中（搭配 if/ unless）來表達未來（如 I will not be able to present at the conference unless my proposal is accepted.），另外也用在承諾或表達意願（如 I will help you with the proposal.）。而 would 則可能用來表達過去、解釋可能性或是種委婉的説法。

✦ 改寫：

1 A proposal describing the purpose and content of your presentation for the conference should be prepared for **submission**.（此時要選 submission）

你需要準備繳交一份描述會議報告目的與內容的計畫書。

2 A **submittable** proposal describing the purpose and content of your presentation for the conference should be prepared.（此時要選 submittable）

你需要準備一份可繳交的計畫書，描述會議報告目的與內容。

Conferences
會議 ❹

❷⓪ ------- participant is required to pay the conference registration fee which includes meals and conference materials.

(A) A lot of (B) Every (C) Many (D) Both

中譯 ▶ (B) 每位與會者都比須繳交報名費，報名費含餐點與會議資料。

➡ 5 秒「秒殺」

✦ 看到整個句子目光直接鎖定「-----participant」，空格後為單數可數名詞 participant，空格應填相符的字詞，即選項(B) Every。

✦ 選項(A) A lot of、選項(C) Many 與選項(D) Both 須搭配複數的可數名詞，皆不可選。

➡ 了解原因

✦ 本考題重點為不定數量形容詞（量詞）。有某些形容詞後面只能接單數名詞或複數名詞。選項(C) Many 與選項(D) Both 後方必須接複數可數名詞，選項(A) A lot of 後面的名詞可是不可數名詞（則不可改複數）或是可數名詞（必須改為複數），選項(B) Every 後方必須接單數可數名詞。

＋ 句中的 participant 為單數，且為可數名詞因為它可改為複數形，根據前述形容詞的解說，只有選項(A)與(B)後方可接單數名詞，但使用 a lot of 時若為可數名詞必須改為複數，與題中 participant 不和，故選後方可接單數可數名詞的(A) Every。

靈活變通、舉一反三

＋ 補充：

和選項中的 every 很相似的詞有 each，兩者都表「每個」，但涵蓋或強調的重點不同，當使用 every 時，注重的是若干數目中的每一個個體（若干數目必須為三個以上），而 each 注重的是若干數目中的各自獨立的個體。兩者後方都需使用單數可數名詞，故後方的動詞也應使用第三人稱單數形（如 Each girl was given a flower. 以及 Every girl was given a flower. 中的第三人稱單數 was）。另外可將兩者合併，形成 each and every，用來強調每一個（如 You should take each and every opportunity.）。

＋ 改寫：

1 **A lot of** participants must pay to get in.（此時要選 a lot of，也可選 many/both）
許多與會者必須繳費才能進場。

2 Participants must pay **a lot of** money for the conference registration fee.（此時只能選 a lot of）
與會者必須付很高的報名費。

Computers and the Internet
電腦與網路 ①

UNIT 21

㉑Students ------- free online courses provided by well-known universities to increase their skills and qualifications.

(A) are often taking　(B) often are taking

(C) often taking are　(D) are taking often

中譯 (A) 學生經常上名校提供的免費線上課程，以增加技能與條件。

5 秒「秒殺」

✦ 看到整個句子目光直接鎖定「Student ----- free online courses」，空格前後有主詞和受詞，空格應填動詞，且應符合正確語序，故填選項(A) are often taking。

✦ 選項(B) often are taking、選項(C) often taking are 與選項(D) are taking often 語序皆不正確或不常見，不可選。

了解原因

✦ 本考題重點為語序（word order）。句中 Students 是主詞，而 free online courses 是直接受詞，選項中的 are 是 be 動詞，taking 是主要動詞，而 often 是副詞。

✦ 根據句型結構，副詞需置於主詞與主要動詞之

間，而有 be 動詞時，副詞應置於 be 動詞之後。故本題應該選擇副詞置於 be 動詞與主要動詞之間的(A) are often taking。

靈活變通、舉一反三

✦ 補充：

本題中的 often 屬於不定性頻率副詞，應置於句中，但有時也可以放在句首或句尾。另有定性頻率副詞，如 once a week 或 monthly，指動作發生較確切的頻率，須置於句首或句尾（如 Once a week, students are taking free online courses./ Students are taking free online courses once a week.）。

✦ 改寫：

1 To increase their skills and qualifications, students **are often taking** free online courses.（此時仍使用 are often taking）
為了增加技能與條件，學生經常上免費線上課程。

2 Students are provided with free online courses that they **are often taking**.（此時此時仍使用 are often taking）
有提供學生他們經常上的免費線上課程。

Computers and the Internet
電腦與網路 ❷

❷❷ Users can interact and collaborate ------- people from all over the world through social media tools.

(A) to　(B) at　(C) with　(D) for

中譯 ▶ (C) 使用者可透過社交媒體與世界各地的人互動與合作。

➜ 5 秒「秒殺」

✦ 看到整個句子目光直接鎖定「collaborate ----- people」，空格前後有動詞和受詞，空格應填代表「一起」的介系詞，故填選項(C) with。

✦ 選項(A) to 指向某物移動，選項(B) at 指特定時間或地方，選項(D) for 表原因或時間等，與本句意不符，皆不可選。

➜ 了解原因

✦ 本考題重點為介系詞。動詞 collaborate 後常接的介系詞可能有 with，表人或團體共同合作，也可能接 on 把重點放在合作本身，或加 in 並接 Ving。由此可判斷選項中只有(C)是常與 collaborate 共用的介係詞。

✦ 另外，也可藉由介系詞所帶來的意義來判斷該使用的詞。介系詞 to 是用來指移向某地、某人或某物，也可用來指一個限度、關係或是一段時間；介系詞 at 是用來指特定的時間、地點或活動；介系詞 for 則用來表示用處、原因或是時間。而本題該使用的 with 則表一起合作或是同意的狀態，與本句語意最相符。

➡ 靈活變通、舉一反三

✦ 補充：

動詞與介系詞的組合關係可能有片語動詞與介系詞動詞。片語動詞是動詞加上看似介系詞的副詞，如 turn on（這裡的 on 為副詞），後方通常一定要有受詞（如 believe in the man 或 suffer from cancer），片語動詞也可能可以拆開（如 turn on the lights 將受詞置後，而 turn the lights on 將受詞置中）；介系詞動詞是動詞加上介系詞，如 collaborate with 或 confess to 等，不可拆開，介系詞在這是表達動詞與受詞的關係。

✦ 改寫：

1 Users can use social media tools **to** interact and collaborate.（此時要選 to）

使用者可透過社交媒體來互動與合作。

2 Users can use social media tools **for** interacting and collaborating.（此時要選 for）

使用者可透過社交媒體來做互動與合作。

Computers and the Internet
電腦與網路 ❸

❷❸ Computer and Internet use are becoming increasingly commonplace not only in schools ------- also in homes.

(A) but　(B) or　(C) nor　(D) and

中譯 ▶ (A) 使用電腦與網路已不只在學校越來越平常，在家裡也是如此。

➡ 5 秒「秒殺」

✦ 看到整個句子目光直接鎖定「not only in schools ----- also in homes」，空格前後有相關連接詞的一部份 not only… also，空格應填能完整此相關連接詞的字詞，故填選項(A) but 以形成連接詞 not only…but also。

✦ 選項(B) or、選項(C) nor 與選項(D) and 都是別的相關連接詞的一部份，不可選。

➡ 了解原因

✦ 本考題重點為相關連接詞。相關連接詞用來連接相同類型的字詞或子句。本句是藉由相關連接詞 not only…but also 來連接 in schools 與 in homes 來表達「不但在學校也在家裡」很常見。

✦ 藉常見的相關連接詞即可判斷其他選項不正確,其他常見的連接詞如 both and 表「A 和 B 都～」,有 or 的 whether or「不論 A 或 B」與 either or「不是 A 就是 B」,而 neither nor 則表示「既不 A 也不 B」。

➡ 靈活變通、舉一反三

✦ 補充:

相關連接詞基本上必須成雙一起使用,來連接兩個元素,此外這兩個元素尚在文法上的關係應該是對稱的(如本句是 in schools 與 in homes;也可改成 in not only schools but also homes,同樣是對稱的狀態)。若要使用 neither nor 時,應小心不要使用雙重否定,以避免造成混淆(如 It's used neither in schools nor in homes. 以否定兩個地方,不需寫 It's not used...,否則意思反而相反)。

✦ 改寫:

1 Computer and Internet use are becoming increasingly commonplace in both schools **and** homes.(此時要選 and)
使用電腦與網路在學校以及家裡都越來越平常。

2 Computer and Internet use are becoming commonplace in neither schools **nor** homes.(此時要選 nor)
使用電腦與網路在學校或家裡都不常見。

Computers and the Internet
電腦與網路 ❹

❷❹ Internet connection speed depends on the use and number of users, but eight megabits per second is usually -------.

(A) satisfy　(B) satisfied　(C) satisfaction　(D) satisfactory

中譯 ▶ (D) 網路連線速度根據使用內容以及使用人數不同，但通常每秒 8MB 就夠了。

➲ 5 秒「秒殺」

✦ 看到整個句子目光直接鎖定「**eight megabits per second is usually -----**」，空格前為副詞與名詞片語，空格應填形容詞，即選項 (D) satisfactory。

✦ 選項(A) satisfy 為動詞，選項(B) satisfied 為過去分詞，選項(C) satisfaction 為名詞，皆不可選。

➲ 了解原因

✦ 本考題重點為正確詞性。不同詞性會有固定搭配的詞性，如形容詞可能搭配名詞，副詞可能搭配動詞等。本題空格前為副詞 usually，空格可能填形容詞、動詞或副詞，但因前方有名詞片語 eight megabits per second，而空格的詞需能修飾此名詞片語，故不選其它詞性，而需選擇形容詞 satisfactory。

✦ 選項(A)-fy 結尾，為常見的動詞結尾，選項(B)的 -ed 可能為過去分詞或過去式動詞，因此 satisfied 也可作形容詞，但和 satisfactory 不同的是，satisfied 表達的是「感到滿足」，選項(C)的 -ion 結尾可判斷此為名詞。

靈活變通、舉一反三

✦ 補充：

形容詞可分為不同類型，其中一種為描述形容詞（descriptive adjectives），用來描述名詞或名詞片語的顏色、大小、性質或狀態等，本句中的 satisfactory 便是描述名詞片語 eight megabits per second 的性質，其他描述形容詞還有如 tall, dry, new, red, square, lovely 等。形容詞類型還有專有形容詞（如 Chinese, American 等），或數量形容詞（如 some, many 等）。分法與名稱可能會有不同，但只需瞭解哪些詞為形容詞以及形容詞的使用方法。

✦ 改寫：

1️⃣ Internet connection speed depends on the use and number of users, but users are usually **satisfied** with eight megabits per second.（此時要選 satisfied）網路連線速度根據使用內容以及使用人數不同，但用戶通常每秒 8MB 就滿足了。

2️⃣ Internet connection speed depends on the use and number of users, but eight megabits per second usually provides **satisfaction**.（此時要選 satisfaction）網路連線速度根據使用內容以及使用人數不同，但通常每秒 8MB 就夠了。

Office Technology
辦公室科技 ❶

㉕ ------- helps workers to communicate with clients, manage payment information, and analyze sales data.

(A) Organizational office technology

(B) Organizational office technologies

(C) An organizational office technology

(D) An organizational office technologies

中譯 ▶ (A) 組織辦公科技協助員工與客戶聯繫、管理收付款資訊以及分析銷售資料。

➡ 5 秒「秒殺」

✦ 看到整個句子目光直接鎖定「----- helps workers」，空格後有單數形動詞，空格應填單數名詞，故不可選有 technologies 的選項(B)或選項(D)。

✦ 此外，在此 technology 為不可數名詞，不可有定冠詞 an，應填入選項(A)。

➡ 了解原因

✦ 本考題重點為主動詞一致以及詞義。根據主詞動詞一致的要求，當主要動詞是第三人稱單數時（動詞尾加上 -s），主詞必須是單數名詞，故含複數名詞的選項(B)與(D)皆不可選，此外選項(D)

更有單數不定冠詞 an 加上複數名詞的錯誤。

✦ 此外 technology 為不可數名詞，基本上不使用 an 或是複數形，若加上複數是為特別強調不同類的科技，故含有 an 的選項(C)也不可選。正確答案應填入符合主動詞一致且沒有違反冠詞規定的選項(A) Organizational office technology。

➡ 靈活變通、舉一反三

✦ 補充：

冠詞包含不定冠詞與定冠詞。不定冠詞 a 與 an 用在無指定的單數可數名詞前（如 a man 或是 a company）。若不可數名詞想使用不定冠詞，必須接上特定字詞，如計量詞（a piece of technology 或 a bit of water）。定冠詞 the 可接單數或複數名詞，用來講述前面講過的東西、某個東西的一部份或是某些專有名詞（如 I saw the man again. 或 the Atlantic Ocean）。有時名詞前不需有冠詞，特別是抽象事物、名字、國家、方向、疾病或月日等（如 information, Denmark, east, January 等在句中不需冠詞，January is my favorite month.）。

✦ 改寫：

1 **Organizational office technology** tools help workers.（此時要選 organizational office technology）組織辦公科技工具能幫助員工。

2 A **piece of office technology** helps a worker complete tasks efficiently.（此時要選 piece of office technology）一樣辦公室科技可以協助員工有效率的完成任務。

Office Technology
辦公室科技 ❷

㉖ He has been ------- his smartphone to make credit card transactions ever since he first started his business.

(A) uses　(B) used　(C) using　(D) usen

中譯▶ (C) 他從開始創業之後就一直使用智慧型手機做信用卡付款。

➔ 5 秒「秒殺」

✦ 看到整個句子目光直接鎖定「He has been -----」，空格前有 has been，空格應填現在分詞形的動詞，組成現在完成進行式，即選項(C) using。

✦ 選項(A) uses、選項(B) used 與選項(D) usen 都不可用在 has been 之後，故以上皆不可選。

➔ 了解原因

✦ 本考題重點為現在完成進行式。現在完成進行式的結構為 have/has + been + Ving，用來表達過去開始且一直延續到現在的動作，本題中 making transactions 與空格前 has been 結合的動作便是指「從創業開始便一直延續到現在」。

✦ 選項(A) uses 為現在簡單式的動詞，表達時常或固定發生的事物，選項

(B) used 為過去簡單式的動詞，指已發生過的事，選項(D) usen 為過去分詞動詞的錯誤寫法，正確應作 used，以上皆與想表達的時態及題中 has been 不符。

➡ 靈活變通、舉一反三

✦ 補充：

選項中出現的現在分詞 Ving 可能用在不同時態中。可用在現在進行式 am/are/is + Ving 中，用來表示正在進行且會結束的動作（如 We are waiting for the report.）；過去進行式為 was/were + Ving，也使用現在分詞，用來指在過去某個時間點發生的事情或在過去被打斷的動作（如 He was using his smartphone when she came.）；現在分詞也用在未來進行式 will be + Ving，表示預期的未來動作或是在未來會被打斷的動作（如 He'll be waiting for you when you arrive.）。

✦ 改寫：

1 He **used** his smartphone to make credit card transactions last month.（此時要選 used）

他上個月用智慧型手機做信用卡付款。

2 He **uses** his smartphone to make credit card transactions every month.（此時要選 uses）

他每個月用智慧型手機做信用卡付款。

Office Technology
辦公室科技 ❸

❷ Companies regularly upgrade their office technology to increase their ------- and attract future employees.

(A) productive　(B) productivity

(C) productize　(D) productively

中譯 ▶ (B) 企業經常更新辦公室科技來增加他們的生產力並吸引未來的員工。

➡ 5 秒「秒殺」

✦ 看到整個句子目光直接鎖定「increase their -----」，空格前為所有格 their，空格應填名詞，即選項(B) productivity。

✦ 選項(A) productive 為形容詞、選項(C)為動詞，而選項(D) productively 為副詞，皆不可選。

➡ 了解原因

✦ 本考題重點為詞性。句中的 their 是所有格，是用來表現擁有某物或某物的歸屬，置於形容詞與名詞之前，本句空格後沒有名詞，故空格中不可能是形容詞，應填名詞，從字尾 -ity 可判斷出選項(B)為名詞，故應選(B)。

✦ 從字尾也可判斷其他選項的詞性。選項(A)的結尾為常見的形容詞結尾 -ive，為形容詞；選項(C)的結尾 -ize 表動詞；選項(C)的結尾是 -ly，表副詞。以上都與本句不符。

靈活變通、舉一反三

✦ 補充：

本句中的所有格 their 屬於限定詞的一種。限定詞用在名詞的前面，用來表示指定的人事物、人事物的數量或所屬，故若在句中看到限定詞，可預測接下來的字詞為名詞。此外，單數可數名詞前務必要有限定詞，複數可數名詞或是不可數名詞前方，則須視情況決定是否使用限定詞。而限定詞有分一般與特定用法。一般限定詞含 a, an, other, what 等，特定限定詞指涉特定的名詞，含定冠詞 the、所有格 my、指示代名詞 this 與疑問代名詞 which 等。

✦ 改寫：

1️⃣ To make employees more **productive**, companies frequently upgrade their office technology.（此時要選 productive）
企業經常更新辦公室科技以提升員工效率。

2️⃣ Frequently updating office technology is the main reason why workers who work at companies such as Amazon and Apple can work **productively**.（此時要選 productively）
經常更新辦公室科技是讓如亞馬遜或蘋果這類公司的員工能有效率工作的主要原因。

Office Technology
辦公室科技 ❹

UNIT 28

❷❽ Employees who know how to use office technology are usually ------- than employees who do not.

(A) accurater　　　(B) most accurate

(C) more accurater　(D) more accurate

中譯 (D) 懂得善用辦公室科技的員工通常會比不懂的員工更精確。

➡ 5 秒「秒殺」

✦ 看到整個句子目光直接鎖定「usually ----- than」，空格後有 than，表示比較級，空格應填比較級形容詞，故填選項(D) more accurate。

✦ 選項(A) accurater 與選項(C) more accurater 為錯誤的比較級形容詞，選項(B) most accurate 為最高級形容詞，皆不可選。

➡ 了解原因

✦ 本考題重點為形容詞。句中比較兩樣東西 employees who… 以及 employees who do not，加上題目中的 than，表示中間應使用比較級形容詞。

✦ 當形容詞只有一或兩個音節時，比較級為形容詞加上 -er；若形容詞為三個音節以上時（以及部份雙音節單字），比較級為形容詞前加上 more。本題的 accurate 有三個音節，故比較級應為 more accurate，即選項(D)。

⊃ 靈活變通、舉一反三

✦ 補充：

比較級與最高級通常可直接加上 -er 或 -est，包含單音節形容詞與結尾為 -er/-le/-ow 的雙音節形容詞或副詞。然而如果形容詞或副詞的結尾已有 e 時，則只加 -r 或 -st（如 cuter 與 cutest）。當結尾是 y 時，需要去掉 y 再加上 -ier/-iest（如 happy-happier-happiest 或副詞 friendly-friendlier-friendliest）。另外，若單字本身字尾是「子母子」，則須重複字尾再加 -er 或 -est，如 big-bigger-biggest 或 thin-thinner-thinnest。

✦ 改寫：

1 Employees who know how to use office technology are usually the **most accurate**.（此時要選 most accurate）
懂得善用辦公室科技的員工通常是最精確的。

2 Employees who don't use office technology can be just as **accurate** as those who do.（此時要選 accurate）
不利用辦公室科技的員工也可能和使用這些科技的員工一樣精確。

Office Procedures
辦公程序 ❶

㉙ It would be wise to follow office procedures ------- customers want to file a complaint.

(A) whenever　(B) although　(C) because　(D) unless

中譯 ▶ (A) 當有客戶抱怨的時候，最好遵循辦公室的流程。

⇒ 5 秒「秒殺」

✦ 看到整個句子目光直接鎖定「follow office procedures ----- customers want to」，空格前後有兩個子句，空格應填符合語意的連接詞，即選項(A) whenever。

✦ 選項(B) although、選項(C) because 與選項(D) unless 皆是連接詞，但語意與本句不符，故不可選。

⇒ 了解原因

✦ 本考題重點為連接詞。兩個子句需要以連接詞串連，而選項中皆為從屬連接詞，用來連接獨立子句與從屬子句，表達兩者的關係。

✦ 藉瞭解各從屬連接詞的語意，可判斷應使用的連接詞。選項(A) whenever 表示「每當」，選項

(B) although 表示「雖然、即使」,選項(C) because 表「因為」,選項(D) unless 表「除非」,只有選項(A)才能有邏輯的表達兩個子句的關係,將兩句串成有意義的句子,故選(A)。

靈活變通、舉一反三

✦ 補充:

從屬連接詞連接的是一個獨立子句與一個從屬子句。從屬子句表達的是不完整的概念,如本句中「whenever customers want to file a complaint」並不完整,不清楚「每當...」會發生什麼事。從屬連接詞帶領的子句可置於獨立子句前或後,唯置於獨立子句前時需加上逗號(如 Although a few customers had filed complaints, the sales were not affected.)。其他從屬連接詞包含 once, if, only if, as, as if, till, though, even though, by the time, in order that 等。

✦ 改寫:

1 It would be wise to follow office procedures **although** it takes a long time.(此時要選 although)

雖然會花很多時間,但應該要遵循辦公流程。

2 Customers are far less likely to file a complaint **if** you always follow office procedures.(此時要選 if)

如果有確保遵循辦公流程就能減少客訴量。

Office Procedures
辦公程序 ❷

⓿ New employees should read the company manual and become familiar with the rules ------- their first day of work.

(A) in　(B) at　(C) before　(D) until

中譯▶ (C) 新進員工在開始上班之前應研讀公司手冊並熟悉公司規範。

➡ 5 秒「秒殺」

✦ 看到整個句子目光直接鎖定「----- their first day of work」，空格後有 first day of work，空格應填在文法與語意上都相符的介系詞，即選項 (C) before。

✦ 選項(A) in 表一段時間，選項(B) at 表特定時間，選項(D) until 表直到一個特定時間，皆不符合本句，故不可選。

➡ 了解原因

✦ 本考題重點為介系詞。介系詞可用來表達時間關係。選項中的 in 後通常皆月份、季節、年份、（非特定）一段時間等，「first day of work」較確切，無法與 in 共用。介系詞 at 則接 night 或一個特定的時間點，而 until 則指到一個特定時間，皆與句中的時間語意或邏輯不符，不可選。

✦ 選項中的 before 則指在某個時間之前。本句中該做的事情應在上班第一天前完成是符合邏輯的，故選(C)。

靈活變通、舉一反三

✦ 補充：

表時間的介系詞與表地點的介系詞可能為同樣的字，但帶有不同的意思。常見的介系詞有 at, on, in，介系詞 at 可能表特定時間或用來表特定地址，而 on 可表日期或星期（如 on April 25 或是 on Wednesday 等），也可放在街道名前（如 on Maple Street），而介系詞 in 除當表時間的介系詞用來指較長或非特定的時間外（如 in October 或是 in the future），也可當表地方的介系詞，指教廣大的地方（countries, towns 等，如 in Nepal）。

✦ 改寫：

1 New employees should attend the company orientation **at** 9 a.m. and become familiar with the rules. （此時要選 at）

新進員工在早上九點應該參加新人引導說明並熟悉公司規範。

2 New employees should read the company manual **until** they become familiar with the rules. （此時要選 until）

新進員工應研讀公司手冊，直到熟悉公司規範為止。

Office Procedures
辦公程序 ❸

㉛ Everyone ------- to know about the emergency exits and safety tools in case a dangerous situation occurs.

(A) need (B) needs (C) are needing (D) have needed

中譯 ▶ (B) 每個人都應該要知道緊急出口與急救工具,以防緊急狀況發生。

⇒ 5 秒「秒殺」

✦ 看到整個句子目光直接鎖定「Everyone ----- to know」,空格前有單數形的主詞,空格應填單數動詞,即選項(B) needs。

✦ 選項(A) need 、選項(C) are needing 與選項(D) have needed 皆為複數形的動詞,不可選。

⇒ 了解原因

✦ 本考題重點為主詞動詞一致。大部分主詞為一般名詞,單複數形容易辨認(如 people, computers 等)。不定代名詞也可做主詞,某些代名詞為單數形,包含 anyone, anything, none, nothing, neither, either, what, whatever, whoever, somebody, something, someone, each, everyone, everything, everybody。句中的 **everyone** 為單數形的不定代名詞,故需使用單數形動詞 **needs**。

✦ 其他選項皆為複數形動詞,需分別改為 needs、is needing 與 has needed 才為單數形動詞。

➜ 靈活變通、舉一反三

✦ 補充:

判斷主詞是否為複數時,可看結尾是否為 -s 或 -es。但有些特殊單字,複數形是不規則變化,需特別注意(如 a person/ many people 或 a tooth/ a few teeth 等)。另外,有一些複數或集體名詞需視為單數(如 economics, news, politics, team)。有些不定代名詞固定為複數形(如 many, few),但有些特定的不定代名詞須藉由搭配的字詞或描述的情況決定為單數或複數,如 some 可能指單數(Some are in the office. 可能指 Some money)或複數(Some are in the office. 可能指 Some people)。

✦ 改寫:

1. Somebody **needs** to know about the emergency exits and safety tools in case a dangerous situation occurs.(此時要選 needs)
   某個人需要知道緊急出口與急救工具,以防緊急狀況發生。

2. Several employees **need** to know about the emergency exits and safety tools in case there is a dangerous situation.(此時要選 need)
   數個員工需要知道緊急出口與急救工具,以防緊急狀況發生。

Office Procedures
辦公程序 ❹

❸❷ Please read the manual ------- because it provides important information about the dress code and holidays.

(A) care　(B) careful　(C) carefully　(D) carer

中譯▶ (C) 請仔細閱讀手冊，因為手冊提供了服裝要求與節日相關的重要資訊。

➡ 5 秒「秒殺」

✦ 看到整個句子目光直接鎖定「read... ----- 」，空格前有動詞，空格應填入副詞來修飾動詞，即選項(C) carefully。

✦ 選項(A) care 為動詞，選項(B) careful 為形容詞，選項(D) carer 為名詞，詞性皆不符，不可選。

➡ 了解原因

✦ 本考題重點為詞性。本句為祈使句，主詞為省略的 you，動詞為 read，受詞為 manual，其後需要副詞來修飾，即有副詞結尾 -ly 的(C) carefully。此外，副詞可置於句首、句尾或句中（句子或子句），置於句後的副詞包含說明動作

如何發生的情狀副詞，即選項(C) carefully。

✦ 利用字尾可判斷其他選項非副詞。選項(B)的結尾為 -ful，為形容詞，應修飾名詞而非動詞。選項(D)-er 結尾表名詞，而選項(A)為動詞，皆不可用來修飾動詞，不可選。

➜ 靈活變通、舉一反三

✦ 補充：

祈使句用來發出指示、命令或要求（如 Open the door. 或 Be aware.），主詞省略，故通常不好判斷主詞。但主詞通常即是說話者的講話對象，也就是省略對象 you。這類句型的動詞必須是原形（如前面例句中的 open 與 be）。而為了禮貌，也會在前加上 please（如 Please pay attention when you're driving.），若祈使句要使用否定句，需使用 do not + 原形動詞（如 Do not read the manual.）。

✦ 改寫：

1 Please read the manual if you **care** about your job.（此時要選 care）

如果你注重你的工作的話，請讀這個手冊。

2 The **careful** employee reads the manual because it provides important information.（此時要選 careful）

那個小心的員工讀了手冊，因為裡面有重要資訊。

Electronics
電子產品 ❶

UNIT 33

㉝ Security cameras are installed at every entrance and exit to ensure ------- safety of employees.

(A)(no article)　(B) the　(C) an　(D) a

中譯 (B) 在每個出入口都裝有監視攝影機來確保員工的安全。

⮕ 5 秒「秒殺」

✦ 看到整個句子目光直接鎖定「ensure ----- safety of employees」，空格前為動詞，空格後為名詞，空格內可能為冠詞。然而 safety 為不可數名詞，選項(C) a 與選項(D) an 不可選。

✦ 不可數名詞前有時不需冠詞，然而此處指的是由介係詞片語所限定的特定一群人，需加上定冠詞 the，故不選(A)而選(B) the。

⮕ 了解原因

✦ 本考題重點為冠詞。要判斷正確的冠詞時，應記得 a 與 an 只能與單數可數名詞共用，句中的名詞 safety 為不可數名詞，不可使用。而定冠詞 the 後可接可數或不可數名詞，用來指特定的人事物。

✦ 有時名詞前不須使用冠詞，特別是指整體事物、抽象事物或一些特定字詞（如城市、國家、疾病等），然而當介系詞片語用來修飾名詞時，時常會限定這個名詞，如本句的 safety of employees「員工的安全」，已被限定，故應使用定冠詞 the。

靈活變通、舉一反三

✦ 補充：

定冠詞 the 也會用在指涉已被提及的人事物，也就是當某人事物第二次出現的時候，應該要加上 the（如 A girl came in. The girl was wearing your clothes.），這也表示通常第一次提及的人事物不應使用定冠詞 the，而應先使用不定冠詞 a/an 引出；另，當談及參與對話的人都知道的人事物也要加上 the（如 I'll talk to the manager for you.）；此外，在最高級、序數、特殊時間點、樂器、海洋等前面也都需要使用 the（如 the best student, the first American astronaut, play the piano 等）。

✦ 改寫：

1 Security cameras are installed at every entrance and exit to ensure that **the** employees are safe.（此時要選 the）

在每個出入口都裝有監視攝影機來確保員工的安全。

2 **A** security camera is installed at every entrance and exit to ensure that the safety of employees.（此時要選 a）

在每個出入口都裝有一台監視攝影機來確保員工的安全。

Electronics
電子產品 ❷

UNIT 34

❸❹ A computer, high-speed internet access, and a file cabinet ------- to set up an efficient home office.

(A) needed　(B) am needed　(C) is needed　(D) are needed

中譯▶ (D) 想設立一個有效率的家庭辦公室，你需要一台電腦、高速網路與檔案櫃。

➡ 5 秒「秒殺」

✦ 看到整個句子目光直接鎖定「A computer, high-speed internet access, and a file cabinet -----」，空格前為主詞，空格內應填被動語態的動詞，故選(D) are needed。

✦ 選項(A) needed 為主動語態的過去是動詞，而選項(B) am needed 與選項(C) is needed 與主詞不一致，同樣不可選。

➡ 了解原因

✦ 本考題重點為動詞形態。本題中主詞「A computer, high-speed internet access, and a file cabinet」與動詞 need 的關係為被動關係，動詞應使用被動語態，即 be + 過去分詞，故不可選(A)

needed。

✦ 被動語態結構中的 be 應隨主詞作改變，須與主詞一致。選項(B)裡的 am 用在主詞為 I 時，選項(C)的 is 與第三人稱單數的主詞共用，選項 (D)的 are 與複數主詞共用。本題主詞中有三樣東西，為複數，故需使用 are needed。

➡ 靈活變通、舉一反三

✦ 補充：

被動語態裡的 am/are/is 屬於助動詞的一種，用來連接主詞與主要動詞，表達時態或語態等，常見的助動詞有 have, be, to do, will, shall, would, should, can, may, might。而這些助動詞可能表示某種情態（情態助動詞），如表達「可能性」的 can, could, may, might（如 He might call this weekend.）、表達「必要」的 must, ought（如 You must sign up if you want to come.）或是表達「期望」的 will, would, shall, should（如 My father should be here any minute.）。

✦ 改寫：

1 A computer **is needed** to set up an efficient home office.（此時要選 is needed）

若想設立一個有效率的家庭辦公室，會需要一台電腦。

2 She **needed** a computer and high-speed internet access.（此時要選 needed）

她需要一台電腦與高速網路。

UNIT 35

電子產品 ❸

㉟ ------- decided to invest her money into starting a small cellphone and laptop repair business at home.

(A) Hers　(B) She　(C) Her　(D) Herself

中譯 (B) 她決定投入資金在家創立一個小型的手機電腦修護生意。

➡ 5 秒「秒殺」

✦ 看到整個句子目光直接鎖定「----- decided to invest her money」，句中無主詞，且空格後有 her，空格內應填正確的主詞，即選項(B) She。

✦ 選項(A) Hers 為所有格代名詞，選項(C) Her 為人稱代名詞所有格，選項(D) Herself 為反身代名詞，皆與本句不符，不可選。

➡ 了解原因

✦ 本考題重點為代名詞。本句有主要動詞 decided，無主詞，空格需填入主詞，故須從選項中挑選能做主詞且符合語意的代名詞，因此應該選擇人稱代名詞主格的選項(B) She。

✦ 選項(A)的所有格代名詞也可當主詞，但代表的

Unit 35 | 電子產品

1
一般商務、辦公室

2
人事、採購、財務與預算

3
經營管理

4
餐廳與活動、旅行

5
娛樂、健康

是之前提過的人事物（如 hers = her books），但與本句並不符。選項
(C)為人稱代名詞受格或所有格，當所有格的時候必須加上名詞才可當
主詞（如 Her father decided...）。選項(D) Herself 為反身代名詞，不
可當主詞。故皆不可選。

靈活變通、舉一反三

✦ 補充：

人稱代名詞包含主格（I, he, they 等）、受格
（me, him, them 等）與所有格（my, his, their
等）。另有所有格代名詞（mine, his, theirs
等），代表先前提過的人事物（先行詞），需與
先行詞的數量或陰陽性等一致，可做主詞或受詞（如 Mine is better.
或 Your car is bigger than mine.）。而反身代名詞（myself, himself,
themselves 等），通常做動詞或介系詞的受詞（如 You have to help
yourself.），也可搭名詞或人稱代名詞當主詞作強調（如 She herself
invested money...）。

✦ 改寫：

1 She decided to invest **her** money.（此時要選 her）
她決定投資她的錢。

2 She decided to invest **herself**.（此時要選 herself）
她決定投資自己。

Electronics
電子產品 ❹

UNIT 36

㊱ Paper shredders are the ------- way to get rid of private documents and protect company information.

(A) quickest　(B) most quickest　(C) most quick　(D) quicker

中譯 ▶ (A) 碎紙機是消除機密文件、保護公司資訊的最快方法。

⟹ 5 秒「秒殺」

✦ 看到整個句子目光直接鎖定「**Paper shredders are the -----**」，空格前為 **the**，空格內應填形容詞的最高級，即選項(A) quickest。

✦ 選項(B) most quickest 使用兩個最高級形，選項(C) most quick 為錯誤的最高級形，選項(D) quicker 為形容詞比較級，皆不可選。

⟹ 了解原因

✦ 本考題重點為形容詞最高級。本句有主詞與動詞，且空格前有 the，後有名詞 way，可知缺少形容詞，且由 the 可得知應為最高級，且因為比較的事物為三件以上（即方法有很多），也確認需使用最高級，故不可選(D)。

✦ 而選項中的形容詞 quick 為單音節字詞，最高級應直接在字尾加上 -est 而不是加上 most，故不選(C)而選(A)。而選項(B)中最高級的 most 與最高級的 -est 不可共用。

靈活變通、舉一反三

✦ 補充：

前面提過形容詞與副詞為單音節或是部分雙音節單字時，可直接加上 -er 或 -est（或做相關的變化）（如 cleaner, cleanest, nicer, nicest, prettier, prettiest 等）。三個音節以上的形容詞或副詞（與部分雙音節）則在前加 more 或 the most（如 more capable 或 the most capable）。但另有不規則的比較級與最高級，也十分常考且需特別注意，如 good-better-best, bad-worse-worst, many/much-more-most, little-less-least, far-farther-farthest（表「遠的」）, far-further-furthest（表「更進一步」）。

✦ 改寫：

1 The **quickest** way to get rid of private documents and protect company information is paper shredders.（此時要選 quickest）

消除機密文件、保護公司資訊的最快方法是碎紙機。

2 Electronic shredders are **quicker** than manual paper shredders when it comes to getting rid of private documents.（此時要選 quicker）

消除機密文件時，電子碎紙機比手動碎紙機快速。

Correspondence
通信 ❶

UNIT 37

❸❼ Please send out the correspondence ------- our customers to inform them about our new policies.

(A) of　(B) to　(C) from　(D) about

中譯 (B) 請將這份信件寄給我們的客人，告知他們新的政策。

5 秒「秒殺」

✦ 看到整個句子目光直接鎖定「send out the correspondence ----- our customers」，空格前 correspondence，後方為對象 our customers，空格應填表「從一地移動到另一地」的介系詞，即選項(B) to。

✦ 選項(A) of、選項(C) from 與選項(D) about 皆與本句語意不合，不可選。

了解原因

✦ 本題考的重點是介系詞。從本句語意可看出通信信件會向著某個方向寄出。而選項中的介系詞 to 可用來表達「朝向某個方向、某地或某人」，因此句子 please send out the correspondence to our customers 表示通信會向著客戶的方向寄出。

✦ 其他選項中的介係詞 of 用來表達「關聯」。介係詞 from 則可表達「開端或是某人／某物離開的地方」，與介係詞 to 相反。介係詞 about 則表「主題」。

➡ 靈活變通、舉一反三

✦ 補充：

介係詞 to 主要的功能是用來表達朝向某個地方移動，但是 to 也可以用來表達在時間上達到某一點（如 It will take two to five days for the correspondence to be delivered.），而 to 也可與 from 搭配，用來表達某個時間範圍或時間（如 I worked on the correspondence from 7 to 8 pm.）。此外，介係詞 to 後方必須要接名詞或動名詞（如 I look forward to seeing you.），也應注意與不定詞 to V. 區分，此時的動詞應為原形（如 I want to see you.）。

✦ 改寫：

1 Please send out the correspondence **about** our new policies to inform our customers.（此時要選 about）
請寄出關於新政策的信件以告知客戶。

2 The customers received a correspondence **from** the company to inform them about our new policies.（此時要選 from）
客戶收到來自那家公司的信件，告知他們新的政策。

Correspondence
通信 ❷

UNIT 38

❸❽ Correspondences can be used to send a ------- about an employee's actions or company's services.

(A) complaint (B) complain (C) complaining (D) complainer

中譯 ▶ (A) 信件能被用來抱怨某個職員的行為或公司的服務。

⟶ **5 秒「秒殺」**

✦ 看到整個句子目光直接鎖定「**correspondence can be used to send a -----**」，空格前為不定冠詞 **a**，空格應填適當的單數名詞，即選項(A) complaint。

✦ 選項(B) **complain** 為動詞，選項(C) complaining 為現在分詞或動名詞，選項(D) complainer 表「人」名詞，皆不選。

⟶ **了解原因**

✦ 本題考的重點是詞性辨別。不定冠詞 a 用在單數可數名詞前，且此單數名詞須為子音開頭，用來引出初次提及的人事物。

✦ 本題空格前為不定冠詞 a，後方應使用子音開

頭的單數名詞，選項(B)與(D)為動詞，故不選，即便 complaining 作為動名詞解（意表「抱怨」這件事或動作），語意不通，且動名詞前通常不使用冠詞，選項(D)為表「抱怨者」的名詞，雖為子音開頭的單數名詞，語意上也不合，不選，故本題應使用選項(A)。

靈活變通、舉一反三

✦ 補充：

判斷名詞的一個方法之一便是判斷是否可以轉為複數，可改為複數的字詞為名詞（如 complaint 可改為 complaints），另外也可藉由字尾判斷是否為名詞，-er 便是一個常見的名詞結尾，且通常表示「人、者」（如 employer, lecturer, manager 等），另外可表「人」的結尾還有 -or（如 conductor, auditor, editor 等）、結尾 -ian（如 politician, musician, historian 等）、結尾 -ist（如 artist, pianist, tourist 等）、結尾 -ee（如 employee, refugee, trainee 等），其他結尾如 -ant, -ent, -ar, -ess, -eer, -mate 等。

✦ 改寫：

1 The **complainer** sent a correspondence to complain about the employee's actions.（此時要選 complainer）
抱怨者寄了一封信抱怨職員的行為。

2 Correspondences can be used to **complain** about an employee's actions or company's services.（此時可選 complain）
信件能用來抱怨某個職員的行為或公司的服務。

Correspondence
通信 ❸

❸⑨An apology letter was mailed to customers after private information was accidentally leaked on ------- May 17th.

(A) a　(B) an　(C) the　(D)(no article)

中譯▶ (D) 在五月十七日個人資訊意外流出後，道歉函遍被寄給客戶。

➡ 5 秒「秒殺」

✦ 看到整個句子目光直接鎖定「leaked on -----May 17th」，空格前為動詞與介系詞，後為日期，空格不應填入任何冠詞，即選項(D)(no article)。

✦ 選項(A) a 與選項(B) an 為不定冠詞，選項(C) the 為定冠詞，皆不可選。

➡ 了解原因

✦ 本題考的重點是冠詞使用時機。基本上名詞，尤其單數可數名詞前必須使用冠詞，但有些情況下不可使用冠詞，例如月份、星期、日期、假日或季節等（月份如 May、星期如 Monday、假日如 Christmas、季節如 autumn）。

✦ 本句空格後是特定的一個日期 May 17th，這時候為符合文法規則不應使用冠詞，故本題不選擇用來引出第一次出現的人事物的不定冠詞的 (A)或(B)，也不選擇表特定人事物的選項(C)，而應選擇(D)。

靈活變通、舉一反三

✦ 補充：

本題中的日期前不可使用冠詞，同樣的，**當談論整個類別或團體時，不需要冠詞**（如總稱的複數 She wants to know what scientists really do. 中的 scientists 或 She is studying science. 中的 science），另外，專有名詞前不使用冠詞（如 Do you speak French? 中的 French 或 She went to New York. 中的 New York），而**抽象名詞前也通常不使用冠詞**（如 Time flies. 中的 time 或是 People are full of hatred. 中的 hatred）。

✦ 改寫：

1 **An/The** apology letter was mailed to customers after private information was accidentally leaked on May 17th.（此時要選 An/The）

一封/這封道歉函在五月十七日個人資訊意外流出後被寄給客戶。

2 An apology letter was mailed to **the/(no article)** customers after private information was accidentally leaked on May 17th.（此時要選 the/(no article)）

一封道歉函在五月十七日個人資訊意外流出後被寄給了客戶。

Correspondence
通信 ❹

❹ Writing business letters is important for ------- employees information about projects and assignments.

(A) giving　(B) gave　(C) give　(D) have given

> **中譯** ▶ (A) 書寫職場商業信件對給予員工關於專案和任務的相關訊息來說很重要。

⇒ 5 秒「秒殺」

✦ 看到整個句子目光直接鎖定「important for -----」，空格前 for，後方為子句 employees information about...，空格應填動名詞，即選項 (A) giving。

✦ 選項(B) gave 為過去動詞，選項(C) give 為原形動詞，選項(D) have given 為現在完成式動詞，皆不可選。

⇒ 了解原因

✦ 本題考的重點是動詞形態。介系詞後方需使用名詞、代名詞或動名詞，若介系詞後方需使用動詞，則須改為動名詞，即原形動詞加上 -ing。

✦ 本句以主詞 writing business letter 開頭，接上動詞 is 、形容詞 important 與介系詞 for，空格前

為介系詞 for，後方的動詞用作介系詞的受詞，應改為動名詞，故不選過去動詞的 gave、原形動詞的 give 或現在完成式的 have given，應填入動名詞作受詞的選項(A) giving。

靈活變通、舉一反三

✦ 補充：

動名詞作用如名詞，可做主詞、受詞或補語（主詞如本句的 Writing business letters is⋯，受詞如本句的 ⋯for giving，補語如 I saw him writing the letters.）。動名詞同樣須遵守主詞動詞一致的規定，如本句以一個動名詞片語（writing business letters）為主詞，後方應使用單數動詞 is（即使動詞前是複數名詞 letters），若使用兩個以上的動名詞，則須改用複數的動詞（如 Meeting friends and exercising are my favorite activities.），例句中有兩個動名詞 meeting friends 與 exercising，故動詞使用 are。若要使用否定形式的動名詞，可直接在前方加上 not 即可（如 Not exercising gives me stress.）。此外，**應區分動名詞與現在分詞，雖皆以 -ing 結尾，但動名詞可視為名詞，而現在分詞則可能作為動詞或形容詞使用**（如 He is reading.）。

✦ 改寫：

1 The supervisor **gave** the employees a business letter about projects and assignments.（此時要選 gave）
主管給員工一封關於專案與任務的職場信件。

2 The supervisors will **have given** the employees a business letter about projects and assignments by tomorrow.（此時要選 have given）主管在明天之前會給員工一封關於專案與任務的職場信件。

Part 2
人事、採購、財務與預算

	學習進度規劃	延伸學習
單字	Part 2包含求才廣告與徵才、應徵與面試、僱用與訓練、薪資與福利和晉升、退休金和獎勵、購物、訂購耗材、貨運、發票、存貨盤點、銀行業務、會計和投資、稅務和財務報表十五大類主題，每天使用零碎時間完成一個主題後將每個主題相關字彙跟例句都記起來。	浣熊改寫句中出現的單字，記誦同個主題或類別的字，例如Unit 88中出現了 effective有效的、independent獨立的、Unit 90 bankruptcy破產、negotiation等等相關用字，可抄錄於筆記本中做背誦。
文法	使用【獵豹→貓頭鷹→浣熊】逐步且漸進式的學習邏輯，每完成一個主題後徹底了解每題的文法概念並做複習。	從貓頭鷹解題中出現的文法概念，可以找相關的延伸學習，此外，可以強化自己對介詞系的相關用法。
分數段	650-700	位於此分數段的學習者需極熟悉基礎文法概念，例如過去分詞和現在分詞的用法、時間副詞和時態等等，讀者需精讀part2收錄的55個精選文法概念。

Job Advertising and Recruiting
求才廣告與徵才 ❶

UNIT 41

❹ Recruiting ------- capable and suitable candidates is critical to the success of an organization.

(A) a　(B) an　(C) the　(D)(no article)

中譯 ▶ (D) 招募有能力又適合的應試者對一個組織的成功與否是個重要的關鍵。

➡ 5 秒「秒殺」

✦ 看到整個句子目光直接鎖定「Recruiting ----- capable and suitable candidates」，空格後為名詞，空格應不填入冠詞，即選項(D)(no article)。

✦ 選項(A) a 與選項(B) an 為不定冠詞，選項(C) the 為定冠詞，皆不可選。

➡ 了解原因

✦ 本題考的重點是冠詞的使用。冠詞用來引出第一次提及的名詞或特定的名詞。本句空格前為動詞改動名詞的 Recruiting，後為形容詞 capable 與 suitable，接上複數可數名詞 candidates，空格可能需使用冠詞引出名詞。

✦ 當判斷是否使用冠詞或該使用哪個冠詞時，可略過句中形容詞，只需由名詞判斷。空格後為複數可數名詞 candidates，故不可使用引出單

數可數名詞的不定冠詞選項(A)或選項(B)（此外，不定冠詞 an 只能用在首音為母音的字詞）。又從句意可判斷 candidates 在此用作總稱（指所有的 candidates），而定冠詞 the 是用來引出特定的單數或複數的可數或不可數名詞，在此不適用，故空格不應填入任何冠詞。

➔ 靈活變通、舉一反三

✦ 補充：

當可數名詞為單數時，前方一定要使用冠詞，然本句中的可數名詞為複數，所以須依情況判斷是否使用冠詞（若要使用，只能使用定冠詞 the），如本題，當名詞作總稱用時，不可加 the，無特指的名詞前也不可使用 the。此外，一般情況下，人名、地名或國名等專有名詞前不使用 the（如 Benjamin Franklin 或 Canada），但一些特殊國名或地名前必須使用 the（如 the Republic of China 或 the United Kingdom），且海洋、河川、山脈等專有名詞通常也會使用 the（如 the Great Lakes）。一些特定的字詞前也不使用 the（如 at home, at work, go to school, go to bed, in nature 等）。

✦ 改寫：

1 Recruiting **a** capable and suitable candidate is critical to the success of this organization.（此時要選 a）
招募一個有能力又適合的應試者對一個組織的成功與否是個重要的關鍵。

2 Recruiting **an** efficient and suitable candidate is critical to the success of this organization.（此時要選 an）
招募一個有效率又適合的應試者對一個組織的成功與否是個重要的關鍵。

Job Advertising and Recruiting
UNIT 42 求才廣告與徵才 ❷

㊷ A recruiter is hired to review resumes, negotiate salaries, -------
match candidates with appropriate positions.

(A) but　(B) and　(C) nor　(D) yet

中譯▶ (B) 招募人員被聘來審閱履歷、談判薪資以及將人選媒合至適當
的位置。

➔ 5 秒「秒殺」

✦ 看到整個句子目光直接鎖定「review resumes,
negotiate salaries, ----- match candidates」，空
格前後為對等的片語，空格應填適當的連接詞，
即選項(B) and。

✦ 選項(A) but 表對立，選項(C) nor 表否定，選項
(D) yet 表「然而、還沒」等，皆不可選。

➔ 了解原因

✦ 本題考的重點是連接詞。對等連接詞用來連接
對等的字詞、片語或子句，對等連接詞包含 and,
but, or, nor, for, so, yet，各自表達的意思不同，
判斷使用哪個連接詞，可先判斷連接的兩個成份
為相似或是相對的概念。

✦ 本句中空格前後為三個片語 review resumes, negotiate salaries 以及 match candidates with appropriate positions，且三個片語表達相似的概念，因為三者皆表達招募人員的工作內容，故不使用表達相對概念的選項(A)與(D)，而選項(C) nor 只用在否定句（如 recruiters don't review resumes nor negotiate salaries），因本題為肯定句，故不選。本題空格應使用(B) and 來連結相似的概念。

靈活變通、舉一反三

✦ 補充：

對等連結詞中的 or 是用來呈現選擇、選項等（如 Recruiters are hired to review resumes or negotiate salaries.），在此例句中表示招募人員會做 review resumes 或是 negotiate salaries，但是不會兩件事情都做。而對等連結詞 so 是用來表達影響或結果（如 Recruiters are hired to negotiate salaries so that companies can save a lot of money.），在以上例句中，連接詞 so 後方引出可能的結果 companies can save a lot of money。另外，連接詞 for 則可用來引出原因（如 We didn't tell him the truth, for he might be devastated.）。

✦ 改寫：

1 A recruiter is hired to review resumes and negotiate salaries, **but/yet** they cannot officially hire candidates.（此時要選 but/yet）召募人員被聘來審閱履歷與談判薪資，但他們不能正式聘請候選人。

2 A recruiter is not hired to evaluate current employees, **nor** determine the company budget.（此時要選 nor）招募人員不是被聘來評估現有的職員，也不是被聘來決定公司預算的。

Job Advertising and Recruiting

UNIT 43
求才廣告與徵才 ❸

❹Companies are always trying to create unique job advertisements to set themselves apart ------- other companies.
(A) to   (B) of   (C) for   (D) from

中譯 (D) 公司總是試著創造特別的求職廣告以和其他公司有區分。

5 秒「秒殺」

✦ 看到整個句子目光直接鎖定「set themselves apart ----- other companies」，空格前為動詞片語 set apart，空格應填適當的介系詞，即選項(D) from。

✦ 選項(A) to 可表「到達」，選項(B) of 可表關係，選項(C) for 可表「用來」，皆不選。

了解原因

✦ 本題考的重點是介系詞。介系詞用來表明句中字與字的關係。本題空格前為動詞片語 set apart，被用來表達「使某人或某物與某人或某物不同、區分...」，空格中應填入介系詞說明 set themselves apart 與 other companies 的關係，而介系詞 from 表達起始點，即是某物或某人離開的地方，本題應使用 from 來表達 unique job advertisement 可使公司與其他公司區分（自

其他公司分離）。

✦ 介系詞 to 用來表達移動的方向，與空格前的 apart 相反，不可選。介系詞 of 則用來表示從屬關係或連結，然而 set themselves apart 並不是 other companies 的一部份，不選。介系詞 for 表達用法、原因或時間，與本題語意不合，不可選。

靈活變通、舉一反三

✦ 補充：

介系詞 to 與介系詞 from 的意思相反，但也常常一起使用。介系詞 from 用來表示動作移開的地方，而 to 表動作朝向的方向，當合在一起用時，用來表達起始點與終點（如 I drove from my house to the store. 或 I drove to the store from my house.），第一個例句表達「從家到商店」，兩個介系詞也可調換順序使用，第二個例句也表達同樣的概念「從家到商店」，但先說出 to the store 再加上 from my house。此外，因為介系詞 from 表達起始點，也可用來表達某人的原生國家或是國籍（如 I am from the U.S., but I live in Korea.）。

✦ 改寫：

1️⃣ Recruiters are always trying to create unique job advertisements for companies.（此時要選 for）
招募人員總是試著為公司製作特別的求職廣告。

2️⃣ Creating unique job advertisements is an important part of the recruitment process.（此時要選 of）
製作特別的求職廣告是招募新人過程中很重要的一部份。

Job Advertising and Recruiting
UNIT 44 求才廣告與徵才 ❹

❹ Employers want to hire the ------- candidate with intelligence, integrity, and leadership skills.

(A) likeablest　　　(B) most likeable

(C) more likeable　(D) likeabler

中譯 ▶ (B) 雇主想要聘請有智慧、正直且有領導能力，又最討喜的應徵者。

➡ 5 秒「秒殺」

✦ 看到整個句子目光直接鎖定「**Employers want to hire the ----- candidate**」，空格前 **the**，空格應填形容詞最高級，即選項(B) most likeable。

✦ 選項(A) likeablest 為錯誤用法，選項(C) more likeable 為比較級，選項(D) likeabler 為錯誤用法，皆不選。

➡ 了解原因

✦ 本題考的重點是形容詞形式。形容詞可能有比較級或最高級，比較級用來比較兩樣東西或人，形式上為形容詞加上 -er 或在前方使用 more，而最高級用來表示三者以上的人事物中，「最...的」，使用上為形容詞 -est 或在前方使用

most。

✦ 本題因為比較的東西多於兩人，且空格前方有 the，故空格內應使用最
高級的形容詞形式，故可刪除 more 或 -er 結尾的選項(C)與(D)，又形
容詞 likeable 為三個音節的形容詞，故形容詞的最高級不使用 -est 結
尾，而需另外在前方加上 most，故不選(A)，應改選(B)。

➲ 靈活變通、舉一反三

✦ 補充：

定冠詞 the 通常會與最高級形容詞與其修飾的名
詞一起出現，但 the 可用在最高級形容詞前方
（如 the best person），也可能出現在名詞前
（如 the person most capable）。此外，其實不
一定要使用 the，有可能使用其他的詞，如 my, your, this, that 等（如
Ship me your best product.），也可能都不需要（如 She seemed
most likely to quit.）。需注意的是，定冠詞 the 也可能用在比較級
前，特別強調兩者中比較...的那個（如 I want the better room.）。定
冠詞 the 也用在以下比較級的結構：「the 比較級... ＋the 比較級... 」
（如 The more I see him, the more I like him.）。

✦ 改寫：

1 When there are two candidates left, employers want to hire the
more likeable candidate.（此時要選 more likeable）
當只剩兩位應試者時，雇主會想要聘用較討喜的候選人。

2 Out of the two candidates, she was hired because she was **more
likeable**.（此時要選 more likeable）
兩位應試者中，她因為比較討喜，所以被聘用了。

Job Advertising and Recruiting
求才廣告與徵才 ❺

❹⑤ If a student wants to get a job, he or she ------- to prepare a resume, write a cover letter, and take employment tests.

(A) need (B) needing (C) needed (D) needs

中譯 ▶ (D) 若一個學生想找到工作，他（她）必須準備履歷、撰寫應徵函並接受雇用測驗。

5 秒「秒殺」

✦ 看到整個句子目光直接鎖定「If a student wants to get a job, he or she ----- to prepare」，空格前方有 if 接現在簡單式動詞，且說明的內容永遠成立，空格應填現在簡單式的動詞，即選項(D) needs。

✦ 選項(A) need 為原形動詞，選項(B) needing 為現在分詞，選項(C) needed 為過去式動詞，皆不可選。

了解原因

✦ 本題考的重點是第零類條件句。第零類條件句為一種假設語氣，用來陳述不變的定律、一般事實或科學真理等，表「只要條件吻合，便會成真或發生」，第零類條件句的主要子句以及 if 的從句都會使用現在簡單式。

✦ 本句以 If 開頭的從屬子句加上一個主要子句（he or she...），而主要子句中的空格前為第三人稱的 he or she，故不選使用在非第三人稱的 (A) need（若為 he and she 才可使用）。另，選項(B)因沒有 be 動詞，不可選。又 if 從屬句中的動詞為現在簡單式的 wants，陳述的內容為一般事實或習慣，故主要子句也應使用現在簡單式，故應選(D)。

靈活變通、舉一反三

✦ 補充：

在以往當談論單數名詞，但無特定性別時，人們習慣使用男性的第三人稱單數代名詞（如 A teacher has to encourage his students.），但現在為避免性別歧視等議題，多將男性與女性代名詞一起使用（如 A teacher has to encourage his or her students.），也可改成複數避免性別問題或避免不斷重複 he or she 或 his or her 等詞（如 Teachers have to encourage their students.），此外，有些人即使前方為單數名詞，也會使用複數代名詞（如 A teacher has to encourage their students.），雖然有些人會覺得不合語法。

✦ 改寫：

1 If students want to get jobs, they **need** to prepare a resume, write a cover letter, and take employment tests.（此時要選 need）
如果學生想找到工作，他們必須準備履歷、撰寫應徵函並接受雇用測驗。

2 He **needed** to prepare his resume and write his cover letter before his job interview last Tuesday.（此時要選 needed）
在他上週二的面試前，他必須準備履歷並撰寫應徵函。

Applying and Interviewing
應徵與面試 ❶

46 In the United States, jobs in leisure, hospitality, health care, social assistance, and finance have been -------.

(A) increase　(B) increasen　(C) increases　(D) increasing

中譯 ▶ (D) 在美國休閒、觀光服務業、醫療保健、社會服務以及財經產業的工作機會一直在增加。

⮕ 5 秒「秒殺」

✦ 看到整個句子目光直接鎖定「In the United States jobs…have been -----」，空格前為 have been，空格應填現在分詞，即選項(D) increasing。

✦ 選項(A) increase 為原形動詞，選項(B) increasen 為錯誤用法，而選項(C) increases 為第三人稱單數動詞，皆不可選。

⮕ 了解原因

✦ 本題考的重點是動詞形態。現在完成進行式的結構為 has/have been + Ving（現在分詞），用來表達從以前到現在發生的狀況或動作，強調動作或狀況的過程或持續狀況等，通常也暗指「最近」。

✦ 本句的主要子句中有主詞 jobs in leisure…and finance，後方有助動詞 have，接上完成式的 been，後方動詞應使用現在分詞的 increasing，來表示在這些產業中的工作從過去到現在都在持續增加，故選(D)，而不填選項(A)與(C)。而選項(B)為錯誤用法。

➡ 靈活變通、舉一反三

✦ 補充：

若要在現在完成進行式的結構中使用如 always, only, just 等副詞修飾的話，須將副詞置於 have/ has 與 been 之間（如 Jobs in leisure and hospitality have only been increasing since last month.），而現在完成式中的副詞則使用在 have/has 與 p.p. 之間（如… have just increased…）。使用完成式應注意動詞變化，規則的動詞變化為過去式與過去分詞加 -ed，其中過去式動詞用在描述過去事件，而過去分詞可能用在完成式或是被動語態等，本題的動詞 increase 便是規則變化的動詞，故其過去分詞為 increased。但須特別熟悉不規則的動詞變化。

✦ 改寫：

1 In the United States, jobs in leisure, hospitality, health care, social assistance, and finance continue to increase.（此時要選 increase）在美國休閒、觀光服務業、醫療保健、社會服務以及財經產業的工作機會持續在增加中。

2 The government increases jobs in leisure, hospitality, health care, social assistance, and finance.（此時要選 increases）政府增加了休閒、觀光服務業、醫療保健、社會服務以及財經產業的工作機會。

Applying and Interviewing
應徵與面試 ❷

❹❼During the job application process, applicants must persuade employers to hire them ------- clearly stating their qualifications and availability.

(A) for　(B) through　(C) by　(D) to

中譯▸ (C) 在工作應徵的過程中，應徵者應清楚闡述他們的條件與可上班時間，以說服雇主聘用他們。

➡ 5 秒「秒殺」

✦ 看到整個句子目光直接鎖定「persuade employers to hire them ----- clearly stating...」，空格前方為動作，後方為方式，空格應填適當的介系詞，即選項(C) by。

✦ 選項(A) for 可表理由，選項(B) through 可表「穿透」，選項(D) to 表「到達」，皆不可選。

➡ 了解原因

✦ 本題考的重點是正確的介系詞。 如前述，介系詞是用來表達字詞等成分之間的關係，故必須透過語意確定正確的介系詞。本句中的主要子句 applicants must… availability 中空格前方是情況或想達到的目的，而後方是方法或手段，故空格應使用介系詞 by 來表明「藉著某種方法」。

✦ 介系詞 to 通常用來表達到達的方向或時間、極限等,而介系詞 for 可用來表達用法、原因或持續的一段時間,而介系詞 through 則用來表達穿透或通過、開始到結束,或表達一段時間。

➡️ 靈活變通、舉一反三

✦ 補充:

介系詞 by 與 through 都可能翻譯成「透過」,但兩者的意思與用法不同。介系詞 by 本意為「從旁邊(經過)」,另可表示「藉由、透過」某種方式或手段,通常為抽象的(注意 by hand, by phone, by car 使用 by,表達的是其抽象的手段),若後方是動作則需如本題使用動名詞(如 She succeeded by working hard.)。而 through 原意為「(從內)穿過、通過」,另可表示「通過、透過」某人或某種途徑,後方通常為名詞(如 He got the job through a friend. 或 She succeeded through hard work.)。另一個容易混淆的詞仍有 with,介系詞 with 後方通常接上具體的工具(如 We eat with chopsticks.)。

✦ 改寫:

1 During the job application process, employers are looking **for** applicants who clearly state their qualifications and availability. (此時要選 for)在工作應徵的過程中,雇主會尋找能清楚闡述他們的條件與可上班時間的應徵者。

2 Employers go **through** the job applications to look for applicants with high qualifications and suitable availability.(此時可選 through)雇主審閱求職申請,以找出有優秀條件與最能配合上班時間的應徵者。

Applying and Interviewing
應徵與面試 ❸

UNIT 48

❹❽ Employees are searching for companies that encourage ------- and provide career advancement opportunities.

(A) diversified　(B) diversity　(C) diverse　(D) diversely

中譯 ▶ (B) 員工都在尋找鼓勵多元化並提供晉升機會的公司。

➔ 5 秒「秒殺」

✦ 看到整個句子目光直接鎖定「**companies that encourage -----**」，空格前為動詞，後為連接詞，空格應填名詞，即選項**(B) diversity**。

✦ 選項**(A) diversified** 為形容詞，選項**(C) diverse** 為形容詞，選項**(D) diversely** 為副詞，皆不可選。

➔ 了解原因

✦ 本題考的重點是及物動詞。及物動詞為後方必須加上受詞的動詞（如 send, take, open, want 等），後方若無動詞，則句子顯得不完整。本題空格前的動詞 encourage 便是及物動詞，後方應加受詞，而名詞才可作為受詞，故本題應使用 -ity 結尾的 diversity。

✦ 選項(A)與(C) 皆為形容詞，空格前後並非名詞，故不可選。選項(D)以

-ly 結尾，為副詞，雖然動詞 encourage 後可使用副詞，但在本句中卻與 encourage 語意不合，不可選（與 encourage 可併用的副詞有 passionately 或 supportively 等）。

靈活變通、舉一反三

✦ 補充：

動詞有及物動詞與不及物動詞，及物動詞後方會接受詞（如本句的 encourage），且此受詞必須為直接受詞，即中間不加介系詞等詞（如 I want that.），有些時候會看見及物動詞後出現介系詞（如 We threw away the book.），但其實 away 在此為可移動的副詞（本例句也可改為 We threw the book away.）。而不及物動詞後方則不需要受詞（如 cry, laugh, talk, wink 等），不及物動詞後若想加上受詞則需要介系詞（例如 I laughed at him.），這通常為片語動詞（如 laugh at, look after, speak to, break out），而後方名詞其實為介系詞的受詞。另外有些動詞依不同意思可能為及物動詞（如 We visited Grandma.），也可能為不及物動詞（如 We're visiting.）。

✦ 改寫：

1 Employees are searching for companies that diversely select employees and provide career advancement opportunities.（此時要選 diversely）員工都在尋找多元選擇不同員工並提供晉升機會的公司。

2 Employees are searching for companies with diversified/diverse employees and provide career advancement opportunities.（此時要選 diversified/diverse）員工都在尋找有多元員工並提供晉升機會的公司。

113

Applying and Interviewing
應徵與面試 ❹

49 The student prepared for his job interview by recording practice interviews, ------- he really wanted a job.

(A) for   (B) but   (C) nor   (D) so

中譯 (A) 那位學生錄他的面試練習來作應徵工作的準備，因為他真的很想要有工作。

➡ 5 秒「秒殺」

✦ 看到整個句子目光直接鎖定「The student prepared for his job interview…, ----- he really wanted a job」，空格前表結果的子句，空格後為表原因的子句，空格應填適當的連接詞，即選項(A) for。

✦ 選項(B) but 表「但是」，選項(C) nor 表「也不」，選項(D) so 表「所以」，皆不可選。

➡ 了解原因

✦ 本題考的重點是連接詞。連接詞用來連接兩個成分，而判斷應該使用哪個連接詞則必須透過連接詞前後成分想表達的語意。本句有兩個子句 the student prepared for his job interview… 以及 he really wanted a job，後方的子句是前方子句動作

的原因、理由。而連接詞 for 便是用來引出理由或原因，故本題空格便應填入連接詞 for。

✦ 連接詞 but 用來連接兩個對立的字詞或子句，連接詞 nor 用來引出另一個否定的概念，而 so 用來引出效力或結果，以上皆與本句語意不合，不可選。

靈活變通、舉一反三

✦ 補充：

本題的 for 作為連接詞，表「因為」（如 I like him, for he is a nice person.），而另一個連接詞 because 同樣可譯作「因為」（如 I like him because he is a nice person.）。但是 for 為對等連接詞，而 because 為附屬連接詞，這表示 for 前後的兩個子句有同等的重要性，而 because 連接的子句則是將重點擺在後方的原因，特別強調。另有同樣引出理由的字詞如 since 與 as（如 Since you're a person I trust, I'll give it to you. 以及 As it wasn't a good time to be out on the streets, we decided to go home.），兩者帶領的原因通常是已知的。

✦ 改寫：

1 The student really wanted a job, **so** he prepared for his job interview by recording practice interviews.（此時要選 so）那位學生真的很想要有工作，所以他錄他的面試練習來作應徵工作的準備。

2 The student did not want to prepare for his job interview, **nor** did he really want a job.（此時要選 nor）
那位學生既不想準備工作面試，也不是真的想要得到工作。

Applying and Interviewing
應徵與面試 ❺

❺⓿ Everybody was asked to complete ------- evaluation of the candidates based on skill, character, and professionalism.

(A) their　(B) themselves　(C) he or she　(D) his or her

中譯 (D) 所有人都被要求根據技能、人格特質與專業來完成他們對候選人的評量。

5 秒「秒殺」

✦ 看到整個句子目光直接鎖定「Everybody was asked to complete ----- evaluation」，空格前方為主詞 everybody，空格後為名詞，空格應填第三人稱單數、不分性別的代明詞所有格，即選項 (D) his or her。

✦ 選項(A) their 為複數代名詞所有格，選項(B) themselves 為複數反身代名詞，而選項(C) he or she 為第三人稱單數主格，皆不可選。

了解原因

✦ 本題考的重點是正確的人稱代名詞。人稱代名詞用來代替名詞，在人稱、數量或格位上都會隨著代替的名詞作變化。

✦ 本句的空格前為動詞 complete，後為名詞 evaluation，空格應入代名詞所有格。又代名詞的

人稱、數量等須依所代替的名詞作變化，因此必須確定所替代的名詞為何。在此，**代名詞所替代的名詞為 everyone，因 everyone 需視為單數，且無性別之分，故不選(A)或(B)。又如前述，空格後方為名詞，必須使用所有格，故不選(C)**，而應使用選項(D)第三人稱單數、不分性別的人稱代名詞所有格 his or her。

靈活變通、舉一反三

✦ 補充：

人稱代名詞在人稱上有分第一人稱（I, we）、第二人稱（you）以及第三人稱（he, she, it, we），而各個人稱又可再區分單複數（如 I 為單數，we 為複數）。格位分別為主格、受格以及所有格，會有不同的變化，主格便是代替名詞作為主詞的代名詞（如 I, you, we, he 等），受格是代替名詞作為受詞的代名詞（如 me, you, us, him 等），而所有格則置於名詞前，代表「...的」（如 my, your, our, his 等）。另外有所有格代名詞，代替人稱代名詞所有格以及後方的名詞（包含 mine, yours, ours, theirs, his, hers, its），例如在句子 It's not your book. It's mine. 中 mine 便代替 my book。

✦ 改寫：

1 He or she was asked to complete an evaluation of the candidates based on skill, character, and professionalism.（此時要選 he or she）他（她）被要求根據技能、人格特質與專業來評量候選人。

2 The employees were asked to complete **their** evaluation of the candidates based on skill, character, and professionalism.（此時要選 their）員工被要求完成根據技能、人格特質與專業來評量候選人。

Hiring and Training
僱用與訓練 ❺

UNIT 51

51 After employees are hired, each employee ------- to receive training in safety, personal growth, and career development.

(A) need (B) needs (C) needing (D) have needed

中譯 ▶ (B) 員工被聘用後，每個人都需要接受安全、個人成長以及事業發展上的訓練。

➡ 5 秒「秒殺」

✦ 看到整個句子目光直接鎖定「each employee ----- to receive」，空格前為主詞 each employee，後方為 to，空格應填適當的動詞，即選項(B) need。

✦ 選項(A) need 為原形動詞，選項(C) needing 為現在分詞，選項(D) have needed 為現在完成式動詞，皆不可選。

➡ 了解原因

✦ 本題考的重點是主詞動詞一致。英文句子中的主要動詞在人稱或數量上須與主詞相配合，例如當時態皆為現在簡單式，主要動詞為 be 動詞時，主詞 he 會使用 is，主詞 they 會使用 are，若主要動詞是一般動詞時，主詞 he 會使用 -s 結尾的動詞，主詞 they 會使用原形動詞。

✦ 本句的主詞為 **each employee**，當 **each** 接上名詞時，會視為單數主詞，故動詞會使用第三人稱單數動詞，故不使用複數的(A)與(D)，而應使用選項(B)的 needs。而 needing 前方必須要有 be 動詞，在此不可選。

靈活變通、舉一反三

✦ 補充：

選項中的現在分詞 needing 前方需要 be 動詞，這即為現在進行式（如 is watching 或 are reading），通常用來表示現在正在進行的動作，常搭配的副詞有 now, right now, at the moment, for the time being。雖然現在進行式是用來表示正在進行的動作，卻也會用來表示未來即將發生的動作或已預計好的計畫（如 She's leaving for India tomorrow. 或是 We're having a party tonight.）。此外，大部分的動詞的現在分詞是直接加上 -ing，若動詞結尾是 e（如 ride, use），則會去掉 e 後加 ing（如 riding, using），而當動詞發音為「子音＋母音＋子音」時（如 cut），則會先重複字尾再加 ing（如 cutting）。

✦ 改寫：

1 After employees are hired, they **need/have needed** to receive training in safety, personal growth, and career development.（此時要選 need/have needed）
員工被聘用後需要接受安全、個人成長以及事業發展上的訓練。

2 The employees that were just hired are **needing** to receive training in safety, personal growth, and career development.（此時可選 needing）
員工被聘用後需要接受安全、個人成長以及事業發展上的訓練。

Hiring and Training
僱用與訓練 ❶

UNIT 52

❺❷ During the training period, employees are asked to submit ------ - papers on the effective use of technology.

(A) an　(B) any　(C) every　(D) several

中譯 ▶ (D) 在實習的階段，員工會被要求提交好幾份關於有效率使用科技產品的報告。

⟶ 5 秒「秒殺」

✦ 看到整個句子目光直接鎖定「submit ----- papers」，空格前為動詞，後為複數可數名詞，空格應填適當的量詞，即選項(D) several。

✦ 選項(A) an、選項(B) any 與選項(C) every 都只能使用在單數名詞，皆不可選。

⟶ 了解原因

✦ 本題考的重點是量詞的使用。量詞用在名詞前方，用來表示名詞的量，有些量詞後方只能使用可數名詞（如 many, a few），有些量詞後方只能接不可數名詞（如 much, a little）。選項(A)為不定冠詞，後方必須接單數的可數名詞，而其他選項中的量詞 any 與 every 後方也只能使用單數可數名詞，而選項(D) several 後方只能接上複數可數名詞。

✦ 本句空格後為名詞 papers，名詞 paper 可能為不可數名詞，也可以是可數名詞，需依意思做判斷，在此作「報告」解釋，為複數可數名詞，前方不能使用選項中的 an, any, every，只能使用選項中的 several，故選(D)。

➡ 靈活變通、舉一反三

✦ 補充：

有些量詞後方只能使用可數名詞，有些只能使用不可數名詞。與選項中的 several 相同，只能使用複數可數名詞的字詞還有 these, those, many, other, few, a (large/great) number of, a couple of 等，不定冠詞 a 與 an 後方只能使用可數名詞，且必須為單數。其他只能接上不可數名詞的字詞有 much, little, a bit of, little, a great deal of 等。另外有些字詞後方可數或不可數名詞都可使用，例如 most, more, some, a lot of, all, enough, less, no, tons of, heaps of 等，定冠詞 the 後方則單數或複數可數名詞，以及不可數名詞都可使用。

✦ 改寫：

1 During the training period, employees are asked to submit **any/every** paper on the effective use of technology.（此時要選 any/every）在實習的階段，員工會被要求提交任何一份/每一份關於有效率使用科技產品的報告。

2 During the training period, employees are asked to submit **an** engaging paper on the effective use of technology.（此時要選 an）在實習的階段，員工會被要求一份關於有效率使用科技產品的有吸引力的報告。

Hiring and Training
僱用與訓練 ❷

UNIT 53

❸ Employers are required to ------- employees about customer service skills and workplace safety.

(A) inform　(B) informed　(C) information　(D) informational

中譯▶ (A) 雇主有義務告知員工客戶服務技巧與職業安全。

➡ 5 秒「秒殺」

✦ 看到整個句子目光直接鎖定「**employers are required to ----- employees**」，空格前 **to**，後方為名詞 **employees**，空格應填動詞，即選項(A) inform。

✦ 選項(B) informed 為過去式動詞，選項(C) information 為名詞，選項(D) informational 為形容詞，皆不可選。

➡ 了解原因

✦ 本題考的重點是詞性判斷。本句中的動詞 require 可在後方加上受詞後使用不定詞（to + 原形動詞）。本句結構為主詞 employers 接上被動的 are required to，空格後方是受詞 employees，此處 to 後方必須接上原形動詞，故空格內應填入選項(A) inform。

✦ 選項中的 informed 為 -ed 結尾的過去式動詞，與 to 不合，也可做

「消息靈通的」等意思的形容詞，與空格前的 required to 不合，不可選。結尾為 -al 的 informational 為形容詞，而選項中以 -ion 結尾的 information 為名詞，皆不可選。

➡️ 靈活變通、舉一反三

✦ 補充：

句中 require 後方接上不定詞 to V.。其他有類似用法的單字還有 need, allow, permit, encourage 等，後方會接上受詞，再加不定詞（如 I need him to finish that report by tomorrow. 或是 They encourage him to follow his dream.），或如本句使用被動語態，直接使用不定詞（如 He was allowed to return to his country.）。此外，以上動詞也會使用動名詞作受詞（如 The room needs cleaning. 或 There are still a lot of questions that require answering.）。注意，與這些動詞不同的，有些動詞後方只能使用動名詞，如 appreciate, complete, can't help, regret, enjoy 等，有些只能使用不定詞，如 offer, agree, promise, plan, appear 等。

✦ 改寫：

1 Employers are required to give employees **information** about customer service skills and workplace safety.（此時要選 information）雇主有義務提供員工客戶服務技巧與職業安全相關的資訊。

2 **Informed** employers are required to teach employees about customer service skills and workplace safety.（此時要選 informed）被告知的雇主有義務教導員工客戶服務技巧與職業安全。

Hiring and Training
僱用與訓練 ❸

UNIT 54

54 Trainees are highly encouraged to take business writing classes so that they can write as ------- as current employees.

(A) most clearly　(B) more clearly　(C) clearly　(D) clealier

中譯 (C) 實習生被積極鼓勵上商業寫作課，書寫內容才能如目前員工一樣清楚。

5 秒「秒殺」

✦ 看到整個句子目光直接鎖定「write as ----- as current employees」，空格前後有 as，空格應填原形形容詞，即選項(C) clearly。

✦ 選項(A) most clearly 為副詞最高級，選項(B) more clearly 為副詞比較級，而選項(D) clearlier 為錯誤的比較級用法，皆不可選。

了解原因

✦ 本題考的重點是副詞的比較級使用。副詞用來修飾動詞，當比較兩者的動作時，可使用副詞比較級(-er 或 more)，若比較三者以上的動作，可使用最高級(-est 或 most)，當比較的結果是一樣的話，則會使用「as + 副詞原形 + as」的結構。

Unit 54 | 僱用與訓練

1 一般商務、辦公室

2 人事、採購、財務與預算

3 經營管理

4 餐廳與活動、旅行

5 娛樂、健康

✦ 本題空格出現在 as…as 之間，比較實習生與現任員工的書寫，前方為動詞 write，需使用副詞來修飾動詞，且比較結果相同，故空格應填入原形副詞，即選項(C)，不選最高級的(A)或比較級的(B)，且 clearly 雖為雙音節，但其比較級是直接在前加 more，故不選(D)。

靈活變通、舉一反三

✦ 補充：

形容詞或副詞比較級與最高級通常直接加 -er 與 -est，三個音節以上使用 more 與 most，需特別注意不規則變化的單字，如 many, good, well 等。當比較的結果是相同時，可使用 as…as 結構，若要使用否定語句可在前加 not（如 not as tall as）。但除了本句的 as…as 中直接使用形容詞或副詞外，也可加入名詞「as＋形容詞＋名詞＋as」（如 He has as many dogs as I do.）。另外，也可使用倍數來做比較（如 His house is twice as big as mine. 或 My dog is half the size of his dog.）。

✦ 改寫：

1 Trainees are highly encouraged to take business writing classes so that they can write **more clearly** than current employees.（此時要選 more clearly）實習生被積極鼓勵上商業寫作課，書寫內容才能比目前員工清楚。

2 Current employees are the ones who can write **most clearly** because they took many business writing classes and practice a lot.（此時要選 most clearly）目前的員工書寫最清楚，因為他們有上商業寫作課，並時常練習。

Hiring and Training
僱用與訓練 ❹

UNIT
55

㊎The trainees are meeting ------- upstairs to review communication strategies and organizational policies.

(A) at   (B) above   (C) to   (D)(no preposition)

中譯▶ (D) 實習生要在樓上開會，探討溝通策略與組織政策。

➜ 5 秒「秒殺」

✦ 看到整個句子目光直接鎖定「The trainees are meeting ----- upstairs」，後方為地方副詞 upstairs，空格不填介系詞，故填選項(D)(no preposition)。

✦ 選項(A) at、選項(B) above 與選項(C) to 皆為介系詞，皆不可選。

➜ 了解原因

✦ 本題考的重點是地方副詞的用法。地方副詞說明動作發生的地方，當用來描述方向時，某些地方副詞前不需要使用介系詞，如 home, upstairs, downstairs, downtown, uptown, inside, outside 等。本句中的空格出現在 upstairs 前，說明他們要碰面、開會的方向、地方，故前方不使用介系詞。

✦ 選項中的介系詞 at 用來表示某個特定的地方，表「在...」（如 at the room upstairs）。介系詞 above 用來表示「在...之上」（如 Sign your name above the date.）。介系詞 to 用來描述動作的去向（如 I am going to the meeting.），皆不可選。

➔ 靈活變通、舉一反三

✦ 補充：

除了前述的地方副詞來表示方向或地方外，也可利用介系詞，主要用來描述動作的介系詞有 to, onto, into 等，介系詞 to 表動作朝向某人或某物，介系詞 onto 則表示朝向一個表面（如 He jumped onto the table and yelled at everyone.），介系詞 into 表達動作朝向某物內部（如 They decided to climb into the cave.）。此外，大部分的地方副詞也可做介系詞用，這時後面必須要有名詞當作受詞（如 They hid behind their mother. 或是 We put our TV over the fireplace.）。

✦ 改寫：

1️⃣ The trainees are meeting **at** the room upstairs to review communication strategies and organizational policies.（此時要選 at）
實習生要在樓上的房間開會，探討溝通策略與組織政策。

2️⃣ The trainees went **to** the meeting at the room upstairs to review communication strategies and organizational policies.（此時可選 to）
實習生去樓上的房間開會，探討溝通策略與組織政策。

一般商務、辦公室

2 人事、採購、財務與預算

3 經營管理

4 餐廳與活動、旅行

5 娛樂、健康

Salaries and Benefits
薪資與福利 ❺

❺❻ Although the salary was not as high, she ------- the job with health care and life insurance.

(A) choose　(B) chosen　(C) choosed　(D) chose

中譯 (D) 雖然薪水不高，但她選了有健保與壽險的工作。

⮕ 5 秒「秒殺」

✦ 看到整個句子目光直接鎖定「she ----- the job」，空格前主詞為第三人稱單數，空格應填適當的動詞，即選項(D) chose。

✦ 選項(A) choose 為非第三人稱單數動詞，選項(B) chosen 為過去分詞，選項(C) choosed 為錯誤用法，皆不可選。

⮕ 了解原因

✦ 本題考的重點是主詞動詞一致。如前述主詞以及主要動詞一定要在人稱與數量等上面相搭配。本句中的主詞為第三人稱單數的 she，空格後為受詞 the job，空格中必須填入能與主詞相符的動詞。選項中只能選擇過去式的動詞 chose 才能與第三人稱單數主詞一致，故選答案(D)。

✦ 選項(A)為原形動詞，必須與非第三人稱單數的主詞一起用。選項(B)為過去分詞，通常用在完成式或被動語態，空格前並沒有 have/has/had 等詞或 be 動詞，故不可選。而動詞 choose 屬於不規則動詞，動詞三態的變化是 choose-chose-chosen，故選項(C)為錯誤的過去式動詞，同樣不可選。

靈活變通、舉一反三

✦ 補充：

如前面單元說過的，英文動詞中有些動詞為不規則動詞，在變化上需特別注意，基本上沒有規則，需要特別背，不規則變化的單字包含 hide-hid-hidden, give-gave-given, bring-brought-brought, catch-caught-caught, buy-bought-bought, forget-forgot-forgotten, get-got-got 等，其中 get 的過去分詞也可能是 gotten（一說法為英式英語只用 got，美式英語則都可能），但 have got 與 have gotten 的意思則可能不同，have got 通常表「有」的意思（如 I've got some apples.）。

✦ 改寫：

1 Although the salary was not as high, she will **choose** the job with health care and life insurance.（此時要選 choose）
雖然薪水不如以前高，但她會選有健保與壽險的那份工作。

2 Although the salary was not as high, she **has chosen** the job with health care and life insurance.（此時要選 has chosen）
雖然薪水不如以前高，但她選了有健保與壽險的工作。

1｜一般商務、辦公室

2｜人事、採購、財務與預算

3｜經營管理

4｜餐廳與活動、旅行

5｜娛樂、健康

Salaries and Benefits
薪資與福利 ❶

UNIT 57

❺⓻ If the candidates get hired, the company will ------- them a full benefit package in addition to a competitive salary.

(A) offer　(B) offers　(C) offered　(D) offering

中譯▶ (A) 如果應徵者被聘用了，公司除了高薪外，還會提供完整的福利。

---

5 秒「秒殺」

✦ 看到整個句子目光直接鎖定「the company will -----」，空格前 will，空格應填原形動詞，即選項(A) offer。

✦ 選項(A) offers 為第三人稱單數動詞、選項(C) offered 為過去式動詞，選項(D) offering 為現在分詞，皆不可選。

了解原因

✦ 本題考的重點是未來式與第一類條件句。未來式用來表達在未來時間發生的動作，其中一個表達方式便是用 will 加上原形動詞。而第一類條件句是 if 子句使用現在簡單式，而主要子句使用未來式 will + 原形動詞，整句表達可能發生的假設情況。

✦ 本題以 if 子句開頭（If the candidates get hired），其中的動詞為現在簡單式的 get，後方接主要子句 the company will…。依據上述第一類條件句的結構，空格內應使用原形動詞，故選 offer，而不填其他選項。

⇒ 靈活變通、舉一反三

✦ 補充：

本題用來表達未來動作的 will 不依主詞人稱變化，否定句直接在後方加 not（如 He'll not come.）。另一個常見的未來式還有 be going to 加上原形動詞，此結構則需要依不同主詞人稱作變化（如 I'm going to stay. 或 He's going to stay.），否定句則將 not 置於 be 動詞後（如 They're not going to stay.）。兩種未來式用法有時在語意上可能會有些不同，未來式 will 可表當下的決定；而 be going to 則多表計劃好的事情。另，前面提及現在進行式也可用來表示短暫的未來會發生的動作或執行的計劃。有時，現在簡單式也可能表未來，通常用在時刻表等，早已訂好、一定會發生的情況（如 The bus comes at 2:00.）。

✦ 改寫：

1 The company **offered** the candidates who got hired a full benefit package in addition to a competitive salary.（此時要選 offered）
公司除了高薪外，還提供給被聘用的應徵者完整的福利。

2 If the candidates get hired, the company will be **offering** them a full benefit package in addition to a competitive salary.（此時要選 offering）如果應徵者被聘用了，公司除了高薪外，還會提供完整的福利。

Salaries and Benefits
薪資與福利 ❷

58 Before accepting a job offer, ------- employees should consider how much their skills are worth and how much money they want.

(A) prospect
(B) prospectable

(C) prospectively
(D) prospective

> **中譯** ▸ (D) 在接受工作邀約之前，潛在員工應該考慮他們技能的價值以及他們希望的薪資。

➡ 5 秒「秒殺」

✦ 看到整個句子目光直接鎖定「- - - - - employees」，空格後為名詞，空格應填適當的形容詞，即選項(D) prospective。

✦ 選項(A)為動詞或名詞，選項(B)為錯誤用法，選項(C)為副詞，皆不可選。

➡ 了解原因

✦ 本題考的重點是詞性。形容詞修飾名詞，而副詞修飾動詞或形容詞。本句空格後為複數名詞 employees，需使用形容詞，選項中 -able 結尾以及 -ive 結尾的(B)與(D)可能為形容詞，然而(B)並不是一個真的字詞，只能選(D)，意思為「預期的、盼望的」，表示公司考慮雇用的候選人。

✦ 選項(A)可作動詞或名詞，作名詞可表「前途或前景」，若要與名詞一起使用，需要介系詞（如 an employee with prospect）。以 -ly 結尾的選項(C)為副詞，在此不可使用。

⟶ 靈活變通、舉一反三

✦ 補充：

形容詞通常放在名詞前方，但有些形容詞也可置於後方作修飾（如 He looks determined.）。當修飾對象是代名詞時，要置於後方（如 get something different 中的 different 置於代名詞 something 後）或前方有最高級時（如 the best room available）。有些特殊形容詞必須置於後方，如 alone 或 alive 等（如 the only person alive）。也應注意，有些形容詞可置於名詞前，也可置於名詞後，但表達的意思不同，如 concerned, responsible 等（如 the concerned parents 表「擔心的」，而 the parents concerned 表「有涉入...的」）。

✦ 改寫：

1 Before accepting a job offer, candidates should determine the **prospect** of getting a salary that reflects their worth.（此時要選 prospect）在接受一份工作前，候選人應確認能得到反映他們價值的薪水的可能性。

2 Before **prospectively** accepting a job offer, employees should consider how much their skills are worth and how much money they want.（此時要選 prospectively）在有希望的接受一份工作前，員工應考慮他們技能的價值以及他們希望的薪資。

Salaries and Benefits
薪資與福利 ❸

59 ------- progressive companies allow male employees to take time off of work after the birth or adoption of a child.

(A) Every　(B) A few　(C) Any　(D) Each

> 中譯 ► (B) 有一些比較先進的公司允許男性員工在孩子出生或是領養孩子之後放假。

➔ 5 秒「秒殺」

✦ 看到整個句子目光直接鎖定「----- progressive companies」，空格後方為複數可數名詞，空格應填適當的量詞，即選項**(B) A few**。

✦ 選項**(A) Every**、選項**(C) Any**、選項**(D) Each** 皆為與單數可數名詞共用的量詞，皆不可選。

➔ 了解原因

✦ 本題考的重點是量詞的使用。如前述特定量詞須與可數名詞共用，而某些量詞只能與不可數名詞共用。本題空格後方為形容詞 progressive 加上複數的可數名詞 companies，必須挑選可搭配的量詞。

✦ 雖然選項中的量詞皆與可數名詞共用，但其中的 every, any, each 後方

皆必須使用單數名詞（如 every company, any company, each company），因此本題只能填入可以用在複數名詞前的 **a few**。

靈活變通、舉一反三

✦ 補充：

選項中的量詞 each 與 every 中文翻譯雖容易混淆，但兩者意思其實不同，量詞 each 強調群體中的個體，但 every 則用來強調群體裡面的每個成員，例如 each employee is allowed to take time off of work 則重點在員工，而 every employee is allowed to take time off of work 暗指有一群員工。選項中的 each 與 any 後方可使用複數名詞，但必須插入 of（如 each of the employees 或 any of us）。而選項中的 **a few**，後方需接複數可數名詞，若後方為不可數名詞需使用 **a little**，這兩個量詞需與 few 以及 little 區分，量詞 few 後面接複數可數名詞，而 **little** 接不可數名詞，需注意的是量詞 **a few** 與 **a little** 表示「一些」，但 **few/little** 則表示「很少」。

✦ 改寫：

1️⃣ **Every/Any/Each** progressive company allows male employees to take time off of work after the birth or adoption of a child.（此時要選 every/any/each）每間/任何一間先進的公司都允許男性員工在孩子出生或是領養孩子之後放假。

2️⃣ Progressive companies allow **every/any/each** male employee to take time off of work after the birth or adoption of a child.（此時可選 every/any/each）先進的公司允許每位/任何一位男性員工在孩子出生或是領養孩子之後放假。

Salaries and Benefits
薪資與福利 ❹

UNIT 60

60 Employees who have improved their productivity and completed important projects will have a ------- salary than those who didn't improve.

(A) better　(B) good　(C) most good　(D) more good

中譯 (A) 有增進生產力並完成重要專案的員工比起其他沒進步的員工會得到較好的薪水。

5 秒「秒殺」

✦ 看到整個句子目光直接鎖定「Employees who have improved their productivity…will have a ----- salary」，空格前後比較兩種員工，空格應形容詞比較級，即選項(A) better。

✦ 選項(B) good 為形容詞原形，選項(C) most good 與選項(D) more good 為錯誤用法，皆不可選。

了解原因

✦ 本題考的重點是不規則形容詞變化。形容詞比較級用來表達兩樣人事物經比較過後有差異的結果。大部分比較級以 -er 結尾，部分雙音節以及所有三音節以上的單字使用 more＋形容詞原形，但有少數形容詞會有不規則變化。

✦ 本句的空格前是有進步且有所為的員工，而後方是沒進步的員工，兩者的比較後，會有薪水上的差異，故應使用比較級來呈現薪水的不同，故原形的選項(B)不可選。又形容詞 good 屬於不規則變化的形容詞，選項(C)與選項(D)都不選，應選擇 better。

➡ 靈活變通、舉一反三

✦ 補充：

大部分形容詞是規則變化，但有些是不規則變化，如本題的 good，其他類似的形容詞還有 little-less-least, many/much-more-most 等，其中 little 也可能有 little-littler-littlest 的變化，但此時不表「量」，而是同 small 表「大小」，類似的形容詞還有 old-older-oldest, old-elder-eldest 或 far-farther-farthest, far-further-furthest 或 late-later-latest, late-latter-last，以上變化各有不同的意思，需特別注意。另外，有些表極限的字詞，基本上沒有比較級或最高級變化（如 only, excellent, absolute 等）。

✦ 改寫：

1 That employee has a higher salary because she is **better** at completing important projects and providing good customer service.（此時要選 better）那位員工的薪水比較高，因為她比較會完成重要的專案以及提供良好的客戶服務。

2 He is just as **good** as that employee when it comes to completing important projects but his salary is lower.（此時要選 good）當說到完成重要專案時，他和那位員工一樣好，但他的薪水卻比較低。

Promotions, Pensions, and Awards
晉升、退休金與獎勵 ❺

UNIT 61

61 If you are interested ------- signing up for a pension plan, please attend the information session on Thursday.

(A) on (B) of (C) in (D) for

中譯 (C) 如果你想要參加退休金計畫,請參加星期四的說明會。

---

5 秒「秒殺」

✦ 看到整個句子目光直接鎖定「If you are interested ----- signing up」,空格前 interested,後方為動名詞,空格應填正確的介系詞,即選項(C) in。

✦ 選項(A) on、選項(B) of 與選項(D) for 皆與空格前的形容詞不合,不可選。

了解原因

✦ 本題考的重點是正確的介系詞。有些形容詞與名詞之間必須要有介系詞才能連接,這些組合的關係很緊密,形成慣用語。遇到這類形容詞時,比起判斷選項中介系詞的語意,反而應該熟悉慣用的組合。

✦ 本題空格前為形容詞 interested,便是這類形容詞,後方習慣搭配的介

Unit 61 | 晉升、退休金與獎勵

1
一般商務、辦公室

2
人事、採購、財務與預算

3
經營管理

4
餐廳與活動、旅行

5
娛樂、健康

系詞為 in，故其他選項皆不可使用。慣用語 interested in 表示「對...有興趣」，介系詞後方必須使用名詞或動名詞作受詞，如本題後方便是使用動名詞 signing 作受詞。

➡ 靈活變通、舉一反三

✦ 補充：

如前述的形容詞慣用語除了本題的 interested in 之外，還有如 afraid of, sure of, aware of, fond of, proud of, tired of, jealous of, different from, derived from, suitable for, sorry for, famous for 等。而這樣的慣用情況除了形容詞之外，其實動詞與名詞也有。動詞與介系詞的組合包含 look up, look for, look after, trust in, belong to, apologize for, prepare for, wait for, boast about, believe in 等（用法如 If you don't know what these words mean, you can look up the dictionary.）。名詞與介系詞的組合如 concern for, hope for, understanding of, approval of, awareness of, belief in, desire for, need for, reason for, respect for, success in 等（用法如 She spoke about her belief in equal rights.）。

✦ 改寫：

1 If you have a need **for** a pension plan, please attend the information session on Thursday.（此時要選 for）
如果你有退休金計畫的需求，請參加星期四的說明會。

2 If you would like to have a better understanding **of** pension plans, please attend the information session on Thursday.（此時要選 of）如果你想要更深入了解退休金計畫，請參加星期四的說明會。

Promotions, Pensions, and Awards
晉升、退休金與獎勵 ❶

⑥ Employees need to think ------- which type of pension plan would meet their needs after retirement.

(A) of (B) about (C) up (D) for

中譯 ▶ (B) 員工需要思考哪種退休金計畫可以符合他們退休後的需求。

➡ 5 秒「秒殺」

✦ 看到整個句子目光直接鎖定「Employees need to think -----」，空格前為動詞 think，表達的語意為思考，空格應填適當的介系詞，即選項(B) about。

✦ 選項(A) of 、選項(C) up 與選項(D) for 配上 think 的語意與本句不符，皆不可選。

➡ 了解原因

✦ 本題考的重點是不同語意的動詞與介系詞的搭配。如前述有些動詞會與介系詞形容緊密的慣用關係，通常某個動詞會只搭配一個特定的介系詞（如 prepare for, agree to, admit to 等），然而有些動詞卻可以搭配不同介系詞，但代表的意思皆不同，遇到這類動詞時，須小心判斷題目想表達的語意。本題空格前是動詞 think，後方可接上不同的介系詞來表達不同的意思，後方必

須接上介系詞 about 來表示原公司要想、要思考某樣事。

✦ 動詞 think 也可與其他選項中的介系詞合用。當 think 與 of 合用時，可表示「想到某人事物」，而 think up 表「想出、發明」，而介系詞 for 也可用在 think 後方，但後方通常為代名詞，可表「自行思考」。

靈活變通、舉一反三

✦ 補充：

前方提到的 think about 與 think of 主要的不同為 think about 主要的意思是專注思索一個主題或一件事，而 think of 表「想到、想出」，暗指之前沒想到，此時兩者基本上不可互換。但有時 think about 與 think of 可替換，當 think of 表對某人事物的評價（如 What do you think about/think of her?），然而 think about 強調思索，故在以下例句只會使用 think about（We're still thinking about the issue.），此外，以上兩詞也可當「想念」解，基本上也可互換（如 I'm thinking about/thinking of you.）。其他可以接不同介系詞的動詞還有如 look up, look for, look after 或 pass out, pass away 或 pick out, pick up 等。

✦ 改寫：

1 Employees need to search **for** a pension plan that would meet their needs after retirement.（此時要選 for）
員工需要尋找一個可以符合他們退休後的需求的退休金計畫。

2 Employees can invest in **up** to three different pension plans.（此時要選 up）
員工可投資高達三個不同的退休金計畫。

Promotions, Pensions, and Awards
晉升、退休金與獎勵 ❷

❻❸ After his presentation, George was immediately promoted because it was clear that he was capable enough to think for -------.

(A) he (B) him (C) himself (D) ourselves

中譯▶ (C) 完成簡報後，George 馬上被升職，因為很明顯的他懂得獨立思考。

➡ 5 秒「秒殺」

✦ 看到整個句子目光直接鎖定「think for ------」，空格前為 think for，空格應填反身代名詞，即選項(C) himself。

✦ 選項(A) he 為人稱代名詞主格，選項(B) him 為人稱代名詞受格，選項(D) ourselves 為複數的反身代名詞，皆不可選。

➡ 了解原因

✦ 本題考的重點是片語與反身代名詞。本題中的片語 think for 可表「（自己）思考或做決定」，不依賴其他人的指引，後方通常接反身代名詞，即 myself, yourself 等，因此後方不使用為人稱代名詞主格與受格的 he 或 him。

✦ 本句的主詞為 George，故 think for 後方的反身代名詞應該要與主詞相符，即男性的第三人稱單數，故不使用選項(D)的複數的反身代名詞 ourselves，而應選 himself。

⇒ 靈活變通、舉一反三

✦ 補充：

反身代名詞可做大部分及物動詞的直接受詞，如此的及物動詞包含 hurt, introduce, prepare, satisfy, enjoy 等（如 Please introduce yourself.），但反身代名詞不適合與人們可自己從事的動作合用，若使用反身代名詞反而顯得不順暢，例如 He dressed himself very quickly. 或是 She showered herself right after working out. 中的 himself 與 herself 是多餘的，應該拿掉。而本句的片語 think for yourself 應小心不要按字面翻譯，其他含有反身代名詞的類似片語還有如 help yourself，不同於字面的意思，表「自己取用」，或是 speak for yourself，也不同於字面，表示對方的發言只能代表本人的立場（自己或其他人並不那麼想）。

✦ 改寫：

1 After George's presentation, **he** was immediately promoted because it was clear that he was capable enough to think for himself.（此時要選 he）在 George 簡報結束後，馬上被升職，因為很明顯的他懂得獨立思考。

2 Our team was promoted because it was clear that we were capable enough to think for **ourselves**.（此時可選 ourselves）很明顯的我們的團隊懂得獨立思考，所以能被升職。

Promotions, Pensions, and Awards
晉升、退休金與獎勵 ❸

64 Employees will not be able to receive the employee of the month award ------- they excel in sales, customer service, and attendance.

(A) because　(B) rather than　(C) even though　(D) unless

中譯 ▶ (D) 員工除非在銷售、客戶服務以及出席都表現優異，否則不會得到當月優秀員工獎。

5 秒「秒殺」

✦ 看到整個句子目光直接鎖定「Employees will not be able to receive the employee of the month award ----- they excel in sales...」，空格前後為表條件與結果的兩個子句，空格應填適當的連接詞，即選項(D) unless。

✦ 選項(A) because 表原因，選項(B) rather than 表偏好，選項(C) even though 表「儘管」，皆不可選。

了解原因

✦ 本題考的重點是適當的連接詞。連接詞用來連接兩個字詞或子句，連接詞可分對等連接詞、相關連接詞與從屬連接詞，本句需要的是從屬連接詞來連接。連接詞的題目通常需要透過整句語意判斷適當的連接詞。

✦ 選項中的 because 是用來引出原因、理由的連接詞，而 rather than 是用來表達選擇，意指「是...而不是...」，連接詞 even though 表達相對概念，意指「儘管、即使」，連接詞 unless 則表條件，意指「除非」。本句空格後的子句是空格前子句成立的條件，應使用 unless 來表達除非表現優異，否則不會得獎，故選(D)。

➡ 靈活變通、舉一反三

✦ 補充：

從屬連接詞連接一個獨立的主要子句（如本句的 Employees will not… award）與一個從屬子句（如本句的 they excel… attendance）。從屬連接詞能如本句用在句子的中間，也能置於句首（如 Unless they excel in…, employees will not be able to receive the employee of the month award.）。除了本題的 unless 之外，還有其他可以引出條件的從屬連接詞，如 if, suppose, supposing, as long as, only if, provided, providing, assuming , in case 等（如 She lent me the car on the condition that I returned it the next day.）。

✦ 改寫：

1 The employees have received the employee of the month award **because** they excelled in sales.（此時要選 because）

這些員工在銷售上表現優異，因此得到當月優秀員工獎。

2 **Even though** employees excel in sales, they may not always be able to receive the employee of the month award.（此時要選 even though）即使員工在銷售上表現優異，他們也不一定每次都能得到當月優秀員工獎。

Promotions, Pensions, and Awards

UNIT 65

晉升、退休金與獎勵 ❹

65 After becoming employee of the month, employers can ------- get cash rewards ------- enjoy paid time off.

(A) either… or　(B) neither… nor

(C) as… as　　　(D) whether… or

中譯 ▶ (A) 在成為當月優秀員工後，員工可以得到現金獎勵或是享受帶薪休假。

5 秒「秒殺」

✦ 看到整個句子目光直接鎖定「employers can ----- get cash rewards ----- enjoy paid time off」，空格前後為兩個選擇，空格應填適當的連接詞，即選項(A) neither… or。

✦ 選項(B) neither… nor 表「不…也不…」，選項(C) as…as 表「一樣...」，選項(D) whether…or 表「不論...還是...」，皆不可選。

了解原因

✦ 本題考的重點是相關連接詞。相關連接詞用來連接兩個相關的語言成分，連接的兩個成份在文法上必須對稱。本句選項中的 either… or 用來表示兩個選擇中的其中一個，連接詞 as… as 用來表達相同的比較結果，連接詞 whether… or 用來連

146

接兩個不重要的可能。而選項中的 either… nor 不可一起使用，故不選。

✦ 在本題中空格後為兩個選擇 cash reward 以及 paid time off，應使用相關連接詞 either… or 來連接這兩個選擇，表得獎的員工可從兩個選擇中選一個。

➡ 靈活變通、舉一反三

✦ 補充：

相關連接詞還有 both…and, not only…but also 等，相關連接詞連接的成分必須要在文法結構上相符，如「Both Jane and Mia showed up.」中連接的成分都是名詞，或「She's interested neither in the book nor in the movie.」中連接兩個介系詞片語，故使用時須注意結構是否平等，若前後不相符，其實只要重新排列或修改即可（如 *You can sleep either in his room or my room. 改成 You can sleep either in his room or in my room. 或 …sleep in either his room or my room 即可）。

✦ 改寫：

1 After becoming employee of the month, employers can get cash rewards **as** well **as** paid time off.（此時要選 as… as）在成為當月優秀員工後，員工可以得到現金獎勵以及享受帶薪休假。

2 After becoming employee of the month, she didn't care **whether** she got a cash reward **or** paid time off.（此時要選 whether… or）在成為當月優秀員工後，她不在乎究竟是得到現金獎勵或是帶薪休假。

Shopping
購物 ❶

UNIT 66

66 When going shopping, creating ------- shopping list will help shoppers to stay focused on shopping effectively.

(A) the (B) a (C) an (D)(no article)

中譯 ▶ (B) 去購物時，列出購物清單能讓購物者專注且買起來有效率。

➡ 5 秒「秒殺」

✦ 看到整個句子目光直接鎖定「creating -----shopping list will help shoppers」，空格後詞，空格應填不定冠詞，即選項(B) a。

✦ 選項(A) the 為定冠詞，選項(C) an 為接母音開頭的單數可數名詞，而選項(D)(no article)不可用在單數可數名詞前，故皆不可選。

➡ 了解原因

✦ 本題考的重點是冠詞的使用。本句空格後為單數可數名詞 shopping list，單數可數名詞前方一定要有冠詞（不定冠詞 a/an 或定冠詞 the），故選項(D)不可選，又名詞 shopping list 為子音開頭的名詞，前方的不定冠詞使用 a，不使用 an，故選項(C)也不選。

148

✦ 此外，在此的 shopping list，並非特定一份 shopping list，而是普遍泛指購物清單，且強調一份清單，所以不選代表特定的定冠詞 the，而使用不定冠詞 a。

⮕ 靈活變通、舉一反三

✦ 補充：

可數名詞有幾種泛指的表示方法，可如本題在前方加上 a/an（如 A book is a window to the world.），另外也可以直接使用複數名詞（如 Books are windows...），也可能使用定冠詞加單數可數名詞（如 The book is a window...），常以 the 表示泛指的名詞包含樂器、科技產品等（如 the piano, the computer 等），另，若 the 加上形容詞也可泛指全體（如 the rich, the homeless 等）。不可數名詞若要表示泛指，前方不使用定冠詞（如 Water is important to our everyday life.），若前方使用 the 是特指（如 The water in the lake is so clear that you can see the bottom.）。與冠詞不同的是，若使用代名詞則為特指（如 my car），也應注意冠詞與代名詞不應一起使用。

✦ 改寫：

1️⃣ When going shopping, creating **an** appropriate shopping list will help shoppers to stay focused on shopping effectively.（此時要選 an）去購物時，列出適當的購物清單能讓購物者專注且買起來有效率。

2️⃣ When going shopping, creating **the** type of shopping list that mother taught us how to write will help us to shop effectively.（此時要選 the）去購物時，列出媽媽教我們怎麼列的那種購物清單能讓我們買起來有效率。

Shopping
購物 ❷

UNIT 67

❻❼ It is better to go grocery shopping after you have ------- a big meal, so you don't buy unnecessary items.

(A) eat　(B) ate　(C) aten　(D) eaten

> **中譯** (D) 最好在吃完大餐後才去採買日常用品，避免購入不需要的商品。

➡ 5 秒「秒殺」

✦ 看到整個句子目光直接鎖定「**after you have ----- a big meal**」，空格前為助動詞 **have**，空格後為受詞 **a big meal**，空格應填過去分詞，即選項(D) eaten。

✦ 選項(A) eat 為原形動詞，選項(B) ate 為過去式動詞，選項(C) aten 為錯誤用法，皆不可選。

➡ 了解原因

✦ 本題考的重點是正確的動詞形態。現在完成式為 have/has 加上過去分詞（p.p.），可用來表示「（已經）完成某事」、「曾經做過某事」或是「已經做某事做一段時間」。

✦ 本句後方子句中的主詞為 you，空格前為 have，可知道空格應需填入過去分詞，故不選原形動詞 eat 或過去式 ate，而應選過去分詞 eaten。本句以現在完成式表示已先完成的行

為，而另一子句的現在簡單式表現在的結果（not buy unnecessary items）。動詞 eat 為不規則變化的動詞，三態為 eat-ate-eaten，選項 (C) aten 為錯誤拼法，不可選。

➡ 靈活變通、舉一反三

✦ 補充：

現在完成式可表示一個從過去延續到現在的事件（如 I have known her for 10 years.），也可講述一個從過去重複到現在的動作（如 She has seen that movie 10 times.），或是用來表達剛完成或已經完成/還沒完成的動作（如 They have (just) finished the report.），也可能表達經驗、做過或沒做過的事情（如 I've never been to Brazil.）。當有如 never, ever, just, yet, already, since, for 等字詞時，通常使用完成式。應注意區分簡單過去式與現在完成式的使用時機，簡單過去式用來講述在過去時間發生的事，而現在完成式則強調從過去延續到現在，如 I read the book. 表「看了那本書」，為一個過去事件，而 I have read the book. 則強調從過去到現在這段時間的經驗，表「我看過那本書」。搭配的副詞等也會不同（如 I was in Japan three years ago. 以及 I have been in Japan for three years.）。

✦ 改寫：

1 She went grocery shopping after she **ate** a big meal, so she wouldn't buy unnecessary items.（此時要選 ate）
她在吃完大餐後才去採買日常用品，避免購入不需要的商品。

2 She will **eat** a big meal before she goes grocery shopping, so she won't buy unnecessary items.（此時可選 eat）
她會吃完大餐後才去採買日常用品，避免購入不需要的商品。

Shopping
購物 ❸

❻❽ Either the accountant or the managers ------- the receipts we need to apply for a tax reduction.

(A) has   (B) hasn't   (C) have   (D) having

中譯 ▶ (C) 會計或是經理持有我們需要用來申請稅捐扣除額的發票。

➡ 5 秒「秒殺」

✦ 看到整個句子目光直接鎖定「Either the accountant or the managers ----- the receipts」，空格前主詞有連接詞 either… or，空格前為複數名詞 managers，空格應填複數動詞，即選項(C) have。

✦ 選項(A) has 為第三人稱單數動詞，選項(B) hasn't 為否定的第三人稱單數動詞，選項(D) having 為現在分詞，皆不可選。

➡ 了解原因

✦ 本題考的重點是連接詞與動詞的使用。當主詞包含連接詞時，可能依使用的連接詞不同，表達的意思不同，需使用的動詞也會有所不同。當兩個名詞由 or 或 nor 連接時，動詞會跟隨較靠近的名詞做變化。

✦ 本句的主詞為 either the accountant or the managers，由連接詞 or 連接兩個名詞 accountant 與 managers，因為動詞較靠近複數的 managers，故動詞應使用能相對應的非第三人稱複數動詞，故不選單數的 has 或 hasn't，空格應填 have。而選項中的現在分詞前應該會有 be 動詞，在此若使用則不合文法，故不選。

➡ 靈活變通、舉一反三

✦ 補充：

如前述，當兩個名詞由 or 或是 nor 相連時，動詞必須根據靠近的名詞做變化，因此如本句中 either A or B 時，後方的動詞會根據 B 變化，而相關連接詞 neither A nor B 時，後方動詞也依B做變化。另外，連接詞 not only… but also 後的動詞同樣配合靠近的名詞（如 Not only the accountant but also the managers have the receipt. 或 Not only he but I am at the party.）。而 as well as 後的動詞則會配合較遠的名詞（如 You as well as Jane spend all the money every month.）。連接詞 both…and 則使用複數動詞（如 Both you and I are going.）。

✦ 改寫：

1 Either the accountants or the manager **has** the receipts we need to apply for a tax reduction.（此時要選 has）
會計或是經理都沒有我們需要用來申請稅捐扣除額的發票。

2 The accountant and the managers are **having** trouble finding the receipts we need to apply for a tax reduction.（此時要選 having）
會計和經理找不到我們需要用來申請稅捐扣除額的發票。

Ordering Supplies
訂購耗材 ❶

69 ------- office supplies is a necessary part of every business, and it helps businesses to operate effectively and consistently.

(A) Has ordered　(B) Ordered　(C) Order　(D) Ordering

中譯 (D) 訂購辦公室耗材對每個企業來說都是不可或缺的部分，因為它讓企業更能有效率且一致的運作。

5 秒「秒殺」

✦ 看到整個句子目光直接鎖定「----- office supplies is a necessary part of every business」，空格在動詞 is 前做主詞的一部份，空格應填動名詞，即選項(D) Ordering。

✦ 選項(A) Has ordered 為現在完成式動詞，選項(B) Ordered 為過去式動詞，選項(C) Order 為原形動詞，皆不可選。

了解原因

✦ 本題考的重點是動名詞作主詞。當動詞作主詞時，須改為動名詞形式。動名詞作用如名詞，可做主詞、受詞或補語。

✦ 本句的空格後為名詞，後接 be 動詞 is，空格與名詞 office supplies 一起作為主詞，空格中的動詞必需改為動名詞，故選擇(D)。選項(A)、(B)、(C)皆作動詞用，英語

句子中不可直接使用兩個動詞，否則不合文法，故其他選項不選。

➡ 靈活變通、舉一反三

✦ 補充：

動名詞可當主詞，此時作名詞視為單數，動詞應使用第三人稱單數（如本題的 Ordering office supplies is…），例句中的動詞因為 offering… 做主詞，故使用單數的 is，若有兩個以上的動名詞作主詞，則需使用複數動詞（如 ordering office supplies and completing the reports are…），**但若將兩件事情視為密不可分的整體，則會使用第三人稱單數**（如 Doing exercise and drinking water every day is extremely important.）。此外，動名詞也可作部分動詞的受詞或是介系詞的受詞。She enjoys talking to strangers.或 She's afraid of speaking in public.）。動名詞也可做補語（如 A necessary part of every business is ordering office supplies.）。

✦ 改寫：

1 She will **order** office supplies because it is a necessary part of every business, and it helps businesses to operate effectively and consistently.（此時要選 order）她會訂購辦公室耗材，因為這對每個企業來說都是不可或缺的部分，因為它讓企業更能有效率且一致的運作。

2 She **ordered** office supplies last week because it is a necessary part of every business and it helps businesses to operate effectively and consistently.（此時要選 ordered）她上週訂購辦公室耗材，因為這對每個企業來說都是不可或缺的部分，因為它讓企業更能有效率且一致的運作。

Ordering Supplies
訂購耗材 ❷

UNIT 70

❼⓿ When ordering business supplies, the first step is to gather ------- about the services and product quality of the vendors.

(A) inform
(B) information

(C) informative
(D) informational

中譯▶ (B) 當訂購商業耗材時,第一步是收集各廠商的服務與產品品質相關資訊。

---

5 秒「秒殺」

✦ 看到整個句子目光直接鎖定「**the first step is to gather ----- about**」,空格前為動詞,後為介系詞,空格應填名詞,即選項(B) information。

✦ 選項(A) inform 為動詞,選項(C) informative 與選項(D) informational 為形容詞,皆不可選。

了解原因

✦ 本題考的重點是及物動詞的使用。本題空格前為及物動詞 gather,後方必須要有直接受詞,而名詞可作主詞、受詞與補語,故本題應填入名詞作受詞,即 -ation 結尾的名詞 information。而後方介系詞 about 帶領的子句修飾 information,表明資訊的性質。

✦ 選項(C)以 -ive 結尾，為形容詞，選項(D)以 -al 結尾，同樣為形容詞，皆不選。選項(A)為動詞，同樣不選。

靈活變通、舉一反三

✦ 補充：

動詞分為及物動詞以及不及物動詞。及物動詞為後方加直接受詞的動詞，不及物動詞後方不需要受詞，句子的意思便已完整。本題的 gather 便是及物動詞，其他及物動詞還有如 send, punish, break, want, like, thank 等。而當受詞的除了一般名詞外，代名詞也常作為受詞（me, you, them, us, him, her, it）。此外，有些動詞會帶兩個名詞（間接受詞與直接受詞），例如 bring, offer, give, book, loan, build, paint, read, send, pour, sing, take 等（如 His mother brought her milk. 或 Can you book me a room?），其中例句裡的 her 與 me 為間接受詞，而 milk 與 a room 為直接受詞，若要調換受詞的順序，則需使用介系詞（如 His mother brought milk for her.）。

✦ 改寫：

1 When ordering business supplies, the first step is to **inform** the manager about the services and product quality of the vendors.（此時要選 inform）當訂購商業耗材時，第一步是告知經理各廠商的服務與產品品質相關資訊。

2 When ordering business supplies, the first step is to have an **informative/informational** meeting about the services and product quality of the vendors.（此時要選 informative/informational）

當訂購商業耗材時，第一步是開一場（資訊豐富）關於各廠商的服務與產品品質的說明會。

157

Ordering Supplies
訂購耗材 ❸

❼ Review ------- list carefully before you order because it includes important information about the storage and retrieval.

(A) this　(B) most　(C) those　(D) none of the

中譯 (A) 訂購之前，仔細審閱這張清單。因為這張清單包含庫存與出貨資訊。

➜ 5 秒「秒殺」

✦ 看到整個句子目光直接鎖定「Review ----- list carefully」，空格前為動詞，後為單數可數名詞，空格應填適當的詞，即選項(A) this。

✦ 選項(B) most 、選項(C) those 與選項(D) none of the 後須接複數名詞，皆不可選。

➜ 了解原因

✦ 本題考的重點是字詞的搭配。限定詞置於名詞前面，用來限定名詞的含意，限定詞包含冠詞、量詞等，這些詞有些後方只能使用可數名詞，有些後方只能使用不可數名詞。

✦ 本句空格前是動詞 review，後面接名詞 list，又 list 為單數可數名詞，選項的限定詞中，只能使用 this 在前面與 list 搭配，故選(C)。 選項中的 most 以及 none of the 能與可數或不可數名詞共用，但可數名詞必須是複數。而 these 後只能是複數的可數名

詞，以上皆與 list 不合，不可選。

➡️ 靈活變通、舉一反三

✦ 補充：

單數可數名詞前一定要有限定詞，其他能用在單數可數名詞前的字詞包含 a/an, each, every, any, one, that 等（例如 a list, each list, every list, any list, one list），這些字詞不可用在複數可數名詞或是不可數名詞前。複數可數名詞可搭配如 two, three, few, a few, several, many, a couple of 等，不可數名詞可搭配如 little, a little, much, a bit of 等。複數可數名詞與不可數名詞都可使用的字詞如 some, most, enough, a lot of, lots of, plenty of, a lack of 等。此外，用來限定名詞含意的限定詞，可放置的位置也有所不同，若同時出現的話，則須按照位置擺放，有前置（如 twice, all, such 等）、中間（如 the, this, my, some, each 等）、後置（如 one, first, next, several, much），例如 all these people 或 their several achievements 中的限定詞便是按照前述位置出現。

✦ 改寫：

1 Review **most/these** lists carefully before you order because they include important information about the storage and retrieval. （此時要選 most/these）訂購之前，仔細審閱大部分的/這些清單，因為這些清單包含庫存與出貨重要資訊。

2 She made a mistake and reviewed **none of the** lists, which included important information about the storage and retrieval, before she ordered. （此時可選 none of the）她犯了錯誤，訂購前一張包含庫存與出貨重要資訊的清單都沒審閱。

Shipping
貨運 ❶

UNIT 72

❼❷ When shipping items, you can ship it overnight, within one to three business days, ------- within two to eight business days.

(A) or　(B) nor　(C) yet　(D) and

> **中譯**▶ (A) 運送物品時,你可選擇隔夜送達、一到三個工作天送達,或兩到八個工作天送達。

➡ 5 秒「秒殺」

✦ 看到整個句子目光直接鎖定「**you can ship it overnight, within one to three business days, ----- within two to eight business days**」,空格前後為三個選擇,空格應填適當的連接詞,即選項(A) or。

✦ 選項(B) nor 表「也不是」,選項(C) yet 表「還沒或然而」,選項(D) and 為非第三人稱單數的現在簡單式被動語態,皆不可選。

➡ 了解原因

✦ 本題考的重點是正確的連接詞。對等連接詞用來連接字詞、片語或子句,連接的成分必須對等,包含 and, but, or, nor, for, so, yet。

✦ 本句提供三種運送物品的選擇,應使用對等連接詞 or 來連接兩個以上的可能性、方法或選擇。

對等連接詞 nor 必須與 not 或是 neither 共用，表達「既不是...也不是...」，連接的成分必須是否定語氣，與本句不和，故不選。連接詞 yet 用來表達相對立的概念，與 but 類似，與本句不符，同樣不選。而 and 用來連接類似的概念，連接的成分皆包含之意，本提示三選一，故不使用 and，而使用 or。

靈活變通、舉一反三

✦ 補充：

當對等連接詞連接字詞或片語時，中間不需使用逗號（如 He went into the house and sat on the chair. 或是 He studied hard but failed the test.）。然而，當連接詞連接子句時，則會使用逗號區隔（如 We didn't show up at the party, but we called. 或是 I didn't buy the bag, for it was too expensive.），此外，當連接詞用來連接三個以上的子句時，連接詞會用在最後一個子句前，且會使用逗號區隔（如本題的 ship overnight, within one to…, or within two to…）。

✦ 改寫：

1 When shipping items, you can neither ship it overnight, **nor** within two to eight business days.（此時要選 nor）運送物品時，你不能選擇隔夜送達，也不能選擇兩到八個工作天送達。

2 When shipping items overseas, you can't ship it overnight, **yet** you can ship it within two to eight business days.（此時要選 yet）運送物品到國外時，你不能選擇隔夜送達，但可選擇兩到八個工作天送達。

1
一般商務、辦公室

2
人事、採購、財務與預算

3
經營管理

4
餐廳與活動、旅行

5
娛樂、健康

Shipping
貨運 ❷

UNIT 73

❼❸ Although shipping by air is -------, shipping by sea is more environmentally friendly because of lower CO2 emissions.

(A) quick　(B) quicker　(C) more quick　(D) quickest

中譯 ▶ (B) 雖然航空寄件比較快，但船運對環境比較友善，因為二氧化碳排放量較低。

➡ 5 秒「秒殺」

✦ 看到整個句子目光直接鎖定「Although shipping by air is -----, shipping by sea...」，空格前後有兩個比較的運送方法，空格應填比較級形容詞，即選項(B) quicker。

✦ 選項(A) quick 為原形形容詞，選項(C) more quick 為錯誤用法，選項(D) quickest 為最高級形容詞，皆不可選。

➡ 了解原因

✦ 本題考的重點是形容詞比較級。當比較兩樣東西時，可使用比較級來表示比較的結果，大部分形容詞使用 -er 結尾來表達比較級。

✦ 本句中有兩個運送的方式 shipping by air 以及

shipping by sea，故不使用原形的形容詞 quick，也不使用最高級的
quickest，必須使用比較級。又形容詞 quick 為規則的形容詞變化，故
比較級為 quicker，最高級為 quickest，本題比較級應選擇 quicker，
故選項(C)的 more quick 也不選。

➡ 靈活變通、舉一反三

✦ 補充：

如前述形容詞比較級與最高級大部分直接加上 -er
與 -est，部份兩個音節的形容詞以及三個音節以
上的形容詞則另外使用 more 以及 most。副詞也
是同樣的規則，如 fast 的比較級為 faster，最高
級為 fastest，而 quickly 的比較級為 more quickly，最高級為 most
quickly。最需要注意的是不規則變化的形容詞與副詞，形容詞如
good-better-best, bad-worse-worst，而副詞如 badly-worse-worst,
well-better-best 等，這些不規則用法需特別熟悉。

✦ 改寫：

1 Although shipping items through a major airlines is **quicker**,
shipping items through an economy airline is cheaper.（此時要選
quicker）
雖然透過大的航空公司送件比較快，但透過廉價航空比較便宜。

2 Expedited shipping by sea is nearly as **quick** as shipping by air.（此
時要選 quick）
加速的海運幾乎和空運一樣快。

Shipping
貨運 ❸

74 Wednesdays are our busiest days because we receive shipments ------- from all over the world.

(A) hour　(B) hourment　(C) hourize　(D) hourly

中譯 (D) 星期三是我們最忙的一天，因為我們每小時都從世界各地收到貨運。

➜ 5 秒「秒殺」

✦ 看到整個句子目光直接鎖定「we receive shipments -----」，空格前方有動詞，空格應填副詞，即選項(D) hourly。

✦ 選項(A) hour 為名詞，選項(B) hourment 與選項(C) hourize 為錯誤用法，皆不可選。

➜ 了解原因

✦ 本題考的重點是判斷詞性。英語中不同詞性的詞可能會有特定的搭配規則，例如動詞會與副詞搭配，即若需要修飾動詞，需使用副詞。

✦ 本句由連接詞 because 連接兩個子句，而主要子句為 we receive shipments…，主要動詞為 receive，後接受詞 shipment 以及副詞 from all over the world，空格內應填入可修飾主要動詞的副詞，選項中 -ly 結尾的 hourly 為副詞，

故填入(D)。選項(A)為名詞，而選項(B)雖為名詞 -ment 結尾，但不是真的單字，動詞結尾的 -ize 的選項(C)也不是真的單字，皆不選。

靈活變通、舉一反三

✦ 補充：

頻率副詞用來表示動作發生的頻率，本題中的 hourly 便是頻率副詞的一種。頻率副詞通常指常見的 always, usually, often, sometimes, seldom, never 等，這些頻率副詞通常放在主要動詞之前（如 I never go to the movies without my best friend.）或助動詞或 be 動詞之後（如 You can always come visit. 或是 I am never late.），其中 sometimes 與 usually 可放在句首（如 Usually I go to bed late.）。時間副詞也可視為頻率副詞，其他如 **hourly** 的頻率副詞還有如 **daily, weekly, yearly, regularly, repeatedly, routinely, generally**，其中的時間詞加上 **-ly** 的詞（如 **daily, weekly, yearly** 等）可做形容詞也可作副詞，作形容詞時置於名詞前，作副詞時置於動詞後。

✦ 改寫：

1 Wednesdays are our busiest days because we receive shipments every **hour** from all over the world.（此時要選 hour）星期三是我們最忙的一天，因為我們每小時都從世界各地收到貨運。

2 **Hourly**, we receive shipments from all over the world, so Wednesdays are our busiest days.（此時要選 hourly）我們每小時都從世界各地收到貨運，所以星期三是我們最忙的一天。

Invoices
發票 ❶

UNIT 75

⑦⑤ Before buying an expensive item, buyers should check the invoice and make sure ------- agree with the payment terms.

(A) he or she　(B) it　(C) them　(D) they

> **中譯** (D) 在買昂貴的東西之前，買家應該檢查發票，確定同意付款條件。

➡ 5 秒「秒殺」

✦ 看到整個句子目光直接鎖定「buyers should check the invoice and make sure ----- agree」，空格前為後方為動詞 agree，前方為 buyers，空格應填相符的代名詞主格，即選項(D) they。

✦ 選項(A) he or she 與選項(B) it 為第三人稱單數代名詞，而選項(C) them 為複數代名詞受格，皆不可選。

➡ 了解原因

✦ 本題考的重點是正確人稱代名詞的判斷。人稱代名詞用來替代先前說過的名詞或是已知的人事物，以避免重複，使用的代名詞必須與替代的名詞在數量與人稱上一致。

✦ 從本句語意可知空格中缺少的詞是替代 buyers 的代名詞，因為 buyers 為複數的人，故使用的代名詞應是能代替人的

複數代名詞，故不選代替第三人稱單數人的選項(A)或代替第三人稱單數事物的選項(B)。又空格中的 buyers 為動作的執行者，應使用主格而不使用受格，故雖然選項(C)與(D)皆為可代替複數名詞的代名詞，但前者是受格（受詞、動詞接受者），後者是主格（主詞、動作主事者），本題空格應填入代表動作執行者的 they。

⇒ 靈活變通、舉一反三

✦ 補充：

人稱代名詞的受格包含 me, you, him, her, it, us, them，用作動詞或介系詞的受詞，如在 He took an order for her. 中 her 作為介系詞 for 的受詞，而在 He let her take the order instead. 中 her 作為動詞 let 的受詞。人稱代名詞的格位另有用來表示擁有、所有權的所有格（my, their, his, her 等），後方需接上名詞（如 That's her book.），還有代替說過的所有格加名詞，後方不可再接名詞（如 I can't find my book. Can I use yours? 中 yours 即代替 your book）。

✦ 改寫：

1 Before buying an expensive item, the buyer should check the invoice and make sure **he or she** agrees with the payment terms.（此時要選 he or she）在買昂貴的東西之前，買家應該檢查發票，確定同意付款條件。

2 Before buying an expensive item, buyers should check the invoice and make sure the payment terms agree with **them**.（此時可選 them）在買昂貴的東西之前，買家應該檢查發票，確定同意付款條件。

Invoices
發票 ❷

UNIT 76

❼❻ For sellers, invoices are contracts and bills that can be used as a demand ------- payment until it is paid in full

(A) of   (B) for   (C) to   (D) in

中譯 ▶ (B) 對銷售員來說，發票是在費用付清前能用來收款的合約與帳單。

➡ 5 秒「秒殺」

✦ 看到整個句子目光直接鎖定「demand ----- payment」，空格前的名詞 demand 是因為有 payment，空格應填適當的介系詞，即選項(B) for。

✦ 選項(A) of 可表「...的」，選項(C) to 表「朝向」，選項(D) in 表「在...內」，語意皆不合，不選。

➡ 了解原因

✦ 本題考的重點是介系詞。介系詞能用來表達它後方受詞與其他字詞的關係。而本空格須填入介系詞表明 demand 與 payment 的關係。介系詞 for 可表達「用意、目的、原因或一段時間」，故本提空格填入介系詞 for 來表達 payment 是

demand 的目的、原因，

✦ 介系詞 of 用來表明「屬於」的關係或用來說明數量等，介系詞 to 可表達「方向、限度」等，介系詞 in 通常用來表明「時間、地點、形狀、意見或感覺」等，以上語意都與本句不合。

➲ 靈活變通、舉一反三

✦ 補充：

介系詞 of 可表「屬於」（如 I missed the highlight of the show.）或表達數量（如 We had three boxes of apples.），也可用來表參照（如 the summer of 2017）。介系詞 to 則可表方向（如 Walk to the gate.）或上限（如 The minimum wage will rise to $20 next month.）等，也可表達關係（如 It's important to me.）。介系詞 in 可表達信仰、意見或興趣等（如 I believe in making payments on time. 或 We are not interested in customers who make late payments.）。另外，若要表達情緒時，可能使用不同介系詞（如 jealous of, worried about, surprised by, happy with 等）。

✦ 改寫：

1 Sellers send invoices **to** buyers as contracts and bills demanding payment until it is paid in full.（此時要選 to）
銷售員在費用付清前會寄發票給買家，作為收款的合約與帳單。

2 These sellers are only interested **in** buyers who promptly respond to their invoices demanding payment.（此時要選 in）
銷售員只對馬上回應請款發票的買家有興趣。

Invoices
發票 ❸

⑦ ------- sellers see invoices as sales invoices, buyers see them as purchase invoices.

(A) Until　(B) Rather than　(C) Although　(D) Whenever

中譯 ▶ (C) 雖然銷售員視發票為銷售單據，但買家將之視為購買單據。

➡ 5 秒「秒殺」

✦ 看到整個句子目光直接鎖定「----- sellers see invoices…, buyers see them...」，空格前後比較兩種對應的觀點，空格應填表相對的連接詞，即選項(C) Although。

✦ 選項(A) Until、選項(B) Rather than 與選項(D) Whenever 與本句語意皆不合，皆不可選。

➡ 了解原因

✦ 本題考的重點是連接詞的用法。連接詞是用來連接字詞或子句等。本句需要一個從屬連接詞（又稱附屬連接詞）來連接兩個互相對立的對發票的觀點（as sales invoices 以及 as purchase invoices），選項中的從屬連接詞 although 便可用來連接兩個對立的概念，故空格應填入選項(C)。

✦ 選項中 until 同樣為連接詞，意指「直到」，用來表達延續到某個時間（如 until 10 o'clock），連接詞 rather than 則表「是...而不是...」，用來表達兩個之中的某一個比較重要(...drank water rather than juice)，而連接詞 whenever 表達「每當、無論何時」（如 Call me whenever you want to.），以上連接詞皆與本句不合，不選。

靈活變通、舉一反三

✦ 補充：

本句的 although 用來表達對立，而常見的 but 也同樣用來表達對立。連接詞 but 是對等連接詞，連接兩個獨立的句子，而 although 為從屬連接詞，連接一個獨立子句以及一個從屬子句。其中 although 可用在獨立子句與從屬子句之間（如 I went to the party, although I wasn't invited.），也可如本句放在句首，從屬子句前；然而 but 卻不可放在句首，只能放在兩個子句中。此外，應注意 although 與 but 不可用在同一句（如錯誤用法：*Although I wasn't invited, but I went to the party.）。

✦ 改寫：

1. **Whenever** sellers label invoices as sales invoices, buyers relabel it as purchase invoices.（此時要選 Whenever）
   每當賣家將發票標示為銷售票據時，買家就把其標為購買單據。

2. **Until** buyers complete the payments for their invoices, sellers will refer to the invoices as sales invoices.（此時要選 Until）
   直到買家款項付清前，賣家都會將發票視為銷售單據。

Inventory
存貨盤點 ❶
UNIT 78

❼❽ Inventory management is required for many locations of -------
supply network anywhere to proceed with production.

(A) a　(B) an　(C) the　(D)(no article)

中譯 ▶ (A) 存貨管理在任何一個供應鏈中的多個地點都是必要的，如此
才能進行製造。

➡ 5 秒「秒殺」

✦ 看到整個句子目光直接鎖定「many locations
of ----- supply network」，空格前為介系詞，後
為非特定的名詞，空格應填適當的不定冠詞，即
選項(A) a。

✦ 選項(B) an 為後方接母音開頭單字的不定冠
詞，選項(C) the 為定冠詞，選項(D)(no article)與不可數名詞共用，皆
不可選。

➡ 了解原因

✦ 本題考的重點是冠詞的使用。冠詞可分為定冠
詞與不定冠詞，不定冠詞（a, an）用在單數可數
名詞前，表未明確指定的名詞，子音開頭的字詞
用 a，母音開頭用 an；而定冠詞（the）後方用可

數或不可數名詞，表明特定的人事物。另，未指定的不可數名詞則不使用冠詞（如 They have water）。

✦ 從語意可判斷本句空格後的名詞 supply network 並非特定的一個供應鏈，而是用來普遍指所有的供應鏈，故不選定冠詞 the。又 supply network 屬於可數名詞，既然是單數可數名詞，又未指定，前方必須要有不定冠詞，supply 為子音開頭，故不選 an，應使用 a。

靈活變通、舉一反三

✦ 補充：

不定冠詞 a 與 an 可能用來講述第一次提及的人或物，或用在職業、國籍或宗教前（如 She's a doctor. 或 She's a Catholic.），也可能如本句有泛指的作用（如 A child needs to play outside. 或是 A teenager needs discipline.）。而判斷 a 與 an 的使用時機實際上是藉由字詞的發音，而非拼字，若字詞的首個發音為子音時，應使用 a（如 a network），若首個發音為母音時，則使用 an（如 an hour）。

✦ 改寫：

1 Inventory requirement is required for many locations of the supply network where she works.（此時要選 the）
庫存需求在她工作的供應鏈中的很多地點都是必要的。

2 Inventory management is required for many locations of (no article) supply networks everywhere to proceed with production.（此時要選(no article)）
存貨管理在各地供應鏈中的多個地點都是必要的，如此才能進行製造。

Inventory

存貨盤點 ❷

UNIT 79

79 An inventory should include a record of everything done prior to sale to be aware of lead time and ------- demand.

(A) season　(B) seasoning　(C) seasonally　(D) seasonal

> **中譯** (D) 存貨盤點報表應包含販售前的一切紀錄，以明瞭前置時間與季節需求。

➡ 5 秒「秒殺」

✦ 看到整個句子目光直接鎖定「----- demand」，空格後為名詞 demand，空格應填形容詞，即選項(D) seasonal。

✦ 選項(A) season 為名詞，選項(B) seasoning 為名詞，選項(C) seasonally 為副詞，皆不可選。

➡ 了解原因

✦ 本題考的重點是詞性搭配。在本句中介系詞 of 解釋了庫存紀錄與前置時間和季節需求的關係，當 of 有如此作用時，後方通常是接名詞，如 the worst part of the movie 或是 the first part of the book，因此可推測空格後的 demand 為名詞，非動詞。

✦ 因為句中 demand 為名詞，空格則需填入形容詞。可依據字尾判斷以 -ly 結尾的選項(C)為副詞，而 -al 結尾的選項(D)為形容詞，故選(D)。而 season 為名詞或動詞，seasoning 為名詞。

➲ 靈活變通、舉一反三

✦ 補充：

有很多字彙會有多種意思與用法，需特別注意，如同本題選項中的 season，可作為名詞，表「四季」，然而 season 也可做動詞，表示「加入香料調味」。另外，類似的詞彙還有如 salary，一般做名詞「薪水」解，另也可做動詞用，表「發薪水」；而 book 可做名詞「書」，做複數時則可能表「帳目、帳冊」，也可做動詞「預定、登記」；又如動詞 apply 則除了可表「申請」之外，還可表「塗抹」或「應用」。這類的詞彙的意思或用法通常可透過句子或文章的上下文判斷。

✦ 改寫：

1️⃣ An inventory should include a record of everything prior to sale to be aware of what people seasonally demand.（此時要選 seasonally）存貨盤點報表應包含販售前的一切紀錄，以明瞭人們不同季節的需求。

2️⃣ An inventory should include a record of all the work done prior to sale to be aware of what sells best during each season.（此時要選 season）存貨盤點報表應包含販售前的一切紀錄，以明瞭每個季節的熱賣商品。

Inventory
存貨盤點 ❸

UNIT 80

⑧⓪ Inventory records may ------- insight into when some items will sell quickly at the highest price.

(A) giving　(B) give　(C) given　(D) gave

中譯 ▶ (B) 存貨紀錄可能可以看出哪些時候某些商品可用最高的價錢快速賣出。

➡ 5 秒「秒殺」

✦ 看到整個句子目光直接鎖定「may -----insight」，空格前為助動詞，空格後為名詞，空格應填原形動詞，即選項(B) give。

✦ 選項(A) giving 為現在分詞，選項(C) given 為過去分詞，而選項(D) gave 為過去式動詞，皆不可選。

➡ 了解原因

✦ 本題考的重點是動詞形態。助動詞是用來幫助主要動詞形成不同時態、語氣或語態等，後方必須使用不加 to 的原形動詞。

✦ 本題中的空格前為情態助動詞 may，用來表達

Unit 80 | 存貨盤點

1 一般商務、辦公室

2 人事、採購、財務與預算

3 經營管理

4 餐廳與活動、旅行

5 娛樂、健康

可能性、潛在性，後方必須使用原形動詞，選項(A)為現在分詞、選項(C)為過去分詞、選項(D)為過去式動詞，皆不符，不可選，應使用原形動詞的選項(B)。

➡ 靈活變通、舉一反三

✦ 補充：

情態助動詞 may 可能用來表達可能性、給予許可或請求許可。用來表達可能性的例子如「She may finish the inventory records by Friday.」，而給予許可如「You may finish the inventory records by Friday.」，而請求許可則如「May I finish the inventory records by Friday?」。這些句子中，雖然用來請求許可的句子結構稍有不同，但後方的動詞皆是原形動詞 finish。另外，助動詞若後方使用 have + p.p. 則用來談論過去的事情，表「當時可能...」（如 She might have been at work.），或表「本來應該、本來可以」（如 I should have bought the lottery ticket. 或 I could have won the lottery.）。

✦ 改寫：

1 Inventory records might have **given** insight into when some items would sell quickly at the highest price.（此時要選 given）由存貨紀錄也許已經可以看出哪些時候某些商品可用最高的價錢快速賣出。

2 Last year, the inventory records **gave** the company insight into when some items would sell quickly at the highest price.（此時要選 gave）去年存貨紀錄讓公司可以看出哪些時候某些商品可用最高的價錢快速賣出。

Banking
銀行業務 ❶

UNIT 81

❽❶ Most banks only have a portion ------- the assets needed to cover their financial obligations.

(A) from　(B) for　(C) of　(D) to

中譯 (C) 大部分的銀行只需資產的一部分來負擔金融債務。

➡ 5 秒「秒殺」

✦ 看到整個句子目光直接鎖定「a portion ----- the assets」，空格前後為兩個名詞，空格應填適當的介系詞，即選項(C) of。

✦ 選項(A) from 表「從」，選項(B) for 表「為了」，選項(D) to 表「到達」，語意不合，皆不可選。

➡ 了解原因

✦ 本題考的重點是介系詞。介系詞用來表達字詞、片語等語言成分之間的關係，本句空格前為 a portion，後方也是名詞 the assets，其中 portion 代表整體 the assets 的一部份，故應使用介系詞 of 來表達「屬於、…的」關係，故選(C)。

✦ 選項中的 from 可用來描述起始點或來源，而介系詞 for 用來表達用途、原因等，介系詞 to 則可表方向或關係，語意與本句皆不合，不選。

🔜 靈活變通、舉一反三

✦ 補充：

本題中的介系詞 of 有許多種用法，其中一個最主要的用法便是表屬於（如表屬於某人 a friend of mine 或屬於某物 an employee of the company），也可以表部分關係（如 one of the greatest writers）。另外，介系詞 of 也可表材料（如 It is made of wood.），也可表原因（如 All of them died of a car accident.），表包含（如 ⋯ consists of several layers），表同位關係（如 in the city of Taipei 或 at the age of six）。

✦ 改寫：

1 Most banks only have a portion of the assets needed **to** cover their financial obligations.（此時要選 to）

大部分的銀行只需資產的一部分來負擔金融債務。

2 Most banks only have a portion of the assets **for** covering their financial obligations.（此時可選 for）

大部分的銀行只需資產的一部分來負擔金融債務。

Banking
銀行業務 ❷

❽❷ Banks accept deposits from customers, raise capital from investors, and then ------- additional services to customers.

(A) provide　(B) provides　(C) is providing　(D) has provided

中譯▶ (A) 銀行接受客戶的存款、向投資人募資金，然後提供額外的服務給客戶。

➡ 5 秒「秒殺」

✦ 看到整個句子目光直接鎖定「Banks... ----- additional services to customers」，空格前方主詞為複數名詞，空格應填適當的動詞，即選項(A) provide。

✦ 選項(B) provides 為第三人稱單數動詞，選項 (C) is providing 為第三人稱單數的現在進行式，選項(D) has provided 為第三人稱單數的現在完成式動詞，皆不可選。

➡ 了解原因

✦ 本題考的重點是主詞動詞一致。句子中的動詞搭配主詞作變化，當結構如本題一樣，較複雜時，需確認正確的主詞，才能使用正確、相對應的動詞。

✦ 本句有三個動詞片語 accept deposits… 和 raise capital… 以及空格後的片語，執行動作的對象都是主詞 banks，

因為 banks 是複數可數名詞，動詞也應使用相對應的複數動詞。選項中 provides 為現在簡單式、is providing 為現在進行式，而 has provided 現在完成式，選項(B)、(C)、(D)皆是第三人稱單數的動詞形態，與主詞 banks 不和，故應該使用非第三人稱單數的動詞 provide。

➡ 靈活變通、舉一反三

✦ 補充：

主詞動詞一致性在英文中很重要，因此確認主詞的人稱與單複數很重要。主詞有可能是單一名詞或代名詞（如 A boy calls a girl.），此時需依主詞的人稱、數量作變化；也可能以連接詞結合兩個以上的名詞，此時依連接詞的不同，可能需要使用不同的動詞（如 the boy and the girl 會需要使用複數動詞，而 either the boy or the girl 則需使用單數動詞）；此外量詞也會影響需使用的動詞，如 one of 或 none of 雖然後接複數名詞，卻視為單數（如 One of the boys was on the phone with his mother.），而 each 或 every 等詞，後方使用單數名詞，也使用單數動詞（如 Every student was given a book.）。

✦ 改寫：

1 A bank accepts deposits from customers, raises capital from investors, and then **provides/has provided** additional services to customers.（此時要選 provides/has provided）銀行接受客戶的存款、向投資人募資金，然後提供額外的服務給客戶。

2 The bank raised capital from investors, and now **provides/is providing** additional services to customers.（此時要選 provides/is providing）銀行之前向投資人募資金，而現在提供額外的服務給客戶。

Banking
銀行業務 ❸

UNIT 83

❽❸ In order to make money, banks tend to lend money at an interest rate ------- than their operating and maintenance costs.

(A) more high (B) most high (C) higher (D) highest

中譯 (C) 為了賺錢，銀行通常以比營運與維修成本還高的利息出借現金。

⇨ 5 秒「秒殺」

✦ 看到整個句子目光直接鎖定「an interest rate ----- than their operating and maintenance costs」，空格前後比較兩種金額，空格應填比較級形容詞，即選項(C) higher。

✦ 選項(A) more high 與選項(B) most high 為錯誤用法，選項(D) highest 為最高級形容詞，皆不可選。

⇨ 了解原因

✦ 本題考的重點是形容詞比較級。空格前後有兩種比較的金額 an interest rate 還有 their operating and maintenance costs，且空格後方有 than，故空格中應使用形容詞比較級，故不選最高級的(B)與(D)。

Unit 83｜銀行業務

1 一般商務、辦公室

2 人事、採購、財務與預算

3 經營管理

4 餐廳與活動、旅行

5 娛樂、健康

✦ 又形容詞 high 屬單音節的規則變化的形容詞，故比較級應直接加上 -er，故不選擇(A)。應特別注意選項中 more high 與 most high 不是 high 的比較級與最高級用法。

⟶ 靈活變通、舉一反三

✦ 補充：

比較級與最高級以及 as... as 都是用來表達比較人事物的結果，若需要進一步修飾這些形容詞或副詞，可使用一些特殊的字詞。可修飾比較級形容詞或副詞的字詞如 even, a lot, rather, much, a bit, a little 等（如 The car he's driving is a lot more expensive than the car we saw yesterday.），此外，也可使用一些倍數的詞或是度量名詞來做修飾語（例如 My brother is three years younger than I am. 或是 That house is three times bigger than this one.）。可修飾最高級的字詞如 very, much, far, mostly, almost 等（如 What you're looking at is the very best.），另有序數也可修飾最高級（如 What you're looking at is the second best.）。

✦ 改寫：

1 Banks tend to lend money at the **highest** possible interest rate to cover their operating and maintenance costs.（此時要選 highest）

銀行通常會盡可能以最高的利息出借現金來負擔營運與維修成本。

2 Banks tend to lend money at **higher** interest rates when their operating and maintenance costs increase.（此時要選 higher）

銀行通常在營運與維修成本增加時，會以較高的利息出借現金。

Accounting
會計 ❶

❽❹Working as an accountant for this firm means you have to spend some time ------- working remotely.

(A) get used to　　(B) getting used to

(C) to get used to　　(D) used to

中譯 (B) 在這家事務所當會計表示你必須花時間習慣遠距離工作。

➡ 5 秒「秒殺」

✦ 看到整個句子目光直接鎖定「spend some time ----- working remotely」，空格前方為 spend time，後方為動名詞 working，空格應填適當形式的詞，即選項(B) getting used to。

✦ 選項(A) get used to 與選項(C) to get used to 表「習慣」，前為原形，後為不定詞，而選項(D) used to 表「過去曾經」，皆不可選。

➡ 了解原因

✦ 本題考的重點是正確的動詞形態。片語 used to 表「過去曾經做...」，後應接原形動詞（如 She used to like it.）。而 get used to 表「變得習慣」，後方應使用名詞或動名詞。因空格後方為

動名詞 working，故空格應使用 get used to，而不使用 used to。

✦ 動詞 spend 通常加上時間或金錢後，可加上動名詞，表「花費時間／金錢做某事」。本句空格前為 spend some time，故後方應使用動名詞，即 getting used to，而不使用原形或不定詞。

➜ 靈活變通、舉一反三

✦ 補充：

注意使用動詞 spend 時，主詞必須是人。而與 spend 相關的動詞還有 waste（浪費）與 save（節省），後方同樣可接時間或金錢後，接上動名詞（如 He wasted two hours looking for the book. 或 We tried to save some money by taking the train to work.）。另外，spend、waste 與 save 後方除了使用動名詞外，也可加上 on 後，使用名詞（如 We're going to spend all of our money on the trip. 或 They always waste a lot of time on doing nothing.）。

✦ 改寫：

1 Working as an accountant for this firm means you have to get used to working remotely.（此時要選 get used to）
在這家事務所當會計表示你必須習慣遠距離工作。

2 He used to work remotely as an accountant for this firm, but now he's got his own business.（此時要選 used to）
他之前遠距離為這間事務所做會計工作，但現在已自己開業。

Accounting
會計 ❷

UNIT 85

⑧⑤Bookkeepers may have slightly different tasks from accountants, but bookkeepers are regulated as accountants ------.

(A) do (B) done (C) be (D) are

中譯▶ (D) 簿記員的任務可能與會計有些不同，但簿記員受到的規範和會計是一樣的。

➲ 5 秒「秒殺」

✦ 看到整個句子目光直接鎖定「**bookkeepers are regulated as accountants -----**」，空格前為被動語氣的 **are regulated**，空格應填替代的複數 be 動詞，即選項(D) are。

✦ 選項(A) do 為原形助動詞，選項(B) done 為過去分詞，選項(C) be 為原形 be 動詞，皆不選。

➲ 了解原因

✦ 本題考的重點是替代重複部分的用法。英文句子中，當有重複的部分，可省略或以助動詞或 be 動詞替代。當重複的部分為一般動詞時，會以助動詞替代，且按照人稱、數量與時態等作變化

（如 You don't have to work as late as you did.）；若重複的部分為 be 動詞，則以 be 動詞替代，同樣會按照人稱、數量與時態等變化（如 She is as tall as he is.）。

✦ 本句的第二個子句原為 bookkeepers are regulated as accountants are regulated，因 are regulated 重複，故第二個部分以 are 替代。

靈活變通、舉一反三

✦ 補充：

替代的助動詞與 be 動詞注意應依人稱、數量與時態等變化，如 She works harder than he does. 中 does 替代 he works，若後方主詞改為 they 則需換成 do，若在時態上想表達過去，則需改成 did。此外，這類替代的助動詞與 be 動詞也經常省略，如 She works harder than he does. 可能進一步省略為 She works harder than he. 而 She was as tall as you are. 可能省略為 She was as tall as you.（此時在口語上，主格經常被改為受格，如 She works harder than him.）。

✦ 改寫：

1 Bookkeepers use the same recording methods as accountants **do**.（此時要選 do）
簿記員和會計用的紀錄方法是一樣的。

2 The accountant will report to the client in person, as he has **done** in the past.（此時要選 done）
那位會計會親自跟客人報告，一如往常。

Accounting
會計 ❸

UNIT 86

86 There are some tricks that allow wealthy individuals to pay ------- tax as legally possible.

(A) as little　(B) as few　(C) as many　(D) as less

中譯 ▶ (A) 有些技巧讓有錢人能在法律範圍內付越少稅越好。

5 秒「秒殺」

✦ 看到整個句子目光直接鎖定「----- tax as」，空格後有 as，且名詞 tax 在此做不可數名詞，空格應填 as 加不可數名詞的量詞，即選項(A) as little。

✦ 選項(B) as few 與選項(C) as many 後方須接可數名詞，而選項(D) as less 為錯誤用法，皆不可選。

了解原因

✦ 本題考的重點是同級比較的用法。當比較的兩樣東西是同樣程度時（A 和 B 一樣...）時，會使用 as…as 的結構，中間可使用形容詞（如 as big as），也可使用形容詞加名詞（如 as many students as… 或 as low a currency as…）。

✦ 本句使用 as + 形容詞 + 名詞 + as 的結構，空格後方的名詞為 tax，可做可數名詞，也可做不可數名詞，但在本句中為單數形，做不可數名詞解釋。選項中的量詞 little、few 與 many 作為形容詞，little 用在不可數名詞，而 few 與 many 與可數名詞共用，故本題應使用與不可數名詞搭配的 as little。而 as…as 表「一樣」，故中間的形容詞必須是原形，而非比較級，故選項(D)為錯誤用法。

靈活變通、舉一反三

✦ 補充：

本句使用的結構 as…as 中間除了可使用形容詞外，也可使用副詞（如 The new artificial intelligence system can spot diseases as accurately as human doctors.）。此結構也可與倍數一起使用（如 That house is twice as large as this one.）。當 as…as 中使用形容詞與名詞時，可數名詞可能為單數形或複數形（如 His goal is to live as long a life as possible. 或 She's going to have as many dogs as she can.）。而本結構要表達否定時，直接使用 not 即可（如 He is not as old as you. 或 She doesn't walk as fast as I do.）。

✦ 改寫：

1 He just lost his job, so he can only try to pay **as many** bills as he can this month.（此時要選 as many）他剛失業，所以這個月只能盡可能得付帳單。

2 Rich people want to be able to invest with **as few** limits as possible.（此時要選 as few）有錢人家希望能盡可能不受限制得投資。

Investments
投資 ❶

❽⑦ The guideline states that all investment gains and losses are ------- to the taxing authority.

(A) reporting　　(B) going to report

(C) to be reported　(D) to report

中譯 (C) 規範指出所有的投資獲利與損失都要報告給稅務機關。

➔ 5 秒「秒殺」

✦ 看到整個句子目光直接鎖定「**all investment gains and losses are -----**」，空格前為 **that** 子句中的主詞，與動詞為被動關係，空格應填適當的動詞形態，即選項**(C) to be reported**。

✦ 選項**(A) reporting**、選項**(B) going to report** 與選項**(D) to report** 與空格前的 **are** 搭配皆屬主動語態，不可選。

➔ 了解原因

✦ 本題考的重點是區分主被動語態與 **be to** 表未來的用法。被動語態用在當主詞為動作的接受者時，且時態皆變化在 **be** 動詞上（如現在完成式的被動語態為 have/has been p.p.）。而 **be to** 也可用來表達未來計劃或安排。

✦ 本句空格在 that 子句中，前方為主詞 all investment gains and losses，選項中的動詞為 report，與主詞的關係應使用被動語態，選項中只能使用(C) to be reported，其中 be reported 表被動，而空格前的 are 與 to 即是前述的未來 be to。其他選項與空格前的 are 形成現在進行式的 are reporting、未來式的 are going to report 以及 be to 未來的 are to report，以上皆是主動語態，語意不合，不可選。

靈活變通、舉一反三

✦ 補充：

除了 will 或 be going to 外，be to 也可用來表未來，通常為較正式的安排或計劃（如 The president is to visit Cambodia next week.），另外也時常用在指示、通知或義務等，如本題的 all investment gains and losses are to be reported。結構 be to 也可用在過去式（如 She told us we were to finish everything by 10 o'clock.），若在過去的結構中使用完成式，則表示安排的事件沒有發生（如 We were to have finished everything by 10 o'clock, but we didn't.）。

✦ 改寫：

1 We are **going to report** our investment gains and losses to the taxing authority next month. （此時要選 going to report）
我們下個月要把投資獲利與損失報告給稅務機關。

2 The guideline states that all people are **to report** investment gains and losses to the taxing authority. （此時要選 to report）
規範指出所有人都要將投資獲利與損失報告給稅務機關。

Investments
投資 ❷

UNIT 88

❽❽ Once -------, you can access your account through the website and invest online.

(A) register   (B) is registered

(C) are registered   (D) registered

中譯 (D) 你一旦登記完畢，就可以從網站進入你的帳號，並在線上投資。

5 秒「秒殺」

✦ 看到整個句子目光直接鎖定「Once -----, you」，空格前為附屬連接詞 once，且主詞與 be 動詞省略，空格應填名詞，即選項(D) registered。

✦ 選項(A) register 為原形動詞，選項(B) is registered 為第三人稱單數的現在簡單式被動語態，選項(C) are registered 為非第三人稱單數的現在簡單式被動語態，皆不可選。

了解原因

✦ 本題考的重點是分詞構句。分詞構句為當兩個子句的主詞相同時，前面的主詞會省略，主動語態的動詞直接改為現在分詞（如 When walking on the street, she bumped into a friend.），若

是被動語態，則將主詞與 be 動詞省略，留下過去分詞（如 Given another chance, he worked harder.）。

✦ 本句的第一個子句沒有主詞，可推測為分詞構句，主詞已被省略，由選項可知 register 在此使用被動語態，被動語態的分詞構句除了省略主詞之外，也應省略 be 動詞，即本句原為 once you are registered,…，移除主詞與 be 動詞後的結果便是 once registered，故空格填 registered。

靈活變通、舉一反三

✦ 補充：

如前面章節提及，分詞構句中的連接詞也可進一步省略（如 When walking on the street, she bumped into a friend. 可再省略為 Walking on the street, she bumped into a friend.）。此外，應注意若為完成式的分詞構句，主動應使用 having 而被動使用 having been（如 Having completed the report, he submitted it to the client. 或 Having been asked several times, she had to agree.）。另外，當兩個子句的主詞不同時，主詞皆不省略（如 The man being busy, his wife picked up the children at school.）。

✦ 改寫：

1 Once you **are registered**, you can access your account through the website and invest online.（此時要選 are registered）

你一旦登記完畢，就可以從網站進入你的帳號，並在線上投資。

2 Having **registered**, I logged into the website and started investing.（此時要選 registered）登記完後，我就登入網站並開始投資。

❽❾ An open-end investment company is a company ------- new shares are created for new investors.

(A) which　(B) where　(C) that　(D) who

> 中譯 ▶ (B) 開放型投資公司是創造新股票給新投資者的公司。

➜ 5 秒「秒殺」

✦ 看到整個句子目光直接鎖定「is a company ----- new shares are created for new investors」，空格前為名詞 a company，後方為子句 new shares are...，空格應填關係副詞，即選項(B) where。

✦ 選項(A) which、選項(C) that 與選項(D) who 為關係代名詞，皆不可選。

➜ 了解原因

✦ 本題考的重點是區分關係代名詞與關係副詞。關係代名詞用來代替前方的名詞（先行詞）並引導後方的關係子句來修飾此先行詞。既然是代替先行詞，必是關係子句的主詞或受詞（如 The man who is wearing black. 中 who 即是...is wearing black 的主詞）。而關係副詞作為副詞兼連接詞，後方必定是

完整子句（如 The place where I saw him. 中 I saw him 為完整句子）。

✦ 本句中空格後方為一完整子句 new shares are created for new investors，不缺主詞或受詞，故不應使用關係代名詞，不選代替事物的 which、代替人的 who 或可與兩者替換的 that，而應填入關係副詞 where。

➡ 靈活變通、舉一反三

✦ 補充：

如前述，關係代名詞會是關係子句中的主詞或代名詞，而關係副詞如 where, when how 等，是兼副詞與連接詞用，後方接完整子句，且通常可與介系詞加上關係代名詞替換，故 That's the place which sells the best steak 中雖然先行詞 the place 是地點，仍應使用關係代名詞 which，替代 the place 作為關係子句的主詞，而在 That's the place where he was born 中應使用 where，也可替換成較正式的介系詞加關係代名詞 in which（That's the place in which he was born.）。

✦ 改寫：

1 He wants to create a company **where** everyone feels important.
（此時要選 where）
他想建立一間大家在裡面都覺得自己重要的公司。

2 He wants to create a company in **which** everyone feels important.
（此時要選 which）
他想建立一間大家在裡面都覺得自己重要的公司。

Taxes
稅務 ❶

90 Before releasing your tax information, you need to sign a ------- authorization.

(A) writing　(B) written　(C) writen　(D) write

中譯 ▶ (B) 在公開你的稅務資訊前,你應該先簽屬書面授權書。

5 秒「秒殺」

✦ 看到整個句子目光直接鎖定「a - - - - - authorization」,空格後為 authorization,名詞 authorization 與冠詞 a 中間應為形容詞,如選項 (B) written。

✦ 選項(A)同樣可做形容詞,但表主動,因此不可選。選項(D)為動詞,選項(C)為動詞過去分詞的錯誤形式,同樣不可選。

了解原因

✦ 本題考的重點為過去與現在分詞作為形容詞。動詞被改為過去分詞(p.p.)或現在分詞(Ving)後,可被用來做形容詞,基本上置於名詞的前方,修飾名詞。當過去分詞做形容詞時,隱含被動的意義,如 an amused crowd(隱含「被逗

樂」的意思）。而現在分詞做為形容詞時，則有主動的含意，如 a confusing story（故事不是「被困惑」）。本題授權書是「被寫出來的」，因此應選過去分詞，而非現在分詞，來表示「書面授權」。

✦ 此外，過去分詞也可能表「已完成」或「感覺、心情」（如 boiled water 與 I'm bored.）。現在分詞則另有「正在進行」或「令人感到…」的意思（如 a crying baby 與 The situation is frustrating.）。

➜ 靈活變通、舉一反三

✦ 補充：

過去與現在分詞也可能置於名詞後方，來修飾名詞，這是來自關係代名詞做為關係子句主詞時，被省略後的結果（be 動詞也一併省略），如 The girl who is talking with my brother is my girlfriend. / The book which was written by him has been published. 會變成 The girl talking with my brother is my girlfriend. / The book written by him has been published.

✦ 改寫：

1 Effective business **writing** skills can help you deliver impactful reports.（此時要選 writing）
有效的商業寫作技巧能幫助你寫出有影響力的報告。

2 You can still **write** off some expenses when working as an independent contractor.（此時要選 write）即使你是獨立承攬人，有些消費還是可以抵稅的。

Taxes
稅務 ❷

91 Our company, as many others, ------- a tax return with the IRS every fiscal year, declaring our revenue and capital gains.

(A) File　(B) is filing　(C) files　(D) has filed

> **中譯** ▶ (C) 如同其他很多公司一樣，我們公司每個會計年度都會向 IRS 報稅，申報我們的收入與資本利得。

➲ 5 秒「秒殺」

✦ 看到整個句子目光直接鎖定「**Our company ------ a... every year**」，空格前為主詞，後應接動詞，又因後方的時間副詞為 every year，故應選用代表現在簡單式的第三人稱動詞形，即 **(C) files**。

✦ 選項(A)為原形動詞，用於主詞為非第三人稱單數時，選項(B)為現在進行式的動詞形，選項(D)為現在完成式的動詞形，以上與主詞或與時態不符，皆不可選。

➲ 了解原因

✦ 本題考的重點是動詞形態。英語最基本的主要句型之一即是「主詞+動詞」（S.+V.），而本主要子句中只見主詞，不見動詞，表示空格內需填入動詞。

✦ 在確定本句子缺少主要動詞後，應判斷須使用的時態。現在簡單式，用來表示「習慣」、「現存的狀態」或「不變的事實」，動詞需使用原形動詞，但當主詞為第三人稱單數時，須加上 -s（或 -es 與 -ies）。從句子中的時間副詞 every（fiscal）year，可判斷出表示的是「習慣」（固定會做的事），應使用現在簡單式。加上主詞 our company 為第三人稱單數，需再加上 -s。

靈活變通、舉一反三

✦ 補充：

本題主詞與動詞間出現的 as many others 為插入語，具有補充資訊的功能，移除後基本上不影響句子意思，此外，插入語更能增加句子的變化。插入語通常位於句中（但也可能置於句首與句尾），插入的方式通常是逗號（或破折號），有可能為單字或是子句（如 indeed, though, as far as I know, what's worse, that is, though not exactly correct 等）。

✦ 改寫：

1 All companies **file** a tax return with the IRS every fiscal year.（此時要選 file）所有的公司在每個會計年度都要跟美國國家稅務局報稅。

2 The company **has filed** tax returns for the client for years.（此時要選 has filed）那家公司已經幫那位客戶報稅多年了。

❾❷ The business owner ------- for bankruptcy before, so he needs to confirm whether he can file again.

(A) applies　(B) application　(C) would apply　(D) has applied

中譯 ▶ (D) 業主已申請過破產，需要確認是否可再次申請。

⟹ 5 秒「秒殺」

✦ 看到整個句子目光直接鎖定「The business owner ----- before」，空格前為主詞，後應接動詞，又因後方的副詞為 before，故應選用代表現在完成式的第三人稱動詞形，即 (D) has applied。

✦ 選項(A)為現在簡單式的第三人稱單數，選項(C)為助動詞加原形動詞，時態皆不符，不可選。選項(B)為名詞，若填此選項，主要子句無動詞，故不可選。

⟹ 了解原因

✦ 本考題重點為動詞形態。英語最基本的主要句型之一即是「主詞＋動詞（S. + V.）」，而本主要子句中只見主詞，不見動詞，表示空格內需填入動詞。

Unit 92 ｜ 稅務

1 一般商務、辦公室

2 人事、採購、財務與預算

3 經營管理

4 餐廳與活動、旅行

5 娛樂、健康

✦ 確定空格應填動詞後，判斷應使用的時態。現在完成式為 have/has + 過去分詞（p.p.），第三人稱使用 has，非第三人稱使用 have。現在完成式表達（過去到現在的）「經驗」、「已完成的動作」或「累積一段時間的動作」。從句子中的副詞 before 因單獨出現，表「以前」的意思，即句子想表達的是「經驗」（做過某事），應使用現在完成式。主詞 the business owner 為第三人稱單數，須使用 has + p.p.。

靈活變通、舉一反三

✦ 補充：

當現在完成式用來表達「經驗」時，時常會加上 ever 或 never 等詞（如 Have you ever been to Japan? 或 I have never hosted a conference.）。表達「完成」時，則可能加上 recently、yet、just 或 already（如 My client still hasn't received the proposal. 或 I have just signed a contract.）。表達「一段時間」時，則通常搭配 for 或 since（如 He has worked in the investment office for over 10 years. 或 They have struggled since last year to come up with a replacement plan.）。

✦ 改寫：

1 Due to the economic downturn since 2 years ago, many small business owners **have applied** for bankruptcy.（此時要選 have applied）因為兩年前開始的經濟衰退，許多小企業主已申請破產。

2 The business owners announced that they **would apply** for bankruptcy when negotiations failed.（此時要選 would apply）那些企業主宣布假使協商破局，他們會申請破產。

Financial Statements
財務報表 ❶

UNIT 93

❽ If the firm ------- heavy losses, its balance sheet would not be as strong as last year.

(A) suffered　(B) has suffered　(C) suffers　(D) suffer

> **中譯** ➤ (A) 假如這間公司損失慘重，今年的資產負債表就會不如去年強勢。

....

➡ 5 秒「秒殺」

✦ 看到整個句子目光直接鎖定「If the firm ----- ... would」，空格前是主詞，且前方有 if，後方有 would，空格應填過去簡單式的動詞形式，即選項(A) suffered。

✦ 選項(B) has suffered 為現在完成式的動詞形式，選項(C) suffers 為現在式的動詞，選項(D) suffer 為原形動詞，皆不可選。

➡ 了解原因

✦ 本題重點為條件句（或稱 if 假設語法），且為第二類條件句（second conditional）。第二類條件句為 if 句使用過去簡單式動詞，另一子句（結果句）則使用 would + 原形動詞，表示對現在或

未來做不相符或不可能的假設（如 If I were you, we would go home，一般動詞直接改簡單過去式，be 動詞應用 were）。

✦ 在解本題時，看到 if 即可推測為條件句，從屬子句中看到 would，可判斷為第二類條件句，故 if 引導的主要子句中的動詞應使用過去簡單式的動詞形態，即選項(A)的 suffered。

➲ 靈活變通、舉一反三

✦ 補充：

條件句除了本題的第二類之外，尚有第零類、第一類與第三類，似先前提過的假設語法分類。第零類條件句用來表示不變的事實或習慣，如 If it rains, the ground gets wet.（必定會發生）。第一類條件句用來表達現在或未來可能實現的假設，如 If you join the team, you will get promoted.（很可能會發生）。第三類條件句則用來表達與過去事實相反的假設，表「假如當初…則…」，如 If I had invested in the startup, I would have been the richest person.（與過去事實相反，即當初沒投資）。

✦ 改寫：

1️⃣ If the firm **suffers** heavy losses, its balance sheet will not be as strong as last year.（此時要選 suffers）假如這間公司損失慘重，那麼今年的資產負債表將不會如去年強勢。

2️⃣ If the firm **hadn't suffered** heavy losses, its balance sheet would have been as strong as last year.（此時要選 hadn't suffered）假如這間公司去年沒有損失慘重，今年的資產負債表本來可以如去年強勢。

Financial Statements
財務報表 ❷

❾ All valuable tangible and intangible assets must ------- in the financial statement.

(A) are reflected　　(B) be reflected

(C) reflect　　　　　(D) been reflected

中譯 (B) 所有有價值的有形與無形資產都應反映在財務報表裡。

➡ 5 秒「秒殺」

✦ 看到整個句子目光直接鎖定「All... assets -----」，空格前為主詞，主詞與動詞的關係為被動關係，且空格前方有助動詞 must，應選(B) be reflected。

✦ 選項(A) are reflected 與選項(D) been reflected 皆為被動語態，但不可置於助動詞後，故不可選。選項(C) reflect 為原形動詞，與本題不符，同樣不可選。

➡ 了解原因

✦ 本題重點為動詞形態。忽略前方修飾詞，注意到名詞，且本句並無動詞，表空格須填入動詞。

✦ 動詞除了要注意時態之外，也要注意主動與被

動語態。當主詞是動作的執行者時，需要使用主動語態（如 The government introduced new policies.）。但是當主詞是動作的接受者時，則需要使用被動語態，即是 be 動詞 + 過去分詞（p.p.），be 動詞須隨主詞作變化（如 New policies were introduced last year.），如本題中的 assets 是接受 reflect 動作，故使用被動語態。加上前方有助動詞，後方的動詞必須為原形，所以 be 動詞不作變動。

靈活變通、舉一反三

✦ 補充：

被動語態同主動語態，也會隨時態有所變化，但變化僅在 be 動詞上，如現在簡單式的被動語態會是 am/are/is + p.p.（如 Houses are built every day.），過去簡單式的被動語態為 was/were + p.p.（如 Many houses were built in this area.），現在完成則是 have/has + been + p.p.（如 Many houses have been built.），現在進行式的被動語態會是 am/are/is + being + p.p.（如 Many houses are being built.），在此僅列舉幾個時態變化。

✦ 改寫：

1 Financial statements **reflect** all assets and liabilities.（此時要選 reflect）財務報表裡可看出所有的資產與負債。

2 The effects of the changes **have been reflected** throughout the various historical periods.（此時要選 have been reflected）改變的影響在不同的歷史時期中反映出來。

Financial Statements
財務報表 ❸

UNIT 95

❽❺ Today several leading companies ------- their financial statement for the fiscal year.

(A) releases　(B) released　(C) release　(D) were released

中譯 ▶ (B) 今天數個龍頭公司發布了他們本財政年度的財務報告。

5 秒「秒殺」

✦ 看到整個句子目光直接鎖定「**Today... leading companies -----**」，空格前為主詞，句子中無主要動詞，故空格中應該填動詞，又時間詞為 today，且語意為主動語態，可推測為過去簡單式的動詞形態的選項(B) released。

✦ 選項(A) releases 為現在簡單式的第三人稱單數動詞形，選項(C) release 為（現在簡單式的）原形動詞，選項(D) were released 為過去簡單式被動語態的動詞，皆不可選。

了解原因

✦ 本題考的重點為動詞形態。考生可忽略前方修飾詞，只注意主詞中的 companies。又主要子句中沒有動詞，表示空格須填入動詞。

✦ 另需判斷時態，句中的時間副詞為 today，可能會依句子意思，表示過去時間或未來時間。若表達的事情已發生，則動詞須使用簡單過去式（動詞 + ed），若表達的事情尚未發生，則動詞須使用簡單未來式（will/ be going to + 動詞）。本題選項中無未來式選項，又本題主詞與動詞為主動關係，簡單過去不論主詞皆為同形（即不論第一/二/三人稱或單複數皆是 Ved），故選(B) released。

⇒ 靈活變通、舉一反三

✦ 補充：

其他須依句子意思，判斷過去或未來時間的時間副詞還有 this + 時間的如 this morning 或 this week。

簡單過去式的動詞基本上是字尾加上 -ed（如 ask 變 asked），若字尾已有 e 時，則加上 -d（如本題 release 變 released），當字尾是「子音 + y」則將 y 去掉後，加上 -ied（如 fly 變 flied），若動詞為單音節且結構為「子音 + 母音 + 子音」，則需重覆最後一個子音後再加上 ed（如 jog 變 jogged）。另須注意不規則變化的動詞（如 speak 變 spoke）。

✦ 改寫：

1 All reports **were released** by the government today.（此時要選 were released）政府今天公佈了全數報告。

2 Companies **release** their financial statements every fiscal year.（此時要選 release）公司每個會計年度都會公布財報。

Part 3
經營管理

	學習進度規劃	延伸學習
單字	Part 3包含資產與部門、董事會議與委員會、品質控管、產品研發和租用與出租五大類主題，每天使用零碎時間完成一個主題後將每個主題相關字彙跟例句都記起來。	浣熊改寫句中出現的單字，記誦同個主題或類別的字，例如Unit 97中出現了participate 參加、Unit 98 comprehensive 完整的和Unit 103 committee委員會、investigation調查等等相關用字，可抄錄於筆記本中做背誦。
文法	使用【獵豹→貓頭鷹→浣熊】逐步且漸進式的學習邏輯，每完成一個主題後徹底了解每題的文法概念並做複習。	從貓頭鷹解題中出現的文法概念，可以進一步練習相關考點。此外可以多熟悉各承轉詞的使用。在新多益閱讀也頗有助益。
分數段	700-750	位於此分數段的學習者仍需掌握更多複雜的文法概念，例如動名詞當主詞後句子中的主要動詞需用單數，讀者需精讀part 3收錄的25個精選文法概念。

Property and Departments
資產與部門 ❶

UNIT 96

❾❻ The International Sales Department ------- when the project reaches its third phase.

(A) will take over　　(B) will be taken over

(C) took over　　　　(D) take over

中譯 (A) 待這個計畫進入第三階段時，國際銷售部門便會接手。

⟶ 5 秒「秒殺」

✦ 看到整個句子目光直接鎖定「The...department ----- when reaches」，空格前為 department，本句缺少主要動詞，且主詞為 the international sales department，故選擇表未來主動的選項(A) will take over。

✦ 選項(B) will be taken over 為未來被動，因此不可選。選項(C) took over 為過去簡單主動，選項(D) take over 為非第三人稱的現在簡單主動，同樣不可選。

⟶ 了解原因

✦ 本題重點為動詞形態。本句不見主要動詞，表示空格須填入動詞。表時間的連接詞（如 when, before, as soon as, until）後方須以現在式代替未來式（如 when it reaches 或 as soon as he comes，不可使用未來式 will），來表示相對的未

來活動，因此時間是在未來，主要動詞的時態應該選擇未來式，未來式可能是 will 或是 be going to 加上原型動詞，其他能看出需使用未來式的線索尚有如 tomorrow, next year, later, in two days 等。

✦ 此外，the...department 是要接收 project，而不是被接收，也就是主詞是動詞的執行者，因此動詞的語態應該使用主動語態。時態及語態的配合下，便需填入選項(A) will take over。

⇒ 靈活變通、舉一反三

✦ 補充：

未來式雖然可能以 will 或 be going to 加上原形動詞呈現，兩者的語意其實有不同。其中一些不同包含「will」通常表示根據當下狀況或科學上等的推測（如 Okay, I will get some milk for you.），而「be going to」則是表達事先做好的計劃或是根據現有事實做出的較有把握的預測（如 I'm going to visit Hawaii for the summer.）。其他表達未來的方法尚有 be about to、be expect to 或 be due to。

✦ 改寫：

1️⃣ The project **will be taken over** by the International Sales Department when it reaches its third phase.（此時要選 will be taken over）

計畫在進行到第三階段時，便會被國際銷售部門接手。

2️⃣ The International Sales Department **took over** the project when it reached its third phase.（此時要選 took over）

計畫在進行到第三階段時，便由國際銷售部門接手。

Property and Departments
資產與部門 ❷

97 By this time next week, the new receivable policy -------.

(A) implemented

(C) will have been implemented

(B) will implement

(D) has been implemented

中譯 ▶ (C) 下周的這個時候，新的應收帳款政策已開始執行。

➜ 5 秒「秒殺」

✦ 看到整個句子目光直接鎖定「By this time... policy ----- 」，空格前為主詞，後應接被動語態動詞，又因前方的時間副詞為 by...，故應選用代表未來完成式的被動語態，即(C) will have been implemented。

✦ 選項(A) implemented 為過去形的動詞，選項(B) will implement 為未來式的動詞形，選項(D) has been implemented 為現在完成式的被動動詞形，皆不可選。

➜ 了解原因

✦ 本題考的重點是動詞形態。本句不見動詞，表示空格內需填入動詞。未來完成式為「will + have + p.p.」，用來表達在未來某個時間，某件事情將會被完成，搭配未來完成式的時間詞有 by… 或 before…。由本題的 by this time next week 可看

出主要動詞需使用未來完成式。

✦ 題中的 policy 與動詞為被動關係，因此須使用被動語態（即 be + p.p.）。未來完成式的被動語態，只需將兩者結合後將被動語態的 be 改成過去分詞的 been（will + have + been + p.p.）。因此本題應填入未來完成的被動形態的選項(C) will have been implemented。

靈活變通、舉一反三

✦ 補充：

當 will + have + p.p. 被改成過去的 would + have + p.p. 時，通常表示與過去事實相反（例如 The new receivable policy would have been implemented, but it was postponed.），表示這個政策本來會被執行，但實際上並沒有。其他助動詞也傳達類似的意思（should/ must/ could/ might/ may + have + p.p.），皆指過去的事情。

✦ 改寫：

① The new receivable policy **will be implemented** next year.（此時要選 will be implemented）
新的應收帳款政策明年會開始執行。

② No one in the department knows that the new receivable policy **has been implemented** due to poor communication.（此時要選 has been implemented）
因為溝通不良，部門裡沒人知道新的應收帳款政策已開始執行。

Property and Departments
資產與部門 ❸

❾❽ Part of his job is to ensure all reports detailing the fixed assets
------- meet the requirements.

(A) registered　　(B) register　(C) registering　(D) to register

中譯 (A) 他工作的一部份便是檢閱所有詳述已登記的固定資產的報
　　 告，確保這些報告都符合規定。

5 秒「秒殺」

✦ 看到整個句子目光直接鎖定「the fixed asset
-----」，空格前為名詞，此名詞與選項中動詞為被
動關係，應填入表被動的過去分詞，即 (A)
registered。

✦ 選項(B) register 為一般動詞原形或名詞，選項
(C) registering 為現在分詞，選項(D) to register 為不定詞，皆不可
選。

了解原因

✦ 本考題重點為關係代名詞省略。關係代名詞是
代替先前出現的名詞（先行詞），並引導一個子
句來修飾這個被代替的名詞。關係代名詞可能是
位於主詞或受詞位置，當先行詞是人時，在主詞
位置的關係代名詞使用 who，受詞位置使用

whom；先行詞是事物時，在主詞或受詞位置皆使用 which；前述關係代名詞皆可使用 that 替代。

✦ 關係代名詞位於主詞位置時可連同 be 動詞一起省略，如本題 the fixed assets that/which were registered，經省略後為 the fixed assets registered，故選(A)。

🡆 靈活變通、舉一反三

✦ 補充：

如本題空格前的省略結構，本題中 all reports detailing…是 all reports which details… 經省略且主動語態的動詞改為現在分詞 detailing 的結果。關係代名詞位於受詞位置時，可直接進行省略，如…with the applicant whom I talked to… 可直接改為 the applicant I talked to。另外，當關係代名詞前有介係詞或逗號時，不可使用 that，且關係代名詞也不可省略（如 The director needs the report on which the graph is based. 或 Everyone knows the CFO, who launched a program that benefits many people.）。另外，尚有代替時間的 when 或代替地方的 where 等的關係代名詞。

✦ 改寫：

1️⃣ The manager is requesting to see the fixed asset **register**.（此時要選組成複合名詞的 register）

經理要求查看固定資產登記簿。

2️⃣ All students **registering** for the course are expected to have completed all the required credits.（此時要選 registering）

所有要登記這門課的學生都必須先修完必要的課程。

Property and Departments
資產與部門 ❹

99 ------- is the responsibility of the Production Department to fix and manage these fixed assets.

(A) There　(B) That　(C) It　(D) Which

中譯 ▶ (C) 維修與管理這些固定資產是製造部門的責任。

5 秒「秒殺」

✦ 看到整個句子目光直接鎖定「----- is...to fix...」，空格在主詞位置接 is，後有真正主詞的不定詞片語，故應選可作為虛主詞的選項(C) It。

✦ 選項(A) There、(B) That、(D) Which 都可能置於主詞位置，但大部分需要引導子句，且用法與本句皆不符，故不可選。

了解原因

✦ 本考題重點為虛主詞 it 替代不定詞片語。動名詞 Ving 以及不定詞 to + V. 皆可當主詞，尤其當這些子句較複雜時，時常被移到句尾改成不定詞，並使用虛主詞 it 替代。本題真正主詞 to fix and manage these fixed assets 在句尾，主詞位置則以 it 替代，故空格填入虛主詞 it。

✦ 選項(A) there 也可能置於主詞位置，但並不用來替代真主詞（如 There is a meeting room down the hall.）。選項(B) that 可能引導子句做主詞（如 That we need to be more aggressive is clear to all.），且這種句型更常使用虛主詞 it。選項(D) which 也可能引導子句作為主詞（如 Which place to go needs to be determined now.）。但以上用法皆與本句不符。

⟹ 靈活變通、舉一反三

✦ 補充：

動名詞當主詞時，被移到句尾後，不一定需要改為不定詞（如 Gathering all these people in a room is not easy. 可改為 It is not easy gathering all these people in a room.），但有時聽起來較不正式。另一區別是，講述還沒發生的事或是事實時，會使用不定詞，陳述已發生的事，就會使用動名詞（如 There is no use talking about the problem.）。

✦ 改寫：

1 **There** are several departments participating in this meeting.（此時要選 there）

好幾個部門參加了這場會議。

2 **That** none of the companies are prepared for the crisis concerns us.（此時要選 that）

沒有一個部門俱備應付這場危機的準備，這樣的狀況讓人擔憂。

Property and Departments
資產與部門 ❺

UNIT 100

⑩ This speaker was able to provide ------- comprehensive explanations on depreciation than the last.

(A) much　(B) most　(C) more　(D) as

中譯 (C) 這位講者比前一位講者更能針對折舊提供完整的解釋。

➜ 5 秒「秒殺」

✦ 看到整個句子目光直接鎖定「- - - - - comprehensive...than」，空格後為原形形容詞與 than，空格內應填比較級，即(C) more。

✦ 選項(A) much 可做副詞，用在比較級或最高級前，選項(B) most 為最高級，選項(D) as 為連接詞，表「程度一樣」或「像…一樣」，與本句不符，故不可選。

➜ 了解原因

✦ 本題重點為比較級。形容詞或副詞可能會有比較級或最高級。形成比較級時，基本上可在字尾直接加上 -er（如 higher 或 faster），當單字為三個音節以上時，則單字不變，另加 more（如 more comprehensive 或 more easily），當兩者在句中比較時，中間需插入 than。題中有 than 且形容詞本身較長，

應選(C)。

✦ 當形成最高級時，字尾直接加上 -est（如 highest 或 fastest），當單字為三個音節以上時，單字不變，另加上 the most（如 the most comprehensive 或 the most easily），不使用 than。當比較結果是一樣時，則可使用 as（如 as high as），同樣不使用 than。故選項(B)與(D)皆不可選。選項(A)的 much 可置於比較級或最高級的前面做加強，表達「遠為…」（如 His office is much farther away from our house.），本題不選。

➡ 靈活變通、舉一反三

✦ 補充：

形成比較級與最高級時需注意，如字尾是 y 時，需去掉 -y 之後加上 -ier 或 iest，當單字本身為 CVC 的結構時（子音-母音-子音），需重複第二個子音，另有單字是不規則變化，需特別小心。比較級前不可加 the，但卻有特殊情況會加 the，替代「較為…者」。

✦ 改寫：

1 He provided **the most** comprehensive explanations among all speakers.（此時要選 the most）

在所有講者中，他的講解最完整。

2 This speaker provided **much** more comprehensive explanations than the last.（此時要選 much）

這位講者的解釋比前一位講者來得完整許多。

Board Meetings and Committees
董事會議與委員會 ❶

❿ After hours of negotiation, the board members ------- still not able to reach a consensus in the meeting.

(A) can　(B) did　(C) was　(D) were

中譯 ▶ (D) 經過數個小時的協商，董事們在會議中仍舊無法得到共識。

⇨ 5 秒「秒殺」

✦ 看到整個句子目光直接鎖定「members----- ...not able to」，空格前方為複數 members，空格後方為 not able to，空格內應填選項(D) were。

✦ 選項(A) can 不可與 able to 同時使用，選項 (B) did 後不接 able to，選項(C) was 與主詞不符，故皆不可選。

⇨ 了解原因

✦ 本題重點為助動詞。本句的 be able to 是表達能力的助動詞。able 本身是形容詞，前方須接上 be 動詞，並因主詞做變化。本題主詞為 the board members，是非單數第三人稱，故本題應選擇(D)的 were 而非(C)的 was。

✦ 助動詞基本上不可單獨使用，必須搭配其他動詞，且須使用原形動詞，故後方有原形動詞 reach。選項(A) can 同樣是表達能力的助動詞，選項(B)也是助動詞，助動詞不可同時使用，在已有 able to 的情況下，知道不可選(A)與(B)。

➜ **靈活變通、舉一反三**

✦ 補充：

選項中的 can 與題中的 be able to 兩者基本上可替換，但兩者用法稍有不同，can 不需因主詞做變化，只需按時態變化，但只能使用在現在與過去式（如 She can drive you to school. 或 She could drive you to school.）；be able to 則需因主詞以及時態做變化，be able to 則現在、過去、未來都可使用（如 She is able to interview the author. 或 They were able to interview the author.）。其他助動詞還有 could、may、might 等。

✦ 改寫：

1 The board member **was** not able to attend the meeting.（此時要選 was）
那位董事沒能參加會議。

2 The board member **won't be** able to attend the upcoming meeting.（此時要選 won't be）
那位董事無法參加下一場會議。

Board Meetings and Committees
董事會議與委員會 ②

102 The board would like ------- updates every six months on the implementation of the plan.

(A) to receive　(B) receiving　(C) received　(D) be received

中譯 (A) 董事會希望每六個月可以收到計畫實施的進度報告。

5 秒「秒殺」

✦ 看到整個句子目光直接鎖定「would like ----- updates」，空格前為 would like，空格內應填不定詞（to + V.），即(A) to receive。

✦ 選項(B) receiving 為動名詞/現在分詞，選項(C) received 為過去分詞，選項(D) be received 為被動語態動詞，與本句皆不符，故不可選。

了解原因

✦ 本題重點為 would like 的用法。would like 後可接動詞或名詞，本題無主要動詞，因此空格應填入動詞。接在 would like 後的動詞必須是不定詞，故本題填入選項(A) to receive。先前說過句子有兩個動詞時，第二個動詞需要改為不定詞或動名詞，would like 也是相同的概念，當語意是尚未發生時，應該使

用不定詞，更能確定本題應選(A) to receive，而不選(B)。選項(C)因此也不可選。

✦ 選項(D)若加上 to，則符合不定詞的要求，但語態則轉為被動。本題主詞與動詞的關係為主動，本題不選。

靈活變通、舉一反三

✦ 補充：

與 would like 有相似意思的 hope 與 want，後方也都是必須接不定詞。然而三個詞在語意上稍有不同，hope 表示希望未來發生某事（如 I hope to see some changes soon.），而 want 與 would like 則都是表達想要某樣東西（例如 I want/would like to receive the reports in an hour.），可用在請求或提供某物，但 would like 則較不直接、較有禮貌。

✦ 改寫：

1 The board would like to **be updated** every six months.（此時要選 be updated）
董事會希望每六個月可以收到最新消息（被更新）。

2 The board would like the latest **updates** from the office.（此時要選 updates）
董事會想要處所最新的消息。

Board Meetings and Committees
董事會議與委員會 ❸

103 The new chairman has been overly ------- of some of the senior members.

(A) critic　(B) criticize　(C) criticized　(D) critical

中譯▶ (D) 新的主席一直對部分資深董事過度批評。

➔ 5 秒「秒殺」

✦ 看到整個句子目光直接鎖定「been overly -----」，空格前為副詞，且語意為主動，空格內應填形容詞，即(D) critical。

✦ 選項(A) critic 為名詞，選項(B) criticize 為動詞，選項(C) criticized 為過去分詞，文法以及語意皆與本句不符，故不可選。

➔ 了解原因

✦ 本題重點為詞性的搭配。副詞可修飾動詞或形容詞，前方有 been（be 的過去分詞），後方同樣可能為形容詞或被動式的動詞（如 She is worried. 與 He is removed from the team.），本題主詞與動詞的關係為主動，故不可能選過去分詞的選項(C) criticized，所以必須選擇被副詞修飾的形容詞(D) critical。

✦ 選項(A)的 critic 是名詞，必須由形容詞來修飾，但前方為副詞，故不可選。選項(B) criticize 是原形動詞，英語裡一個句子不可直接使用兩個動詞，且前方是「been」，後方動詞必須改為表示被動語態的 criticized。

➡ 靈活變通、舉一反三

✦ 補充：

英語裡有許多形容詞加上介係詞的固定用語，例如 afraid, capable, tired, aware, proud 等後接 of （如 She's afraid of cats.），而形容詞 angry, good, excellent 等則接介系詞 at（如 She's very good at attracting new customers.），形容詞 famous, ready, suitable, sorry 等接 for（如 The company is famous for its high-quality chocolate.），形容詞 different, derived 等接 from（如 The chocolate they offer is different from any chocolate.），而如 opposed, accustomed, similar 等形容詞則接 to（如 The people are opposed to his candidacy for the position of General Director.）。

✦ 改寫：

1. The chairman has **criticized** the senior member before. （此時要選 has criticized）

   主席曾經批評過那位資深董事。

2. The chairman agreed not to **criticize** the senior member. （此時要選 criticize）

   主席答應不批評那位資深董事。

⑩ After the scandal, the committee calls for ensuring support to those with ------- power.

(A) little   (B) few   (C) a little   (D) a few

中譯 ▶ (A) 在那件醜聞之後,委員會提倡應確保弱勢族群得到的支持。

➡ 5 秒「秒殺」

✦ 看到整個句子目光直接鎖定「with -----power」,空格後為 power,空格內應填搭配不可數的量詞(形容詞),且語意為負面的,故選 (A) little

✦ 選項(B) few 為搭配可數名詞,故不可選。選項 (C) a little 可搭配不可數名詞,選項(D) a few 須搭配可數名詞,兩者帶肯定語意,與本句不符,故不可選。

➡ 了解原因

✦ 本題重點為量詞。量詞為一種告知數量的形容詞,有些量詞只能用來修飾可數名詞,有些量詞只能用來修飾不可數名詞,本題的 power 屬於不可數名詞,不可使用 few 或 a few,故不可選(B) 與(D)。

✦ 而選項(A)的 little 與選項(C) a little 後面都接不可數名詞，然而 little 指的是「很少、幾乎沒有」，帶有負面的意思，即本題的「those with little power」，表示「幾乎沒有權力的人」；a little 則是「一些、勉強還有一些」，如 There's more to life than a little power.（人生除了一些權力之外還有更重要的東西）。本題修飾的部分含負面語意，故選(A)而不選(C)。另兩個選項的 few 與 a few 也有同樣的差異。

➡ 靈活變通、舉一反三

✦ 補充：

不同的量詞後方可能使用可數或不可數名詞，除本題的 little, a little, few, a few，其他必須接可數名詞的量詞有 many, several, a large number of 等（如 many people 或 several people）。後接不可數名詞的量詞含 much, a bit of, a large amount of 等（如 much advice, a bit of advice）。可數或不可數名詞皆可使用的量詞含 all, some, enough, a lot of（如 all people 或 all advice）。

✦ 改寫：

1 It's essential that we provide support to those who have **few** choices in their life.（此時要選 few）
我們需要確保無權選擇的人們能得到我們的支持。

2 The committee allows both parties to have at least **a little** power.
（此時要選 a little）
委員會允許雙方都至少保有一些權力。

Board Meetings and Committees
董事會議與委員會 ❺

105 Before the scandal was leaked, the committee seemed to -------
a secret investigation.

(A) open　(B) have opened　(C) opened　(D) opens

中譯 ▶ (B) 在醜聞流出前，委員會似乎已先開啟秘密調查。

5 秒「秒殺」

✦ 看到整個句子目光直接鎖定「Before...was...
seemed to -----」，空格前方有另一簡單過去的子
句，且直接接著 seemed to，空格內應填原形的
過去完成式，即(B) have opened。

✦ 選項(A) open 為原形動詞，不須分辨發生順序
時可使用，故本句不可使用。選項(C) opened 為過去式，選項(D)
opens 為第三人稱單數的簡單現在式的動詞，皆不可用在 seem to 後
方，故不可選。

了解原因

✦ 本題重點為動詞形態。當有兩個過去的動作或
事件時，為表示發生順序，先發生的動作會使用
過去完成式 had + p.p.，而後發生的動作則使用簡
單過去式。本句因為委員會開啟調查的時間是在
醜聞流出之前，故開啟的動作應使用過去完成

式。

✦ 空格前為 seemed to，後面應該接上原形動詞，故不可選(C)或(D)，選項(A)的 open 加在 seemed 後面無法表達動作先發生，僅表示當下「看似…」，與本句也不符。在 seemed to 後空格中原本是 had opened 便改為 have opened，故選(B) have opened。

➔ 靈活變通、舉一反三

✦ 補充：

過去完成式用來表示動作發生順序時常會見時間副詞，如 before, after, by the time, as soon as 等，其中 after 與 as soon as 後的動詞因先發生（如 As soon as he had arrived, he was told that the event was canceled.），應該使用過去完成式，而 before 與 by the time 的動詞因為後發生，應該使用簡單過去式（如 By the time we got to the restaurant, it was closed.）。另一協助判斷本題答案的方法即為 before 在另一個子句，故空格中使用過去完成式，使用 seem to 後空格中變 have + p.p.。過去完成式除了表示事情先發生之外，還用來表示在過去持續了一段時間的（從過去一個時間點持續到另一個過去時間點）。

✦ 改寫：

1 Members of the committee all seemed to **support** the decision.（此時要選 support）委員似乎全都贊成那個決定。

2 After the committee **had opened** an investigation, the scandal leaked.（此時要選 had opened）在委員會開啟調查之後，醜聞便流出了。

Quality Control
品質控管 ①

⑩⑥ ------- quality control is essential throughout the whole process, all employees should be made aware of the control policy.

(A) Although　(B) Rather than　(C) Since　(D) Whereas

中譯 (C) 既然品質控管對整個程序都很重要，所有的職員都應了解控管的政策。

➡ 5 秒「秒殺」

✦ 看到整個句子目光直接鎖定「----- quality control...essential...should」，空格後的兩子句有因果關係，空格內應填代表原因的連接詞，即 (C) Since。

✦ 選項(A) Although 為表「雖然」的連接詞，選項(B) Rather than 與選項(D) Whereas 為表對比的連接詞，與本句不符，故不可選。

➡ 了解原因

✦ 本題重點為連接詞。連接詞被用來連接兩個單字、片語或句子等，這類考題較需要注意整句前後語意。選項(C) since 表示「既然、因為」，被用來帶出原因。本題第一個子句「品質控管重要」是第二個子句「職員應該了解政策」的原因，故應該選擇(C) Since。

✦ 選項(A)的 Although 表「雖然、儘管」，當連接的兩子句帶相反意思時使用，作用如 but，但置放的位置會不同。選項(B) Rather than 表示「(不是…)而是」，用來比較並強調某件事的重要性。選項(D) Whereas 表示「然而」，用來連結兩個對比的事件，都與本句不符。

⇨ 靈活變通、舉一反三

✦ 補充：

常見的連接詞依功能可分為三類，包含最令人熟悉的對等連接詞，置於兩個在文法結構上相同的單位（單字、片語或子句），如 and, but, or, nor, for, yet, so。另有從屬連接詞，如 because, although/though, as, if, once, now that, while 等，代領從屬子句為主要子句補充資訊，與主要子句不同的是，從屬連接詞代領的從屬子句不可獨立出現（如 unless we conduct the inspection）。還有相關連接詞，通常必須是一對字詞一起使用，如 not only... but also, whether...or, neither...nor 等。

✦ 改寫：

1 **Rather than** asking only the production department to ensure the quality of its goods, the company requires all personnel to be involved.（此時要選 rather than）這家公司要求全體人員確保公司產品的品質，而不是僅要求製造部負責。

2 My previous company required only the production department to ensure the quality of its goods, **whereas** the current employer requires all personnel to be involved.（此時要選 whereas）我之前的公司要求製造部確保公司產品的品質，而現在的公司卻要求全體人員參與。

Quality Control
品質控管 ❷

UNIT 107

⑩ We use three quality control techniques, ------- ISO 9000 series, statistical process control, and Six Sigma.

(A) namely　(B) such as　(C) nevertheless　(D) as a result

中譯 (A) 我們使用了三種品管手法,即 ISO 9000 系列標準、統計製程管制與六標準差。

➡ 5 秒「秒殺」

✦ 看到整個句子目光直接鎖定「three... techniques, -----」,空格後為空格前的例子,且例子全數舉出,空格內應填舉出全數例子的連接副詞,即(A) namely。

✦ 選項(B) such as 舉例時不全數列出,不可選。選項(C) nevertheless 表「然而」,選項(D) as a result 表「結果」,皆與本句不符,故不可選。

➡ 了解原因

✦ 本題重點為舉例的連接副詞。連接副詞基本上同副詞,但也用來連接兩個獨立的子句或引出概念與例子。觀察空格前後,可發現兩者的關係為說明例子的關係,應使用引出例子的詞,選項(A)與(B)皆可引出例子,然而 such as 只能引出部分例子(如...three techniques, such as ISO 9000 series and Six

Sigma）， namely 才可列舉全數例子，本題空格後有三個例子，故只能選擇 namely。

✦ 選項(C)的 nevertheless 暗示有兩個對立的概念，選項(D) as a result 表兩個有因果關係的子句，語意皆與本句不符。

➡ 靈活變通、舉一反三

✦ 補充：

其他可用來引出例子的詞還有 for example 與 like，其中 like 用來舉例時用法與意思基本上同 such as（如 Most people who visit the site want to learn European languages like French, Spanish and German.），而 **for example** 在舉例時則只能列舉同類人事物中的一個例子（如 Some of the European languages come from Latin, for example, Spanish, French and Italian.）。其他連接副詞還有 consequently, hence, however, in other words, in addition, on the contrary 等，用來連接兩個獨立子句時，雖也可置於句中，但通常置於句首，後接逗號，或是前方使用分號且後接逗號。

✦ 改寫：

1 We used many tools and techniques. Six Sigma, **for example**, was one technique we often used.（此時要選 for example）
我們使用了許多品管手法，例如六標準差就是我們時常使用的手法之一。

2 We used all three quality control techniques; **nevertheless**, it was not enough to avoid a poor production outcome.（此時要選 nevertheless）
我們使用了三項品管手法，然而，還是無法避免不良的生產結果。

UNIT 108 Quality Control 品質控管 ❸

⑩⑧In accordance with the quality control requirements, all batches ------- be tested before being shipped to customers.

(A) have to　(B) can　(C) could　(D) would

> **中譯** (A) 根據品質控制要求，所有貨物出貨給客戶前都必須先驗過。

⇨ 5 秒「秒殺」

✦ 看到整個句子目光鎖定「requirements, all batches ----- be tested」，空格前後有主詞與動詞，前方有 requirements，空格應填表責任的助動詞，即(A) have to。

✦ 選項(B) can、(C) could 與(D) would 雖為助動詞，但所表達的語氣皆與本題的 requirements 不符合，故不可選。

⇨ 了解原因

✦ 本題重點為助動詞。主要子句裡已有主詞 all batches 與主要動詞 be tested，可推斷空格內應填入助動詞。助動詞是用來幫助主要動詞形成各種語氣、時態或否定句等。本題因為 requirements（要求、規定），可知後方的動作為責任、義務，本題選項(A) have to 類似助動詞（為 semi modal verb），可表達「必須⋯」，與 requirements 符合，故選(A)。

✦ 選項中 can 與 could 為表示有能力、可能性或請求等的助動詞（例 Can/ Could you help me?），其中 could 可用於過去，或適用於現在且帶有較委婉的口氣，但兩者皆與題中的 requirements 不合。選項中 would 則表示希望、意願或請求（例 Would you help me?），可用於現在或未來，也含有較委婉的語氣，與本題 requirement 同樣不合。

靈活變通、舉一反三

✦ 補充：

與 have to 類似語氣的助動詞有 must, need to 等。首先 must 與 have to 語氣都較強烈，且時常可替換，但 must 通常指發自個人的責任、義務，表說話者也認同（如 I must work hard if I want to succeed.），而 have to 則指客觀、外來的責任或義務（如 The rule states that a company has to register before the deadline.），而 need to 則是因為個人好處或某些因素，必須做某事。

✦ 改寫：

1 If it's possible, we **would** like you to test all the batches again.（此時要選 would）

如果可以的話，我們希望你們能重新測試全部的貨物。

2 We **can** test all the batches again for the customer if he can send them back by Monday.（此時要選 can）

如果客人可以在周一前寄回所有貨物，我們可以全數重新測試。

1 一般商務、辦公室

2 人事、採購、財務與預算

3 經營管理

4 餐廳與活動、旅行

5 娛樂、健康

Quality Control
品質控管 ❹

⑩ All products received ------- inspected on the next day.

(A) have been　(B) is　(C) to be　(D) will be

中譯 (D) 所有產品在收到之後，都會在隔天進行檢驗。

➔ 5 秒「秒殺」

✦ 看到整個句子目光直接鎖定「----- inspected …next」，空格後為過去分詞與時間副詞 next day，空格內應填未來被動式，即(D) will be。

✦ 選項(A) have been 為完成被動式，選項(B) is 為現在簡單式，選項(C) to be 為不定詞，不可選。

➔ 了解原因

✦ 本題重點為動詞形態。句子已有主詞 all products received，且有動詞 inspected，空格應填可完成句子時態或與器等的詞彙。從句中的時間副詞 on the next day 可知應使用未來式，又主詞與動詞的關係為被動關係，應使用被動語態，故選(D) will be。

✦ 選項(A)的 have been 雖為被動語態，但完成式與句中的時間不符，故不可選。選項(B)為第三人稱現在簡單式，與主詞 all products 不一致，若改為 are 可選填，表示一貫原則或運作，選項(C)若改為 are to be，也同樣可用於本句來表示習慣的原則或規定，但強調未來語氣（to be）。

➔ 靈活變通、舉一反三

✦ 補充：

選項(C)的 to be 可接在名詞後做形容詞，表「將被…的」（如 The problems to be addressed are included in the mail.）。若前方加上 be 動詞，變為主動 be to V. 或是被動 be to be p.p.，則可變成報章雜誌常用的較正式或官方的用法（如 The president is to address the nation on TV in 50 minutes.），或是用來強調正式、嚴格的規定（如 You can go to the movies, but you are to be back by ten.）。

✦ 改寫：

1 All products **to be** inspected must be properly kept.（此時要選 to be）

所有要檢驗的產品必須要正確地擺放。

2 All the products received **have been** inspected already.（此時要選 have been）

所有收到的產品都已經檢驗完成。

Quality Control
品質控管 ❺

⓪ ------- years, the company has been fully devoted to perfecting its quality assurance procedure.

(A) In　(B) For　(C) Since　(D) After

中譯 ▶ (B) 數年間，這家公司全心投入在使其品質保證流程更完善。

➲ 5 秒「秒殺」

✦ 看到整個句子目光直接鎖定「----- years, …has been」，空格後為一段時間，且後方為完成式，空格內應填選項(B) For。

✦ 選項(C) Since 用於完成式，但後面應該接的時間與本句不符，故不選。選項(A) In 與(D) After 後接一段時間，但時態與本句不符，不可選。

➲ 了解原因

✦ 本題重點為時間前的介系詞或連接詞。當完成式在表達時間時，時常使用 for 與 since，兩者不同在於 for 後面必須接一段時間（如 for 2 days），而 since 後面則必須接過去的一個時間點（如 since 10 days ago 或 since I was young），本題的 years 為一段時間，故不可使用選項(C) Since。

✦ 選項中的 in 與 after 都可接一段時間（如 in 10 minutes 與 after 10 minutes），然而 in + 時間的句子應該使用未來式，而 after + 時間的句子則通常使用過去式，皆與本句的完成式不符合，皆不可選。

➡ 靈活變通、舉一反三

✦ 補充：

其他用在時間前的介係詞尚有 at, on, within 等。介係詞 at 後接一個特定的時刻（如 at 10:00 或 at night），而 on 後面則會接特定的日子（如 on May 25 或 on Friday），至於 within 同樣接一段時間（如 within the first 10 minutes），同 in + 時間在句中使用未來式，不同的是 in + 時間表達的時間較精準（如 in 10 minutes 可能表過 10 分鐘之後的那個時間），但 within 表達的時間較不確定（如 within 10 minutes 表 10 分鐘內）。

✦ 改寫：

1 The QA Department will start revising the procedure **in** two weeks.（此時要選 in）

品質控制部門在兩周後會開始修改程序。

2 The procedure was proven to be effective **after** two weeks of its implementation.（此時要選 after）

這個程序在執行兩周後便被證實是有效的。

UNIT 111
Product Development
產品研發 ❶

⑪ The division ------- on developing software tools for automation systems since 2009.

(A) focuses
(B) is focusing
(C) has been focusing
(D) focused

中譯 ▸ (C) 那個部門從 2009 年開始便致力於研發自動化系統的軟體工具。

5 秒「秒殺」

✦ 看到整個句子目光直接鎖定「 ----- … since 2009」，空格後方為時間副詞 since 2009，應選擇表示持續動作的時態，即選項(A) has been focusing。

✦ 選項(A) focuses 為現在簡單式，選項(B) is focusing 為現在進行式，選項(D) focused 為過去簡單式，皆與句中時間副詞不符，不可選。

了解原因

✦ 本題重點為動詞型態。本句不見主要動詞，表空格須填動詞，而填寫動詞時，需注意時態。句中的時間副詞 since 2009 指「從 2009 年起」，應使用表示「從過去一個時間開始，持續到現在

的動作」的時態，如現在完成式，或本題的現在完成進行式（have/ has + been + Ving），即 (A) has been focusing。

✦ 選項(A) 為第三人稱單數現在簡單式，應用來表示「習慣」或「事實」。選項(B)為現在進行式，應用來表示「正在進行的動作」。選項(D)為過去簡單式，應用來表示「過去某個時間發生的動作」。以上皆與時間副詞所要表達的動作不符，不可選。

➡ 靈活變通、舉一反三

✦ 補充：

本題的現在完成進行式（have/has been Ving）與現在完成式（have/has p.p.）很相似，都可表示從過去持續到現在的動作，有時可通用，基本上意思相同（如 I have studied/ have been studying automation for years .）。但兩者其實有差別，現在完成進行式可能暗指動作還在進行中，或強調過程（如 He has been reading for hours. 強調時間或動作本身，也暗指動作尚未結束）；現在完成式則強調結果，可能暗指動作已結束（如 He has read three books. 強調「看三本書」的結果，也暗指動作已結束）。

✦ 改寫：

1 The division **focused** on developing software tools for automation systems last year.（此時要選 focused）
那個部門去年致力於研發自動化系統的軟體工具。

2 The division always **focuses** on developing software tools for automation systems.（此時要選 focuses）
那個部門總是致力於研發自動化系統的軟體工具。

Product Development
產品研發 ❷

⑫ Don't forget ------- market research before you start designing a product.

(A) conducted　(B) to conduct　(C) conducting　(D) conduct

中譯 (B) 在開始設計產品之前別忘了先進行市場調查。

5 秒「秒殺」

✦ 看到整個句子目光直接鎖定「forget ----- market」，空格前為動詞 forget，選項中同樣是動詞，應選搭配 forget，且代表事情未完成的形式，即(B) to conduct。

✦ 選項(A) conducted 為過去分詞，選項(C) conducting 為現在分詞，選項(D) conduct 為動詞原形，皆不可選。

了解原因

✦ 本題考的重點是動詞形態。當有兩個動詞時，第二個動詞必須作變化，故不可選(D)。本題中的 forget 可接不定詞 to + V. 也可接動名詞 Ving，因此也可刪去選項(A)。

✦ 動詞 forget 後接不定詞與動名詞的意思是不同的。當接不定詞時，表示的是「忘記做某件事」，事情未完成；而接

上動名詞時，表示的卻是「忘記做過某件事」，事情已完成（只是忘記了）。本題的 conduct market research 尚未進行，是提醒不要遺忘，故應選不定詞(B) to conduct。

靈活變通、舉一反三

✦ 補充：

前面章節提過大部分動詞後面接的動詞形態必須不定詞或動名詞二選一。而有些動詞後面兩者都可使用（如 love, like, hate），且意思基本上無不同。本題重點的特殊動詞（如 forget, remeber, stop），後面可接不定詞或動名詞，但意思卻完全不同，動詞 remember 同 forget，有做過與還沒做的差別，而 stop + to V. 指停止某個動作去做 V.（如 stop to talk to him 指停止做某事，去與他對話），但 stop + Ving 則表停止做某事（如 stop talking to him 指停止和他對話）。

✦ 改寫：

1 They forgot about **conducting** the research and did it again.（此時要選 conducting）

他們忘記已執行過那項研究，又做了一遍。

2 They had to stop **conducting** the research because people's privacy was compromised.（此時要選 conducting）

他們必須停止執行那項研究，因為研究危及了人們的隱私。

Product Development
產品研發 ❸

⑬ We had the product packaging completely ------- because it didn't match the company's ethos.

(A) redesigned　(B) redesign　(C) redesigning　(D) redesigns

中譯 ▶ (A) 我們完全重新設計產品包裝，因為舊包裝並不符合公司精神

5 秒「秒殺」

✦ 看到整個句子目光直接鎖定「had the product packaging… -----」，空格前方有使役動詞 had，且句中受詞與選項中動詞為被動關係，應選擇過去分詞的(A) redesigned。

✦ 選項(B) redesign 為原形動詞，表達主動關係，不可選。選項(C) redesigning 與選項(D) redesigns 皆與使役動詞不符，不可選。

了解原因

✦ 本題考的重點是使役動詞。使役動詞包含 have, make, let，當後方接受詞時，後方動詞可能使用原形動詞或過去分詞，端看是主動或被動語態（主動如 have the engineer redesign something，被動如 have the product packaging redesigned）。也因此可確定選項(C)與(D)皆不可選。

✦ 句中執行 redesign 動作的不是受詞 product packaging，表這個受詞與後方動詞 redesign 是被動關係，必須使用過去分詞，即選項(A) redesigned，而非原形動詞的選項(B) redesign。

➡ 靈活變通、舉一反三

✦ 補充：

使役動詞都有「允許」或是「命令」的意思，故稱「使役動詞」。主動語態時，後方動詞必須使用原形動詞，不可加上 to；被動語態時則必須使用過去分詞，但 make 基本上無此用法，而 let 則必須先加上 be（如 let the truth be told）。另外，動詞 get 因有使役意思，時常被放在一起談，在主動語態時，卻必須使用 to + V.（如 get the chairman to resign），被動語態同樣使用過去分詞。

✦ 改寫：

1 We had the engineer **redesign** the product.（此時要選 redesign）
我們讓工程師重新設計商品。

2 We got the engineer **to redesign** the product.（此時要選 to redesign）
我們讓工程師重新設計商品。

Product Development
產品研發 ❹

⓫ We are thinking about ------- test marketing before the launch.

(A) performing　(B) performed　(C) perform　(D) performs

中譯 ▶ (A) 我們在考慮產品上市前要進行試銷。

⟶ 5 秒「秒殺」

✦ 看到整個句子目光直接鎖定「about -----」，空格前為介系詞 about，選項中皆是動詞 perform 的不同形態，應選動名詞，即選項(A) performing。

✦ 選項(B) performed、選項(C) perform 與選項(D) performs 皆與介系詞不合，不可選。

⟶ 了解原因

✦ 本題考的重點是介系詞後的詞性。本題選項是動詞，當句中有兩個動詞時，第二個動詞必須做改變，如動名詞、不定詞或過去分詞等，故選項(C)與(D)可先排除。

✦ 然而空格前方是介系詞，介系詞後方只能接上名詞或代名詞，做為介系詞的受詞（如 Thank you for sending the document. 或 We are interested in working with him.），故不選過去分詞(B)而選動名詞(A)。

⟶ 靈活變通、舉一反三

✦ 補充：

介系詞包含 in, at, with, of, for, without, by 等，後方若有動詞，必須使用動名詞，即當作介系詞受詞的名詞。另外也可接上代名詞，但必須使用受格（me, him, them 等），如 look at him；也可使用 whether 或疑問代名詞帶領名詞子句，但後方動詞則不使用動名詞，而依想表達的時態做變化（如 They took advantage of what they had at hand.）。另外，也應注意不同動詞可能搭配不同介系詞，需個別熟悉（如 accuse of, succeed in, good at, prevent from 等）。

✦ 改寫：

1 They are interested in **performing** test marketing before the launch.（此時要選 performing）

在產品上市前，他們有興趣要進行試銷。

2 They are worried about whether they can **perform** test marketing before the launch.（此時要選 perform）

他們擔心在產品上市前是否有辦法進行試銷。

Product Development
產品研發 ❺

UNIT 115

⑪The engineer is asked to create a prototype ------- can demonstrate these features to customers.

(A) who　(B) where　(C) how　(D) which

中譯 (D) 那位工程師被要求做出能展現這些功能給客戶的原型。

➲ 5 秒「秒殺」

✦ 看到整個句子目光直接鎖定「a prototype ----- can demonstrate」，空格前為名詞 prototype，應選替代事物的關係代名詞，即選項(D) which。

✦ 選項(A) who 用來替代人，而選項(B) where 代替地點，選項(C) how 為代替方法的關係副詞，皆與名詞 prototype 不符，不可選。

➲ 了解原因

✦ 本題考的重點是關係代名詞。關係代名詞可視為代名詞，代替先前的名詞（先行詞），也當連接詞引導後方有動詞的從屬子句（關係子句），修飾先行詞。

✦ 而不同的先行詞需搭配不同的關係代名詞。在先行詞是關係子句的主詞時，以 who 來代替人、which 來代替事物、

where 代替地方、when 代替時間。本題先行詞 prototype 為關係子句的主詞，且為事物，故只能選 (D) which 作為關係代名詞。

➡ 靈活變通、舉一反三

✦ 補充：

當先行詞在關係子句中是受詞，且先行詞是人時（如 ...the engineer whom you talked to 原是 you talked to the engineer），關係代名詞須改用 whom，當先行詞非人時，主格受格的關係代名詞都不變。而人事物的所有格都會是 whose（如 ...the the woman whose hair... 或 ...the car whose tires...）。

另外，需注意關係代名詞前逗號的使用。當關係代名詞前不加逗號時，此關係子句是用來限定先行詞，表示關係子句若拿掉，資訊則不足；若有逗號則是補充說明，表示關係子句拿掉，仍然能夠判斷先行詞指的是什麼（如 We saw the prototype, which they sent last week.）。

✦ 改寫：

1 We'd like to talk to the engineer **whom** you asked to create the prototype.（此時要選 whom）

我們希望可以與你們指派的原型製造工程師談話。

2 This is the space **where** the prototype was created.（此時要選 where）

這就是原型被創造出來的地方。

Renting and Leasing
租用與出租 ❶

⑯ We are renting our property fully furnished ------- it would be more marketable and attract a higher rent.

(A) as well as　(B) so that　(C) instead of　(D) rather than

中譯 (B) 我們要以傢俱設備齊全的狀態出租我們的房子，好讓房子更有市場價值、訂的租金可以更高。

➡ 5 秒「秒殺」

✦ 看到整個句子目光直接鎖定「property fully furnished ----- … more marketable」，空格後子句為空格前子句的目的，應使用引導目地的連接詞，即選項(B) so that。

✦ 選項(A) as well as 帶出附加說明的內容，選項 (C) instead of 與選項(D) rather than 連接兩個相比較的事物，並強調較重要的項目，與本句不合，不可選。

➡ 了解原因

✦ 本題考的重點是從屬連接詞。從屬連接詞用來連接兩個子句。本句中的 so that 可用來帶出目的或結果，結構會是一個表原因的獨立子句（如本句的 we... fully furnished）加上 so that 後接一個

表結果或目的的子句（如本句的 it would... higher rent）。

✦ 選項(A)為對等連接詞，後方子句的動詞應為 Ving。選項(C)的為介系詞，後方應接上名詞或動名詞。選項(D)的可作連接詞（前後結構須對等，後方動詞應用原形）或介系詞（接名詞或動名詞）。

➡ 靈活變通、舉一反三

✦ 補充：

與本題中 so that 相關的結構有 so…that…，代表「如此... 以至於」，so 後可接上形容詞、副詞或名詞（如加形容詞 The service is so good that we keep coming back. 或加名詞 It was so good a meal that we decided to have dinner at the same restaurant again the next day.）。

✦ 改寫：

1 We are renting our property fully furnished **rather than** completely unfurnished.（此時要選 rather than）
我們要以傢俱設備齊全，而不是毫無傢俱的狀態出租我們的房子。

2 In the end, **instead of** furnishing the property, we decided not to do anything.（此時要選 instead of）
最終，我們決定什麼都不做，而不是裝潢房子。

Renting and Leasing
租用與出租 ❷

⑪ There are several routes ------- you can extend your lease and you should always consult your legal advisor.

(A) how　(B) by how　(C) that　(D) by which

中譯▶ (D) 有幾種途徑可以延長租約，而你應該諮詢你的法律顧問。

➡ 5 秒「秒殺」

✦ 看到整個句子目光直接鎖定「routes ----- you can extend...」，空格前為名詞 routes，後為一個子句 you… extend your lease，應選表「藉由」的介系詞加關係代名詞，即選項(D) by which。

✦ 選項(A) how 與選項(C) that 缺少介系詞，不可選。選項(B) by how 介系詞不與 how 使用，同樣不可選。

➡ 了解原因

✦ 本題考的重點是介系詞加關係代名詞。關係代名詞前必須有介系詞的情況中，有可能是動詞本身就必須搭配介系詞（如 agree with, stop from 等）或是句意必須有介系詞加上關係代名詞一起修飾先行詞，如本句。

✦ 本句第一部分原為「There are several routes. You can extend your

lease by several routes.」，而兩句合併後，須由關係代名詞引領子句修飾 several routes，而介系詞會置於關係代名詞前，而此時關係代名詞只能使用受格的 which/ whom。但 routes 為事物，故只能選(D) by which。

➜ 靈活變通、舉一反三

✦ 補充：

當先行詞為地點與時間時，會使用 where 與 when（如 That was the day when the rule takes effect.），但以介系詞加上 which 會更加精準（如 That was the day on which the rule takes effect.），此時關係代名詞不可省略，也不可改為 that。另外，介系詞也可能放在子句尾，尤其是在問題中（如 Which agent did you talk to?），介系詞放關係代名詞前（子句前）較正式。

✦ 改寫：

1 You will be able to find many advisors **with whom** you can explore your options.（此時要選 with whom）
你能夠找到很多你可以一起探索各種選擇的諮商師。

2 Voting is the right **upon which** all other rights depend.（此時要選 upon which）
選舉權是其他權利的基礎。

Renting and Leasing
租用與出租 ❸

UNIT 118

⑱ The landlord is demanding that they sign ------- yearly lease after having been there under two one-year leases.

(A) anothers　(B) other　(C) another　(D) others

中譯 ▶ (C) 房東在他們已經簽過兩次一年租月後又要求他們再簽一年的租約。

⇒ 5 秒「秒殺」

✦ 看到整個句子目光直接鎖定「sign ----- yearly lease」，空格後為名詞，且為可數單數，空格應填入應對的限定詞，即選項(C) another。

✦ 選項(A) anothers 為錯誤用法。選項(D) others 為代名詞，與後方名詞不合，不可選。選項(B) other 後方不接可數名詞單數，同樣不可選。

⇒ 了解原因

✦ 本題考的重點是限定詞。限定詞（如 a, the, one, some 等）置於名詞前，用來限定名詞。選項中的 other 與 another 同樣為限定詞，後方接的名詞有不同。兩者都可接可數名詞，但 other 後方的可數名詞必須為複數（如 other leases），

而 another 後方的可數名詞則必須為單數。另外，other 後方才可接不可數名詞（如 other bread）。本題空格後的 lease 屬於可數名詞單數，故前方應該使用 another。

✦ 而選項(A) 為代名詞 another 的錯誤用法，another 代表一個不特定的單數名詞，選項(D) 為不特定複數的代名詞，兩者後方皆不可再接上名詞。

靈活變通、舉一反三

✦ 補充：

代名詞 another 為不特定的單數代名詞，表「任何另外一個」（如 To say is one thing. To do is another.），不可加 -s，前方也不可加 the。代名詞 others 則為不特定複數代名詞，表「任何其他人或物」（如 Stop comparing yourself to others.），而代名詞 other 或 others 前方都可加上 the，表特定單數或複數人或物（如 One lease is signed. The other is not.）。

✦ 改寫：

1 The landlord is demanding that they don't sign **other** leases in the future.（此時要選 other）
房東要求他們以後不可簽其他租約。

2 The landlord is doing the same thing to **others**.（此時要選 others）
房東對其他人也做出同樣要求。

Renting and Leasing
租用與出租 ❹

⑲ The tech company is ------- in leasing the office space.

(A) interested　(B) interesting　(C) interest　(D) interests

中譯 (A) 那間科技公司有興趣租下那個辦公室。

➡ 5 秒「秒殺」

✦ 看到整個句子目光直接鎖定「is ----- in」，空格前為 be 動詞 is 與主詞 tech company，後為介系詞 in，應選表感受的形容詞，即選項 (A) interested。

✦ 選項(B) interesting 為表令人感到...的形容詞，與語意不合，不可選。選項(C) interest 與選項(D) interests 皆為動詞，與本句文法不符，不可選。

➡ 了解原因

✦ 本題考的重點是分詞做形容詞使用。空格前為 be 動詞，後方應為名詞或形容詞，若需使用動詞必須有所變化，故選項(C)與(D)可先排除。

✦ 而過去分詞的選項(A)與現在分詞的選項(B)在此當形容詞用，但過去分詞的形容詞表示的是「感到...的」(如 I'm bored. 表示我感到無聊)，而現在分詞當形容詞表示

「令人感到...的」(如 I'm boring. 表示我令人感到無聊、我是個無趣的人)，本題指的是科技公司感到有興趣，故應選(A) interested。

靈活變通、舉一反三

✦ 補充：

其他類似的組合包含 pleased/pleasing（滿意）、tired/tiring（疲倦）, excited/exciting（興奮）、annoyed/annoying（厭煩）、embarrassed/embarrassing（尷尬）、disappointed/ disappointing（失望）、disgusted/disgusting（反感）、shocked/ shocking（驚訝）。另外，應注意後續的介系詞可能會不同，尤其是過去分詞，例如 be excited about, be bored with, be surprised at, be tired of 等（現在分詞則加 to 人，如 the lease was surprising to me）。

✦ 改寫：

1 The way they presented the product was **interesting**.（此時要選 interesting）

他們發表產品的方式很有趣。

1 The amount of the company's lease expense is **shocking** to all of us.（此時要選 shocking）

公司的租金花費對所有人來說都很令人驚訝。

Renting and Leasing
租用與出租 ❺

⑫ You should check for damages or scratches when the rental agency hands the car ------- you.

(A) at　(B) to　(C) with　(D) for

中譯 ▶ (B) 在租車公司給你車時，你應該要檢查是否有損傷或刮傷。

5 秒「秒殺」

✦ 看到整個句子目光直接鎖定「hands... -----you」，空格前方為動詞 hands，空格後為受詞 you，應選搭配 hands 的介系詞，即選項 (B) to。

✦ 選項(A) at、選項(C) with 與選項(D) for 皆與本題動詞 handed 不合，不可選。

了解原因

✦ 本題考的重點是授與動詞。授與動詞（如 give, buy, hand 等）會有兩個受詞（直接受詞與間接受詞），句中 you 為間接受詞，the car 為直接受詞。這種句型直接受詞可在前或在後（handed the car to you/ handed you the car）。

✦ 當直接受詞在前時，兩個受詞間必須有介系詞（handed the car to you），依授與動詞的不同，最常見的可能是使用 to 或 for。基本上當有物品直接的給予時會使用 to，本題 hand 有物品直接交付，須使用 to，即選項(B)。

靈活變通、舉一反三

✦ 補充：

其他需使用介系詞 to 的授與動詞包含 give, send, lend, write, pay, teach, show, pass, deliver 等，而需使用介系詞 for 的授與動詞則有 buy, get, make, fix, choose, save, find 等。有些動詞 to 與 for 都可使用，端看當下情況與想表達的語意，如 bring to 表將物品帶給人，而 bring for 則是為某人帶來某物，尚未給出，另有 sing to/for, write to/for 等。

✦ 改寫：

1️⃣ We wrote a complaint letter **to** the agency about the damage.（此時要選 to）

我們寫了一封抱怨信給租車公司，抱怨損傷。

2️⃣ I wrote a business plan **for** the company.（此時要選 for）

我幫那間公司寫了一份營運計畫。

Part 4
餐廳與活動、旅行

	學習進度規劃	延伸學習
單字	Part 4包含選擇餐廳、在外用餐、訂午餐、以烹飪為業、特別活動、一般旅行、航空、火車、飯店和租車十大類主題，每天使用零碎時間完成一個主題後將每個主題相關字彙跟例句都記起來。	浣熊改寫句中出現的單字，記誦同個主題或類別的字，例如Unit 144中出現了arrange 安排、Unit 149 purchase購買、Unit 151 genre類型等等相關用字，可抄錄於筆記本中做背誦。
文法	使用【獵豹→貓頭鷹→浣熊】逐步且漸進式的學習邏輯，每完成一個主題後徹底了解每題的文法概念並做複習。	從貓頭鷹解題中出現的文法概念，可以找相關的慣用語搭配，背誦不定詞跟動名詞用語。
分數段	750-800	位於此分數段的學習者仍需掌握較易錯的文法概念，例如程度副詞的用法、代名詞所指代的對象等等，讀者需精讀part4收錄的30個精選文法概念。

Selecting a Restaurant

UNIT 121 選擇餐廳 ❶

121 She is devoted ------- every restaurant in the Michelin Guide.

(A) to try　(B) to trying　(C) try　(D) trying

中譯 (B) 她全心投入在嘗試米其林指南上的每一家餐廳。

➜ 5 秒「秒殺」

✦ 看到整個句子目光直接鎖定「is devoted -----」，空格前為 is devoted，後方的動詞必須有對應的變化，應選 to + Ving，即選項 (B) to trying。

✦ 選項(A) to try 為不定詞，選項(C) try 為原形動詞，選項(D) trying 為動名詞，皆與動詞 devote 不合，不可選。

➜ 了解原因

✦ 本題考的重點是特殊慣用語。先前章節說過當句中有兩個動詞時，後續需接動名詞 Ving 或不定詞 to V.，然而有些特殊的動詞、形容詞或名詞的慣用語為後方加上 to + Ving。

✦ 本題 devoted （奉獻）作為形容詞用，為特殊形容詞，用法必須為 be devoted to + Ving，故本題應選(B)。

⮕ 靈活變通、舉一反三

✦ 補充：

其他特殊的形容詞包含 be opposed to（反對）、be committed to（致力於）、be addicted to（沈迷於）；特殊動詞包含 be devoted to（奉獻）、to look forward to（期望）、object to（反對）、confess to（承認）。以上形容詞與動詞後方都接動名詞（動詞用法如 The fact that she devotes herself to trying every restaurant wins her great fame.）。另有特殊名詞，如 reaction to, dedication to 等，後方同樣接動名詞（例 Her devotion to trying every restaurant wins her great fame.）。

✦ 改寫：

1 She proposed **trying** every restaurant in the Michelin Guide.（此時要選 trying）

她提議嘗試米其林指南上的每一家餐廳。

2 She agrees **to try** every restaurant in the Michelin Guide.（此時要選 to try）

她同意嘗試米其林指南上的每一家餐廳。

Selecting a Restaurant

UNIT 122 選擇餐廳 ❷

⑫ When ------- a restaurant, remember that you should be able to enjoy good food without breaking the bank.

(A) to select　(B) selected　(C) selecting　(D) having selected

中譯 ► (C) 在選擇餐廳時,記得你並不需要花大把鈔票也可以享受美食。

⇒ 5 秒「秒殺」

✦ 看到整個句子目光直接鎖定「When ----- a restaurant」,空格前為 when,後方為另一子句,且主詞一致、前方為主動語態,應選 Ving,即選項 (C) selecting。

✦ 選項(A) to select 為不定詞,選項(B) selected 為過去分詞,選項(D) having selected 為完成式分詞,皆與本句不合,不可選。

⇒ 了解原因

✦ 本題考的重點是分詞構句。本句型為 when + S. + V., S. + V.,屬於由連接詞 when 帶領的表時間的分詞構句,再加上主要子句。分詞構句為當兩個子句的主詞相同時,從屬子句的主詞可省略,

並將動詞改為分詞，主動語態時使用現在分詞 Ving，被動語態時使用過去分詞 Ved。

✦ 本題主要子句（(you) remember that...）與 when 連接詞子句（When (you) (select) a restaurant）的主詞相同，且 when 後的動作 select 為主動語態，故應選擇 Ving，即選項(C)。

➡ 靈活變通、舉一反三

✦ 補充：

若連接詞子句的動作代表的意義是被動時，需使用過去分詞（如 When selected…），這是當主詞相同被省略，且 being 也被省略的結果。此外，當連接詞子句的時間先於主要子句時，則需使用 having + p.p.（如 Having finished the report, I went to bed.），這是當主詞相同被省略，代表時間順序在前的完成式 have + p.p.（或 had + p.p）被改為分詞 having + p.p. 的結果。另外，當分詞構句與主要子句的關係清楚時，除主詞已被省略與動詞已被修改外，連接詞也可以一併省略，結果是沒有連接詞的分詞構句。

✦ 改寫：

1 When **selected**, related information will be displayed.（此時要選 selected）

選擇之後，相關訊息會被列出。

2 **Having selected** three manufacturers, we arranged visits to ensure quality.（此時要選 having selected）

選了三家製造商之後，我們安排參訪以確保品質。

Selecting a Restaurant
UNIT 123 選擇餐廳 ❸

⓬ While I ------- around the area, I encountered this lovely restaurant.

(A) was walked   (B) walk   (C) was walking   (D) walked

中譯 (C) 我在那附近逛的時候，看見一家很可愛的餐廳。

5 秒「秒殺」

✦ 看到整個句子目光直接鎖定「while -----」，空格前為連接詞 while，後方主要子句的動詞為簡單過去式，空格應填過去進行式，即選項 (C) was watching。

✦ 選項(A) was walked 為過去被動、選項(B) walk 為原形動詞、選項(D) walked 為過去簡單式，皆與本句不符，不選。

了解原因

✦ 本題考的重點是連接詞 while 引導的副詞子句。連接詞 while 經常用來連接兩個子句，用來表示兩個同時進行的動作（如 I was reading while he was cooking.），或是一持續動作途中發生另一動作（如 He came in while I was reading.），在兩種情況下，while 子句的動詞通常為現在進行式。

✦ 本題由連接詞 while 可判斷空格應填入現在進行式動詞。此外，本句 while 連接詞子句在前，主要子句在後（連接詞子句後會有逗號），語意屬於持續動作途中發生另一動作，故主要子句為簡單過去式，而連接詞子句應為現在進行式，故選(B)。

⟶ 靈活變通、舉一反三

✦ 補充：

連接詞 while 經常與連接詞 when 做比較。連接詞 when 同樣用來連接兩個子句。與 while 的其中一個用法相同，可用來表示一持續動作途中發生另一動作，但 when 子句的動詞通常為過去簡單式（如 When he came in, I was reading.）；另一種用法表示前後動作（如 When he came in, I took out a book. 表示他先進來，我才拿出書），也經常暗指第一個動作為第二個動作的原因。

✦ 改寫：

1 While I was walking around the area, I **encountered** the lovely restaurant.（此時要用 encountered）
我在那附近逛的時候，看見一家很可愛的餐廳。

2 It was the car that I was driving when I first **encountered** them（此時要用 encountered）
這是我第一次遇到他們時開的車。

Eating Out
在外用餐 ❶

124 I had to send my steak back and ask them ------- it more because there is still blood in it.

(A) cooking　(B) cooked　(C) cook　(D) to cook

中譯 (D) 我必須退回我的牛排請他們煎久一點，因為裡面還有血色。

5 秒「秒殺」

✦ 看到整個句子目光直接鎖定「ask them -----」，空格前 ask，接上受詞，後方的動詞必須使用不定詞，故填選項 (D) to cook。

✦ 選項(A) cooking 為現在分詞、選項(B) cooked 為過去分詞、選項(C) cook 為原形動詞，皆與動詞 ask 不合，不可選。

了解原因

✦ 本題考的重點是特殊動詞用法。本題動詞 ask 屬於特殊動詞，雖與先前提過的使役動詞在意思上很相近，但在用法上卻不同。雖然 ask 與使役動詞都有「要求、讓人做某事」的感覺，但使役動詞後接原形動詞（或過去分詞），而本題的 ask 後面卻需要接不定詞（結構為 ask（人）to + V.）。

+ 本題選項皆為動詞，且前方為動詞 ask 與受詞 them，故本題應遵循特殊動詞 ask 的用法並在空格填入不定詞 to cook。

➡ 靈活變通、舉一反三

+ 補充：

其他與 ask 同類型的動詞包含 want, need, tell，後方動詞需使用不定詞，不定詞前可插入受詞（如 need them to open the door）。這類動詞也可使用被動語態（如 They were asked to leave the restaurant.）。

此外，動詞 ask 後方也可能接上介系詞 for 或 of，但與 ask to 的語意不同。當使用 ask to 時表示「要求或命令某人做某事」，如本句，但 ask for 則帶「請求」意味，如 ask for a fork，而 ask of 則表「詢問」，ask a question of someone。

+ 改寫：

1 I sent my steak back and had them **cook** it more.（此時要選 cook）

我退回我的牛排並要他們煎久一點。

2 The chef admitted to **undercooking** my steak.（此時要選 undercooking）

廚師承認沒把我的牛排煎熟。

Eating Out
在外用餐 ❷

125 I heard that caviar ------- very good with white asparagus.

(A) tastes　(B) to taste　(C) is tasting　(D) taste

中譯▶ (A) 我聽說魚子醬與白蘆筍配起來很美味。

5 秒「秒殺」

✦ 看到整個句子目光直接鎖定「caviar ----- very good」，空格前為 caviar，後為 very good，為由 that 引導的子句，而選項為動詞 taste，應選現在簡單式的第三人稱單數，即選項(A) tastes。

✦ 選項(B) to taste 為不定詞，與本句語法不合；選項(C) is tasting 為現在進行式動詞，與動詞 taste 不合；選項(D) taste 為非第三人稱原形動詞，與名詞 caviar 不合，皆不可選。

了解原因

✦ 本題考的重點是狀態動詞。本句有 that 帶領子句，故後方動詞應為真正動詞，不使用不定詞，故不選(B)。

✦ 狀態動詞指用來表達擁有、知覺、感情或想法等的動詞（如 own, smell, hear, love, know

等），因表狀態，不可使用進行式。本句中的 taste 可當動態動詞，表動作「品嚐」，此時可用進行式（如 I'm tasting the soup.），但本題的 taste 表「嚐起來」，屬於狀態動詞，故不選現在進行式的(C)，且子句的主詞為單數，故應選第三人稱單數的簡單式動詞，即(A) tastes。

➡ 靈活變通、舉一反三

✦ 補充：

其他狀態動詞包含 want, forget, satisfy, understand, hate, like, feel, see, have, belong, be, resemble, appear, sound, cost 等，皆不使用進行式。然而，若要強調當下短時間的主觀想法或狀況，部分狀態動詞可使用進行式（如 I'm hoping… 或 I'm loving…）。

✦ 改寫：

1️⃣ I heard that the salmon and the filet mignon at Harris' **taste** like heaven. （此時要選 taste）

我聽說 Harris 餐廳的鮭魚和菲力牛排嚐起來美味極了。

2️⃣ She **is tasting** the caviar on the table right now. （此時要選 is tasting）

她正在嚐桌上的魚子醬。

Eating Out
在外用餐 ❸

UNIT 126

126 He ------- red wine and some fresh fruit to make sangria for half an hour.

(A) to look for   (B) has been looking for

(C) to find   (D) has been finding

中譯 (B) 他找了紅酒與一些新鮮水果要做桑格力亞酒已經找了半小時了。

---

5 秒「秒殺」

✦ 看到整個句子目光直接鎖定「He ------…for half an hour」，空格前為主詞 he，後方為受詞，空格應填主要動詞，且後方有表持續動作的時間副詞 for half an hour，應填選項 (B) has been looking for。

✦ 選項(A) to look for 與選項(C) to find 皆為不定詞，不可選。選項(D) has been finding，動詞不可使用完成進行式，不可選。

了解原因

✦ 本題考的重點是瞬間動詞。本題空格前有主詞 he，後方為受詞 red wine and some fresh fruit，缺少主要動詞，空格應填入真正動詞。選項(A)與選項(C)為不定詞，非真正動詞，不可用。

✦ 瞬間動詞指非延續性的動作，表示動作發生後便結束，例如 find, borrow, kill, marry, open, die, join, buy 等，皆是瞬間的動作，無法表示持續、延續的動作，故雖能使用完成式（可能表經驗或完成，表做過或已經做了），但卻無法接上表持續一段時間的副詞，如 for/since…，本題有此類時間副詞，不可使用瞬間動詞 find，應使用 look for，故選可搭本題時間副詞的(B)。

➡ 靈活變通、舉一反三

✦ 補充：

如本題選項中的 find 與 look for，許多動詞有相似的意思，但用法不同，如 marry/ be married, begin/ be on, leave/ be away, die/ be dead, graduate/ be out of school, buy/have 等。以上動詞為瞬間動詞與狀態動詞，前者不可與表持續時間的副詞共用，後者可。故，可説 They have been married for 10 years. 但不可説 They have married for 10 years. 因 marry 為瞬間動詞（以上例句會有「十年間不斷做結婚動作」的不合理解釋）。

✦ 改寫：

1 He **found** red wine and some fresh fruit to make sangria.（此時要選 found）

他找到了紅酒與一些新鮮水果來做桑格力亞酒。

2 He **has found** red wine and some fresh fruit to make sangria.（此時要選 has found）

他已經找到了紅酒與一些新鮮水果來做桑格力亞酒。

Ordering Lunch
訂午餐 ❶

UNIT 127

⑫ Since the manager is paying, you can order ------- food on the menu.

(A) whenever　(B) whoever　(C) whichever　(D) whomever

中譯 (C) 因為是經理付錢，你可以點菜單上任何一種食物。

⇒ 5 秒「秒殺」

✦ 看到整個句子目光直接鎖定「order -----
food」，空格前為動詞 order，空格後為名詞
food，空格內應填可修飾後方受詞的形容詞或是
與受詞相對應的限定詞，即選項 (C) whichever。

✦ 選項(A) whenever、選項(B) whoever、選項(D)
whomever 語意不合，不可選。

⇒ 了解原因

✦ 本題考的重點是複合關係代名詞作為關係形容
詞。當關係代名詞 what, which, how, who, when
加上 ever 時，便形成複合關係代名詞 whatever,
whichever, however 等，身兼先行詞與關係代名
詞的角色，故使用複合關係代名詞時，不需有先
行詞（如 The manager will pay for whoever finishes first. = The

Unit 127 | 訂午餐

1 一般商務、辦公室

2 人事、採購、財務與預算

3 經營管理

4 餐廳與活動、旅行

5 娛樂、健康

manager will pay for anyone who finishes first.）。

✦ 複合關係代名詞中 whichever 與 whatever 可作為形容詞（關係形容詞），後方可接上名詞。本題空格後方為名詞 food，故應選擇(C) whichever，可改為... order any food you want。

靈活變通、舉一反三

✦ 補充：

除了上述的複合關係代名詞外，what 也常常作為複合關係代名詞，不需有先行詞，如「You can order food which costs the most.」裡面的 food 便是先行詞，本句可用 what 改為「You can order what costs the most.」，也就是使用複合關係代名詞 what 替代先行詞 food 與關係代名詞 which。複合關係代名詞也可作為副詞（複合關係副詞），在句子結構中扮演副詞角色，同樣不需要先行詞，包含 whenever, wherever, however 等，即是「no matter + when/where/how」（如 You can come over whenever you want. 或 Wherever you go, I'll follow. 其中 whenever 修飾 want，而 wherever 修飾 go）。

✦ 改寫：

1 Since we're not in a hurry, you can order **whenever** you want.（此時要選 whenever）

既然我們不趕，你什麼時候點餐都可以。

2 Since the manager is paying, you can order for **whomever** you want.（此時要選 whomever）

因為是經理付錢，你可以點給任何一個人。

Ordering Lunch
訂午餐 ❷

❶❷❽ Not until we almost finished discussing all matters ------- our lunch.

(A) receive we did   (B) we did receive

(C) did we receive   (D) we receive

中譯 (C) 直到我們快結束討論所有議題,我們才收到午餐。

➡ 5 秒「秒殺」

✦ 看到整個句子目光直接鎖定「not until… ----- our」,空格前方為 not until,後方主詞與助動詞需倒裝,故選 (C) did we receive。

✦ 選項(A) receive we did、選項(B) we did receive、選項(D) we receive 都不符合本句倒裝語序的要求,不可選。

➡ 了解原因

✦ 本題考的重點是倒裝句。當有否定意思的副詞被放在句首時,需使用倒裝,表強調。本句有否定副詞 not until 在句首,為強調「直到...才...」,後方應使用倒裝句。

✦ 此種倒裝結構會是 Not only⋯ 助動詞 + 主詞 + 動詞，若是 be 動詞的結構則為 Not only⋯ be 動詞 + 主詞。本句原為「We did not receive our lunch until we almost finished discussing all matters.」，有動詞 receive，應該使用「助動詞 + 主詞 + 動詞」，故選擇 (C) did we receive。。

➡ 靈活變通、舉一反三

✦ 補充：

其他類似的倒裝句結構的幾個例子包含表示「絕不」的 never, under no circumstances, by no means 等（如 Under no circumstances will I let him sign the paper.），還有表「再也不」的 no longer（如 No longer does she suffer.），另有表「幾乎不」的 hardly, seldom, rarely 等（如 Hardly was he asleep when he dreamed of that terrible accident.）。

✦ 改寫：

1 Not only **will they deliver** our lunch, they will give us free cookies.

（此時要選 will they deliver）

他們不只會送午餐來，還會附上免費餅乾。

2 Not only will they deliver our lunch, **they will give** us free cookies.

（此時要選 they will give）

他們不只會送午餐來，還會附上免費餅乾。

Ordering Lunch
合約 ❸

UNIT 129

❿ The restaurant that offers the best food and each order ------- by its signature chocolate biscuit.

(A) is accompanied　(B) are accompanied

(C) accompanies　(D) accompany

中譯 ▶ (A) 那家餐廳的食物非常棒，且每次訂餐都附餐廳最有名的巧克力餅乾。

➔ 5 秒「秒殺」

✦ 看到整個句子目光直接鎖定「each order ----- by」，空格前有 each，後方有 by，空格內的動詞必須符合主詞且有對應的變化，故選 (A) is accompanied。

✦ 選項(B) are accompanied 為非第三人稱單數被動語態，選項(C) accompanies 為第三人稱單數主動語態，選項(D) accompany 為非第三人稱單數主動語態，皆與本句不合，不可選。

➔ 了解原因

✦ 本題考的重點是主動詞一致。英語的動詞可能會因主詞而有改變，如單數名詞須配上單數動詞，而複數名詞須配複數動詞（如 The order is large. 與 The orders are large.）。而本句第二個

子句中的 each 須加上單數名詞，且整體視為單數，故動詞應使用單數動詞。

✦ 此外，第二個子句的動詞與主詞 each order 為被動關係，後方 by 也可看出此被動關係，動詞需使用被動語態，故本題應選單數被動語態的動詞，即選項(A) is accompanied。

靈活變通、舉一反三

✦ 補充：

大部分量詞後接可數名詞時，需使用複數形與複數動詞（如 Many students are going to finish it.），不可數名詞時則為單數動詞（如 Much information was leaked.），有些量詞較特別，

除 each 外，另一個特殊的量詞 every 同 each 後面同樣必須接上單數可數名詞，並視為單數，加上單數動詞（如 Every student is going to finish it.）。句中 each 若當代名詞時，後方可能接複數名詞，但動詞仍應使用單數（如 Each of the students was given a book.）。此外，有些不定代名詞如 anyone, everyone, somebody, no one 等都會視為單數。

✦ 改寫：

1 All orders **are accompanied** by its signature chocolate biscuit.（此時要選 are accompanied）

所有餐點都附餐廳最有名的巧克力餅乾。

2 She always **accompanies** me to the restaurants I like.（此時要選 accompanies）

她總是陪我去我喜歡的餐廳。

Cooking as a Career
以烹飪為業 ❶

UNIT 130

⑬ ------- the person if you are interested in becoming a private chef.

(A) To contact　(B) Contacted　(C) Contacting　(D) Contact

中譯 ▶ (D) 如果你有興趣當私人廚師，聯絡那個人。

➡ 5 秒「秒殺」

✦ 看到整個句子目光直接鎖定「----- the person」，空格後為受詞 the person，無主詞，空格內應填原形動詞，即選項 (D) Contact。

✦ 選項(A) To contact 為不定詞、選項(B) Contacted 為過去分詞、選項(C) Contacting 為現在分詞，不可選。

➡ 了解原因

✦ 本題考的重點是祈使句。祈使句用來給予命令或勸告等，對象通常是 you （即主詞為 you），故主詞通常省略，而以原形動詞開頭（如 Finish the project by tomorrow.）。

✦ 本題是指示，為主詞省略後的祈使句，故句子

開頭為動詞，且應使用原形，所以應該填入選項 (D) Contact，完成第一個子句 Contact the person…。

靈活變通、舉一反三

✦ 補充：

祈使句主詞經常省略，但若需要強調時，可加上主詞（如 You be quiet!）。祈使句若是否定句時，可直接加上 do not 或是 never（如 Do not go into the conference room./ Never go into the conference room without knocking.）。大部分的 do not 祈使句都可改為 No 加上動名詞 Ving（如 Do not cross the road here 可改為 No crossing the road here.）。此外，祈使句也時常在後接上 and 或 or，表達條件或結果（正向：Work hard, and you'll succeed. 或反向：Work hard, or you'll never succeed.）。

✦ 改寫：

1 **Contacting** every restaurant to see if there is a vacant position that proves to be quite ineffective.（此時要選 Contacting）
事實證明聯絡每家餐廳詢問是否有職位空缺並不太有效。

2 **To contact** the restaurant, please use the following information.
（此時要選 To contact）
若要聯絡餐廳，請使用以下資訊。

Cooking as a Career
以烹飪為業 ❷

UNIT 131

⑬ She ------- be the line chef in that famous restaurant, but now she owns three restaurants.

(A) used to　(B) got used to　(C) be used to　(D) was used to

中譯 (A) 她原本是那家名餐廳的二廚，但現在擁有三間餐廳。

---

5 秒「秒殺」

✦ 看到整個句子目光直接鎖定「She ----- be…but now」，空格後為原形動詞 be，且前後子句屬相反關係，空格應填選項 (A) used to。

✦ 選項(B) got used to、選項(C) be used to 與選項(D) was used to 後方基本上須使用動名詞，皆與本句不合，不可選。

了解原因

✦ 本題考的重點是相似字詞與 to 的用法。本題答案的 used to 表示「過去常做的行為，但現在已不做」（因指過去，必須使用 used），其中的 to 屬於不定詞，不是介系詞，故後方應該使用原形動詞。如本題空格後為原形動詞 be。

✦ 選項中的 got used to（原形為 get used to）表「從不習慣變習慣」，選項(C) be used to 與選項(D) was used to 皆表「習慣於某事」的狀態，但前者為原形，而後者為過去式。以上詞中 to 屬介系詞，後方應接上動名詞或名詞，本題不可選。

➡ 靈活變通、舉一反三

✦ 補充：

選項中 be used to 與 get used to 在意思上很相近，但前者表示習慣的狀態，而後者則強調從習慣到不習慣的轉變（如 I'm used to driving on the left. 與 I got used to driving on the left.）。若為否定時，則加上 not 或 did not（如 I'm not used to driving on the left. 與 I didn't get used to driving on the left.）；而本題答案的 used to 若是否定句時，可使用 didn't（如 I didn't use to go to bed so late.）。

✦ 改寫：

1 When I was in the U.S., I **was used to** driving on the right.（此時要選 was used to）
住在美國的時候，我習慣右側開車。

2 After living in Australia for some time, I **got used to** driving on the left.（此時要選 got used to）
住在澳洲一陣子後，我變得習慣左側開車。

Cooking as a Career
以烹飪為業 ❸

132 To become a chef, you ------- go to a culinary school first if you're willing to work your way up from the bottom.

(A) shouldn't　(B) don't have to　(C) haven't to　(D) mustn't

中譯 ▶ (B) 要成為廚師，如果你願意從底層做起，你不一定要念先廚藝學校。

➡ 5 秒「秒殺」

✦ 看到整個句子目光直接鎖定「you ----- go to… if you're willing to...」，空格所在子句表非必要條件，應使用相對的助動詞，即選項 (B) don't have to。

✦ 選項(A) shouldn't 表建議不應該，選項(D) mustn't 表強烈禁止，選項(C) haven't to 為錯誤型，皆與本句不合，不可選。

➡ 了解原因

✦ 本題考的重點是表義務的情態助動詞的否定。情態助動詞置於主要動詞的前面，用來表達義務、責任、意願、能力等。從句意可看出空格所在的子句是表達非必要的條件。

✦ 否定的情態助動詞 shouldn't 為 should（應該）的否定形，表「不應該」；否定的情態助動詞 don't have to 為 have to（必須）的否定形，注意否定是表「不一定要」；否定的情態助動詞 musn't 為 must（必須）的否定形，表「絕對不可以」，與本題相符的為 don't have to，故本題應選(B)。

➡ 靈活變通、舉一反三

✦ 補充：

特別注意情態助動詞 have to 與 must 意思相近，都可翻為「必須」（但前面有解釋過兩者仍有不同），改為否定時，如前述語意卻很不同，don't have to 表不一定要做，但做了也沒關係，而 must not 則表示絕對不可以做、強烈禁止。此外，其他的情態助動詞的否定也可直接在後方加上 not（如 cannot, need not, might not, shall not, would not 等）。

✦ 改寫：

1 As an apprentice, you **mustn't** be late because that might cost you your apprenticeship.（此時要選 mustn't）

身為一個實習生，你絕對不能遲到，否則你會失去實習資格。

2 As an apprentice, you probably **shouldn't** be too focused on your salary because your goal is to sharpen your skills.（此時要選 shouldn't）

身為一個實習生，你可能不該太在乎你的薪水，因為你的目標是精進你的技巧。

Events
特別活動 ❶

UNIT 133

❸ At this time next week, we will ------- our first catering order for 300 people.

(A) do　(B) doing　(C) be doing　(D) going to do

中譯 (C) 下禮拜的這個時間，我們將在為三百人進行我們的第一次外燴訂單。

5 秒「秒殺」

✦ 看到整個句子目光直接鎖定「At this time next… will -----」，空格前方有 at this time next week，後方的動詞必須使用未來進行式，空格前有 will，故應填入選項 (C) be doing。

✦ 選項(A) do 為原形動詞、選項(B) doing 為現在分詞、選項(D) going to do 為不完整的動詞未來式，皆與 will 或前方時間副詞不合，不可選。

了解原因

✦ 本題考的重點是未來進行式。當描述某個動作將在未來某一時刻進行時，會使用未來進行式，如本題的時間副詞 at this time next week 便是指未來的某一時刻，故動詞應使用未來進行式。

✦ 未來進行式的結構可能是 will be Ving 或是 be going to be Ving，本題空格前已經有 will，無法使用 be going to 形，故只能選擇 (C) be doing。

靈活變通、舉一反三

✦ 補充：

當想表達未來很明確的計劃時，也時常使用未來進行式（如 We will be going to Peru next month.）。另外，當在尋求他人的協助時，想有禮貌詢問他人的計畫時，也可使用未來進行式（如 Will you be working tomorrow afternoon?）。在未來簡單式（will do/ be going to do）時，will 與 be going to 有差別，但在未來進行式時，則無差別。

✦ 改寫：

1️⃣ Next week we are going to **do** our first catering order for 300 people.（此時要選 do）
下週我們要為三百人進行我們的第一次外燴訂單。

2️⃣ Right now, we are **doing** our first catering order for 300 people.（此時要選 doing）
我們現在正在為三百人進行我們的第一次外燴訂單。

Events
特別活動 ❷

⓽ She was forced to host the party ------- herself since everyone in the office was busy with other projects.

(A) by　(B) on　(C) to　(D) at

中譯 ▶ (A) 因為辦公室的人都在忙其他案子,她被迫自己主持派對。

5 秒「秒殺」

✦ 看到整個句子目光直接鎖定「host the party ------ herself」,空格前為動詞與受詞 host the party,空格後為 herself,空格內應填入適當的介系詞,即選項 (A) by。

✦ 選項(B) on、選項(C) to、選項(D) at 皆為介系詞,但與 herself 不合,不可選。

了解原因

✦ 本題考的重點是反身代名詞。當一個子句的主詞和受詞是同一個人時(如 He hurt himself in the process.),或是需要強調語氣時(如 I can't believe I hosted the party myself.),可使用反身代名詞。

✦ 而 by + 反身代名詞則是表示「獨自」，本句後方子句可看出只剩主詞 she 一個人，故會使用選項 (A) by 加上反身代名詞表示獨自完成。而其他選項中的介系詞都可視為表地方的介系詞，後方不可接反身代名詞，此外語意也與本句不符合，故不可選。

➡ 靈活變通、舉一反三

✦ 補充：

反身代名詞單數為 -self 結尾（如 myself, yourself, itself, himself, herself, oneself），複數為 -selves 結尾（如 yourselves, themselves, ourselves）。與 本句中的「by + 反身代名詞」看似有同樣意思的詞有 on one's own（表「獨自地」，如 A real woman can do everything on her own.），但 by oneself 強調「靠自己的能力完成或達到等」，而 on one's own 則強調「獨自、沒人陪伴」，與 alone 較相近。

✦ 改寫：

1 She was forced to host the party **on** her own since everyone in the office was busy with other projects.（此時要選 on）
因為辦公室的人都在忙其他案子，她被迫自己主持派對。

2 She was forced to host the party **at** the community center since no other places were available.（此時要選 at）
她被迫在社區中心舉辦派對，因為沒有其他地方了。

Events
特別活動 ❸

135 To commit to sustainability, we are asking everyone attending the wine tasting event to bring ------- glass.

(A) you　(B) yours　(C) yourself　(D) your own

中譯 (D) 為致力於永續發展，我們請求參加品酒活動的各位攜帶自己的酒杯。

5 秒「秒殺」

✦ 看到整個句子目光直接鎖定「bring ----- glass」，空格前為動詞 bring，空格後為名詞 glass，空格中可填入形容詞或冠詞，故填選項(B) to trying。

✦ 選項(A) she 為主格代名詞、選項(B) yours 為所有格代名詞、選項(C) yourself 為反身代名詞，後方不接名詞，不可選。

了解原因

✦ 本題考的重點是所有格形容詞。所有格形容詞用來表示事物所屬，後方需要加上名詞（如 my book 或 his wine），有時在所有格形容詞與名詞中間會加入 own，用來強調「自己的」。

✦ 其他選項皆為代名詞，選項(A)會作為一個子句的主詞、選項(B)代替 your + 名詞、選項(C)可作為動詞或介系詞後的受詞，皆用來替代說過或是所知的人事物，後方不接名詞，故本題應選(D)。

靈活變通、舉一反三

✦ 補充：

本題中的 own 作為形容詞，屬於特殊形容詞，並無法單獨使用（故無法說 Own glass is required for the event.），前方必須有如 my, her, Peter's, Ashley's 等詞（Please follow this guide for your own safety.）。此外，own 也可當動詞，如 「The lady who is participating in the wine tasting event actually owns a vineyard.」，本例句的 own 為主要動詞，故須與主詞 the lady 一致，使用 owns。

✦ 改寫：

1 I couldn't find my glass, so I went to the wine tasting event with **yours.**（此時要選 yours）

我找不到我的杯子，所以我去品酒會的時候帶了你的。

2 After the wine tasting event, please remember to clean up after **yourself.**（此時要選 yourself）

品酒會結束後，請將您的垃圾清理乾淨。

General Travel
一般旅行 ❶

UNIT 136

136 Wake up early ------- you want to have the best attractions all to yourself.

(A) although　(B) otherwise　(C) besides　(D) should

中譯 ▶ (D) 如果你想要獨自享受所有美好的觀光景點，你應該早起。

5 秒「秒殺」

✦ 看到整個句子目光直接鎖定「wake up early ----- you want」，空格後的子句為空格前子句的條件，空格內應填入選項(D) should。

✦ 選項(A) although 為連接詞，選項(B) otherwise 與選項(C) besides 皆為副詞，但與前後子句語意不合，不可選。

了解原因

✦ 本題考的重點是沒有 if 的假設語法倒裝。當表達未來或現在可能發生的假設時，有時為了聽起來較正式，可省略 if 並倒裝。如原句是 「If you should want to contact the office, please call the number.」（表「萬一…」）可省略為 「Should you want to contact the office, please call the number.」。本題第二

個子句 you want to… 為條件,整句為省略後的假設句,故空格內應填入 should。

✦ 選項(A)表「雖然」、選項(B)表「否則」、選項(C)表「此外」,以上連接詞或副詞可連接兩個子句(副詞需使用分號或句號),但語意都不合,不可選。

→ 靈活變通、舉一反三

✦ 補充:

有 should 的假設語句還有表達與現在事實相反或是可能性小的的假設,主要子句會使用過去式助動詞(如 If it should happen, I would be there for you.)。

其他沒有 if 的假設句還有使用 unless, had, were 倒裝的省略句(如 Unless he calls, the meeting is cancelled. 或 Had I known you were coming, I would have waited. 或 Were we to stop now, all previous efforts would be in vain.)。

✦ 改寫:

1 You cannot have the best attractions all to yourself **although** you really want to.(此時要選 although)
儘管你很想獨自享受所有美好的觀光景點,但你無法。

2 You have to wake up early; **otherwise,** you cannot have the best attractions all to yourself.(此時要選 otherwise)
你一定要早起,否則你就無法。

一般商務、辦公室

人事、採購、財務與預算

經營管理

餐廳與活動、旅行

娛樂、健康

General Travel
一般旅行 ❷

UNIT 137

⑬The travel agency suggested that he ------- with the hotel to find out what to see in Nairobi.

(A) to check　(B) checks　(C) check　(D) checking

中譯 ▶ (C) 旅行社建議他詢問飯店,了解奈洛比可以參觀的景點。

⟩ 5 秒「秒殺」

✦ 看到整個句子目光直接鎖定「suggested that he -----」,空格前的主要動詞為 suggest,that 子句中的動詞應為原形,即選項(C) check。

✦ 選項(A) checked 為不定詞、選項(B) checks 為動詞第三人稱單數、選項(D) checking 為現在分詞,與本句不合,不可選。

⟩ 了解原因

✦ 本題考的重點是表命令、提議或要求等的動詞的特殊用法。這類動詞包含 suggest, demand, insist, recommend, request, ask 等,後方若接 that 子句,子句中的動詞必須為原形動詞,這是因為前方有個 should 省略（本句原為 ... suggested that he should check with...）,故雖然 that 子句中的主詞為 he,動詞不使用選項(B)的第三人稱單數,而須填入(C)的原形動詞。

294

✦ 選項(A)的不定詞與選項(D)的現在分詞都不可直接用在本子句中的主詞後。

靈活變通、舉一反三

✦ 補充：

這類句子除了省略 should 外，that 也可省略（如 The travel agency suggested he check with...）。此外，這類動詞其中的一些動詞（如 suggest, recommend, propose, require 等）若後方不加 that 子句，可直接接上動名詞（如 The travel agency suggested checking with… 或 The travel agency recommended taking the train.）。另一個 should 省略的句型還有使用虛主詞 it 接上形容詞如 crucial, essential, important, vital, urgent, mandatory, necessary, advisable, natural 等，來說明某事或告知他人該怎麼做等，後方 that 子句中的 should 也時常省略，動詞須保持原形（如 It is essential that you (should) have these done immediately.），若 that 子句中是被動語態時，則應使用原形 be（如 It is vital that these reports be filed first.）。

✦ 改寫：

1 The travel agency suggested **checking** with the hotel to find out what to see in Nairobi.（此時要選 checking）

旅行社建議他詢問飯店，了解奈洛比可以參觀的景點。

2 The travel agency suggested that he try **to check** with the hotel to find out what to see in Nairobi.（此時要選 to check）

旅行社建議他試著詢問飯店，了解奈洛比可以參觀的景點。

General Travel
一般旅行 ❸

UNIT 138

❶❸❽ Interacting with locals allows you to gain a deeper understanding of a culture. -------, it can also give you more memorable experiences.

(A) Beside　(B) Besiding　(C) Besided　(D) Besides

中譯 ▶ (D) 除了能更深入了解一個文化之外，與當地人互動可以給你更難忘的經驗。

➡ 5 秒「秒殺」

✦ 直接鎖定「Interacting with locals allows you.... -----, it can also...」，空格前後為完整句子，且兩個子句為附加的關係，空格內應填入適當的副詞連接詞，即選項(D) Besides。

✦ 選項(A) Beside 為介系詞，選項(B) Besiding 與選項(C) Besided 皆為錯誤用法，不可選。

➡ 了解原因

✦ 本題考的重點是副詞連接詞。副詞連接詞為可連接兩個子句的副詞，副詞連接詞前方必須是句號或分號，而後方會是逗號，可用來表達附加、並置、對比、結果、強調等（如 besides, however, otherwise, moreover, hence 等）。

✦ 本題中的兩句 …gain a deeper understanding 與 …give you more memorable experiences 屬於附加關係，所以應該使用副詞連接詞 besides。

➡ 靈活變通、舉一反三

✦ 補充：

本題的 besides 除了副詞連接詞，還可作為介系詞，表「除外⋯之外」（如 Besides traveling around Europe, he is also writing a book.），但注意 besides 後的人事物也包含在內（即 traveling 與 writing 都在做）；另一個也表「除了」的介系詞 except 則不包括後方的人事物（如 He goes to Europe every year except last year. 去年並不包含在內）。介系詞 besides 容易與相似的介系詞 beside 搞混，beside 表「在旁邊」（如 It's been very nice to have you beside me the whole time.）。

✦ 改寫：

1 **Besides** gaining a deeper understanding of a culture, interacting with locals can give you more memorable experiences.（此時要選 besides）

除了能更深入了解一個文化之外，與當地人互動可以給你更難忘的經驗。

2 She was glad that when she was interacting with locals, she had an interpreter **beside** her.（此時要選 beside）

她很開心在與當地人互動時旁邊有翻譯。

Airlines
航空 ❶

UNIT
139

❶❸❾Pearson International Airport has tightened their security procedures ------- the attack that killed 36 people.

(A) since　(B) for　(C) in　(D) at

中譯 ▶ (A) 皮爾森國際機場自從一場攻擊造成 36 人死亡後，便加強了安檢程序。

⮕ 5 秒「秒殺」

✦ 看到整個句子目光直接鎖定「has tightened…----- the attack」，空格前方的動詞為現在完成式，空格後為一個表時間點的子句，空格內應填入適當的介系詞，即選項(A) since。

✦ 選項(B) for 後方需接一段時間，選項(C) in 與選項(D) at 與現在完成式不合，不可選。

⮕ 了解原因

✦ 本題考的重點是與現在完成式搭配的時間詞。現在完成式的句子當表一段時間時，經常搭配 for 或 since，兩者都表達某事件進行了一段時間。使用 for 時，後方須接上一段時間（如 for 10 years），而 since 後方則配一個過去的時間點

（如 since 10 years ago）。本句中的 an attack killed 36 people 表一個過去的時間點（攻擊與傷亡發生的時候），應配上 since 來表示「自從那時候開始」。

✦ 選項(C)與(D)後方也可接上時間（如 in January, in summer, at 10:00, at midnight），但都與本句的動詞時態（現在完成式）不合，故不可選。

⊃ 靈活變通、舉一反三

✦ 補充：

題中的 since 除了用來表示時間之外，也可用來表示原因，可藉由句子時態或結構判斷。表示時間時，主要動詞為完成式，而 since 後方可能接一個子句（此時為連接詞，子句中的動詞通常為過去式，如 since my mother visited），或接上一個片語（此時為介系詞，如 since 2 days ago）。當 since 用來表示原因時（此時為連接詞），since 後為子句（如 Since he's not going, the party will be cancelled. 或 I ordered take-out since there was nothing to eat at home.）。

✦ 改寫：

1 Pearson International Airport has tightened their security procedures **for** quite some time.（此時要選 for）
皮爾森國際機場已經加強安檢程序一段時間了。

2 Pearson International Airport will tighten their security procedures **in** May.（此時要選 in）
皮爾森國際機場五月會加強安檢程序。

Airlines
航空 ❷

⑭ A ticket to Melbourne now ------- only around USD180 if you're willing to fly a red-eye.

(A) costs   (B) spends   (C) pays   (D) takes

中譯▶ (A) 現在一張去墨爾本的機票只要美金 180 元，如果你願意飛紅眼航班的話。

5 秒「秒殺」

✦ 看到整個句子目光直接鎖定「A ticket… ----- USD180」，空格前主詞為 a ticket，空格後受詞為價錢 USD180，空格內應填入適當的動詞，即選項(A) costs。

✦ 選項(B) spends、選項(C) pays、選項(D) takes 皆與主詞不合，不可選。

了解原因

✦ 本題考的重點是動詞搭配。選項中的動詞的意思都與「花費」相關，但使用的主詞與句子結構會有不同。選項(A)表「價值...」，用於金錢上，主詞必須是事物。選項(B)表「花費」，可用於時間或金錢，主詞必須是人。選項(C)表「付錢」，

用於金錢，主詞同樣必須是人。選項(D)表「花費」，用於時間，主詞基本上應為事物或虛主詞 it。

✦ 以主詞來看，因本句主詞為 ticket，選項(B)與(C)不可選。另，因本句指金錢，選項(D)不可選。故空格應填入主詞可用事物，且表金錢的 (A)。

➡ 靈活變通、舉一反三

✦ 補充：

動詞 cost 與 take 都可能使用虛主詞 it 開頭（如 It cost me USD180 to buy a ticket to Melbourne. 或 It took me 11 hours to get to Melbourne），其中應注意後方的動詞都必須使用不定詞（to +V.）。動詞 pay 若後方有動詞，同樣必須為不定詞（如 I paid $1000 to have my car fixed.）。而 spend 則是需使用動名詞 Ving（如 I spent 2 hours organizing the tools.）。

✦ 改寫：

1️⃣ Jocelyn **spends** more than USD800 on a ticket to Melbourne every year.（此時要選 spends）
Jocelyn 每年都花逾美金 800 元飛到墨爾本。

2️⃣ Nathan **pays** only USD100 for a ticket to Melbourne every year because he works for the airline.（此時要選 pays）
Nathan 因為在那家航空公司上班，每年只花美金 100 元飛到墨爾本。

Airlines
航空 ❸

⓴ Most fliers find it ------- to wait for hours in lengthy security lines and secretly hope to avoid the wait.

(A) annoyance　(B) annoyed　(C) annoying　(D) annoy

中譯 ▶ (C) 大部分的旅客都討厭在冗長的安檢隊伍中等上好幾個小時，並偷偷地希望可以避開。

⟶ 5 秒「秒殺」

✦ 看到整個句子目光直接鎖定「find it -----」，空格前為動詞 find 與虛主詞 it，空格內應填入適當的形容詞，即選項(C) annoying。

✦ 選項(A) annoyance 為名詞，選項(B) annoyed 為表感受的形容詞，選項(D) annoy 為動詞，皆與本句不合，不可選。

⟶ 了解原因

✦ 本題考的重點是不完全及物動詞。不完全及物動詞為後方需要受詞以及補語來完整句子的意思。句中的 find 便是其中一個，作為不完全及物動詞表「發現...是...」，後方可能接上名詞、代名詞、動名詞或虛主詞（作為受詞），再加上形容

詞或名詞（作為補語）（如 I found him an interesting actor.）。

✦ 在本句中的用法是 find 加上虛主詞 it 再接補語，補語可能為名詞或形容詞，不選為動詞的(D)，而名詞應使用 an annoyance（表令人感到不悅的事物），無冠詞，故不選(A)。此外，it 代表的是後方的不動詞 to wait...，故補語無法使用表感受的形容詞，不選(B)，應該使用描述事物的形容詞，即(C)。

⊃ 靈活變通、舉一反三

✦ 補充：

英文的動詞可分為及物動詞與不及物動詞，而其中及物動詞還可區分為完全及物（必接受詞）與不完全及物動詞（需受詞與補語）。除本題的 find 外，其他不完全及物動詞包含 consider, regard, suppose, believe, appoint, elect, force, keep 等（如 He considered himself unfortunate. 或 Nearly everyone elected him president.）。而 find 也可當及物動詞，此時表「發現、找到」，後方只需加名詞或名詞子句（作為受詞），句子意思已完整（如 I find that it is necessary to arrive at the airport early. 其中 that 可省略）。

✦ 改寫：

1 Most fliers find it an **annoyance** to wait for hours in lengthy security lines.（此時要選 annoyance）
大部分的旅客都討厭在冗長的安檢隊伍中等上好幾個小時。

2 Most fliers find themselves **annoyed** when they have to wait for hours in lengthy security lines.（此時要選 annoyed）
大部分的旅客在冗長的安檢隊伍中等上好幾個小時都會感到煩躁。

UNIT 142

Trains
火車 ❶

⑭² These luxury trains are ------- expensive for locals and are meant for international travelers.

(A) to (B) too (C) enough (D) such

中譯 (B) 這些豪華火車對當地人來說太貴，原本就是設計給外國旅客的。

5 秒「秒殺」

✦ 看到整個句子目光直接鎖定「are ----- expensive for locals」，空格前為 be 動詞，而空格後為形容詞，空格內應填入適當的副詞，即選項(B) too。

✦ 選項(A) to 為介系詞；選項(C) enough 為副詞，須置於形容詞後；選項(D) such 為形容詞，後方應有名詞，以上皆不可選。

了解原因

✦ 本題考的重點是程度副詞。程度副詞可用來修飾形容詞，表達事物的程度。本句中的 too 表「太過...」，含負面意涵（超過原本該有的程度），會置於形容詞之前。

✦ 本題空格在形容詞前、be 動詞之後，故不可選

(C)的 enough，因為 enough 雖然為副詞，但必須放在形容詞之後（如 It is cheap enough. 或 It is not cheap enough.），本身無正面或負面意涵，須由句子意思判斷。而本句空格後方只有形容詞，故應使用可修飾形容詞的副詞，所以也不選介系詞(A)或形容詞(D)，應該使用置於形容詞前的副詞(B)，且可表示負面的「太...」含義。

靈活變通、舉一反三

✦ 補充：

如前述，副詞 enough 須置於形容詞後，修飾副詞時也同樣置後（如 The train doesn't run often enough），但若當形容詞使用，則放名詞前（如 There is definitely not enough room on the train.）。句中的程度副詞 too 也可用來修飾副詞（如 The train is running too fast.），若要與名詞共用，需使用 too much 或 too many。其他有相似意思的程度副詞還有 so 與 very，兩者都可用在形容詞或副詞前，so 有時被用來強調「如此...」，並加上 that + 額外資訊（如 The fare is so high that people try to avoid taking the train.），若無此種強調，大致上可與 very 互換。

✦ 改寫：

1 The locals got scared off by **such** an expensive train fare.（此時要選 such）

當地人被那麼昂貴的火車費嚇跑了。

2 The locals think the train fare is now affordable **enough** to convince more commuters to switch from their cars to trains.（此時要選 enough）

當地人覺得火車費現在可負擔，足以讓通勤者放棄車，改搭火車。

Trains
火車 ❷

⒁Dining on the dinner train is such a special experience ------- I cannot recommend it enough.

(A) that　(B) as　(C) which　(D) but

中譯 (A) 在火車上用餐的經驗實在太特別，我讚不絕口。

⇒ 5 秒「秒殺」

✦ 看到整個句子目光直接鎖定「such a special experience ----- I」，空格前後為兩個子句 Dining on⋯ 與 I cannot...，且前方有 such，空格內應填入適當的連接詞，即選項(A) that。

✦ 選項(B) as 為表「當」的連接詞，選項(C) which 為關係代名詞，選項(D) but 為表對立的連接詞，以上皆與句意或 such 不合，不可選。

⇒ 了解原因

✦ 本題考的重點是從屬連接詞 such⋯that。句中有兩個子句 Dining on the dinner train⋯ 與 I cannot recommend it enough，需要連接詞相連，故空格內應填入連接詞。

✦ 另前方有 such，這裡的 such 為形容詞，後接一個名詞片語，而 such 強調此片語裡的形容詞，時常接上連接詞 that 引導一個表結果的子句（即本句中的 I cannot recommend...），組成 such…that，表「如此...以致於」，故本題選(A)。

靈活變通、舉一反三

✦ 補充：

與本題相關的片語還有 so…that，同樣表「如此...以至於」，但結構會是「so + 形容詞/副詞 + that 子句」（如 The meeting was so unproductive that I wanted to walk out.）。另有 too…to，表「太...而不能...」，結構會是 too + 形容詞(for 某人) + to V.（如 The car is too heavy for us to lift.）。而(not)… enough to，表「（不）足夠...」（如 The car is not big enough to fit us all.）。

✦ 改寫：

1 Dining on the dinner train is an experience **which** I cannot recommend enough.（此時要選 which）

在火車上用餐是個我想不斷推薦推薦的經驗。

2 **As** dining on the dinner train sounded special, I decided to give it a try.（此時要選 as）

因為在火車上用餐聽起來很特別，我決定試試看。

Trains
火車 ❸

⑭ There are two types of seats on the train. One is the cheaper hard seat and ------- is the more expensive soft seat.

(A) other　(B) another　(C) the other　(D) the another

中譯 (C) 這火車有兩種座位，一種是較便宜的硬式座位，另一種是較貴的軟式座位。

➜ 5 秒「秒殺」

✦ 看到整個句子目光直接鎖定「two types… one… and -----」，空格前後為兩個項目，且第一個項目前方有 one，空格內應填入代表第二個項目的代名詞，即選項(C) the other。

✦ 選項(A) other 可作代名詞，但應配上 the 或複數 -s，選項(B) another 為代替無指定的一個，選項(D) the another 為錯誤用法，以上皆不可選。

➜ 了解原因

✦ 本題考的重點是代名詞。選項中的 other 與 another 都可作代名詞使用，another 會用來代替前面說過的名詞，且並無特別指定，因為並無特別指定，故前面不可加 the，選項(D)因此不可選。而 other 為形容詞，若當代名詞時，通常前

面加上 the，用來代替特定的「另一個」，或在後方加上複數 -s，代替特定的複數名詞，故(A)也不選。

✦ 又當事物的數量有兩個時，其中一個會使用 one 代替，而另一個事物則會使用 the other。本題指明有兩種，空格後的事物為第二種，故選(C)，非(B)。

➲ 靈活變通、舉一反三

✦ 補充：

當説明的事物為「一個與無特定的另一個時」應使用 one… another（如 To say is one thing. To do is another.）。説明的事物有三個時，則會使用 one… another… the other（如 There are three types of seats. One is the hard seat, another is the soft seat, and the other is the sleeper.）。若説明的事物為多數，則可使用複數的(the) others（如 They have five kids. One is a girl and the others are boys. 或 Some people like swimming but others like jogging.）。

✦ 改寫：

1 There are three types of seats. One is the hard seat, **another** is the soft seat, and the other is the sleeper.（此時要選 another）
這火車有三種座位，一種是硬式座位，另一種是軟式座位，還有一種是睡鋪。

2 After we reasoned with the men who took our reserved seats, they finally left to look for **other** seats.（此時要選 other）
在我們和佔了我們預定位的男人理論後，他們終於離開去找其他位子。

Hotels
飯店 ❶

UNIT 145

⑭⑤ When I chose the hotel, I not only looked at rates but also ------- attention to location.

(A) pay　(B) paid　(C) did pay　(D) is paid

中譯 ▶ (B) 我選這家飯店時，不只看了費率，還注意了地點。

➡ 5 秒「秒殺」

✦ 看到整個句子目光直接鎖定「not only looked… but also -----」...，空格前後為連接詞 not only… but also，且 not only 後為動詞 looked，空格內應填相對應的動詞，即選項(B) paid。

✦ 選項(A) pay 為原形動詞，選項(C) did pay 為助動詞 did 加上 pay，選項(D) is paid 為現在式被動語態，以上皆不可選。

➡ 了解原因

✦ 本題考的重點是連接詞 not only… but also 的動詞一致。對等連接詞 not only… but also 用來連接兩個單字或子句，且所連接的單字或子句必須要一致（如 not only big but also affordable，兩者都為形容詞）。

✦ 本句中使用 not only… but also，前後的兩個項目應有一致性，因 not only 後為動詞，but also 後也必須為動詞，且時式也須一致，前方為過去式 looked，後方也應使用過去式，故選擇(B)。

➡ 靈活變通、舉一反三

✦ 補充：

連接詞 not only… but also 中的 also 可省略。此外，當連接的是兩個主詞時，後方的動詞應與第二個主詞一致（如 Not only the rates but the location is important.）。若 not only… but also 用來連接兩個子句，且放在句首時，必須使用倒裝句，且 also 應省略或置於句中（如 Not only is the hotel affordable, but it is clean and in a safe area. 或 Not only did I look at the rates, but I also paid attention to the location.），注意此處的動詞再倒裝時會先依時態先使用助動詞，即此處的 did。

✦ 改寫：

1 I not only look at rates but also **pay** attention to location.（此時要選 pay）

我不只看費率，還注意地點。

2 He is not only invited to speak in the event, but **is paid** a great sum of money.（此時要選 is paid）

他不止被邀去活動上演講，還收到一大筆費用。

Hotels
飯店 ❷

UNIT 146

⓵⓶⓺Booking hotels ------- one of the most important but difficult decisions one has to make when organizing trips.

(A) are   (B) is   (C) be   (D) am

中譯 ▶ (B) 訂飯店是在安排旅遊時最重要但最困難的決定之一。

➲ 5 秒「秒殺」

✦ 看到整個句子目光直接鎖定「Booking hotels ----- one of...」，空格前為動名詞當主詞，空格內應填入第三人稱單數動詞，即選項(B) is。

✦ 選項(A) are 為複數 be 動詞，選項(C) be 為原形 be 動詞，選項(D) am 為搭配第一人稱單數的 be 動詞，以上皆不可選。

➲ 了解原因

✦ 本題考的重點是動名詞當主詞的主動詞一致。空格前是動名詞 Booking hotels 作為主詞，空格後是補語 one of…，句中缺少主要動詞，可知空格中須填入動詞。

✦ 又動名詞當主詞時，表這一事件，應視為單

數。句中 Booking hotels 雖有複數名詞 hotels，但主詞表示的是「訂飯店」這件事，故應使用第三人稱單數，故選(B)。

靈活變通、舉一反三

✦ 補充：

動名詞當主詞時視為一件事，故應使用單數。若有兩件事，則動詞使用複數形，如「Booking hotels and arranging transportation are not easy.」中因為有 booking hotels 與 arranging transportation 兩件事，動詞使用複數的 are。而以不定詞 to + V. 作主詞也是同樣狀況（如 To err is human. 與 To graduate from a prestigious school and to speak many languages are great advantages.）。

✦ 改寫：

1 Booking hotels and arranging transportation **are** very important but difficult.（此時要選 are）
訂飯店與安排交通很重要但困難。

2 Booking hotels will **be** very difficult during this season.（此時要選 be）
訂飯店在這個季節將會很困難。

Hotels
飯店 ❸

⒘ When you arrive at the hotel, you should familiarize yourself with your hotel's ------- plan.

(A) emergent　(B) emerge　(C) emerging　(D) emergency

中譯 ▶ (D) 當你抵達飯店的時候,你應該先熟悉飯店的緊急應變計畫。

5 秒「秒殺」

✦ 看到整個句子目光直接鎖定「hotel's ----- plan」,空格前為名詞所有格,空格後為名詞,空格內應填入適當的修飾詞,即選項(D) emergency。

✦ 選項(A) emergent 與選項(C) emerging 為形容詞,但語意不合,不可選。選項(B) emerge 為動詞,不可選。

了解原因

✦ 本題考的重點是複合名詞。本題空格前為名詞所有格 hotel's,後方為名詞 plan,基本上應置入形容詞,選項(A)與(C)雖為形容詞,可置於名詞前方修飾名詞,但 emerging 表「新興、浮現」,而 emergent 表「緊急」,用來描述一個情況來得突然或緊急(如 emergent event),都與本句語意不合。

✦ 複合名詞為兩個或多個字形成，可能分開、以連字號相連或合成一個字（如 egg rolls 、mother-in-law 或 toothpaste）。本題應填入名詞 emergency 合成複合名詞 emergency plan，表如火災等緊急狀況發生時使用的逃生計畫等，緊急時刻會用到的通常都以 emergency 搭配其他詞形成複合名詞（如 emergency exit, emergency room, emergency contact）。

➔ 靈活變通、舉一反三

✦ 補充：

複合名詞在英文中很常見，可能為名詞加上名詞（如 housework, bus stop）、形容詞加上名詞（如 shorthand, full moon）、動詞加名詞（如 playground, washing machine），也可能是副詞加動詞、動詞加副詞或動詞加介系詞（如 newly-wed, die-hard, checkout）。

而複合名詞的複數形基本上視複合名詞的發展程度而有不同，若複合名詞已形成一個字，則 -s 置於字尾（如 bedrooms, paperclips），若複合名詞以連字號結合或是分開的狀態則會將 -s 加在主要的字上（如 mothers-in-law, women doctor, tennis shoes）。

✦ 改寫：

1 People are paying more attention to the **emerging** business model.（此時要選 emerging）大家開始關注那新興的商業模式。

2 The government failed to address the **emergent** needs of the people.（此時要選 emergent）政府沒能回應人們的緊急需求。

Car Rentals
租車 ❶

❶❹❽ It is high rental rates ------- are driving all the customers to other agencies.

(A) where　(B) that　(C) whose　(D) whom

中譯 ▶ (B) 正是高額的租車費把客戶都趕到其他租車公司去了。

➡ 5 秒「秒殺」

✦ 看到整個句子目光直接鎖定「it is…rates ----- are driving」，空格前方有 it is，接上想強調的部份 high rental rates，應選(B) that。

✦ 選項(A) where 指地方，選項(C) whose 與選項(D) whom 都指人，不可選。

➡ 了解原因

✦ 本題考的重點為強調句，或稱分裂句。強調句是透過更改語序以強調某一主題，其中一個結構是「it is + 強調部分 + that」，當普通句是「High rental rates are driving all the customers to other agencies.」，強調句便會改成題目的「It is the high rental rates that are driving...」。

✦ 若強調部分為人，可將 that 改為 who 或 whom，若為地點可改為 where，但本題強調部分為事物 rates，故選(B) that。

➡️ 靈活變通、舉一反三

✦ 補充：

本句展現的 it is... 強調句基本上應使用 that，雖也可見 which, whom, when 等。若為過去式，可改為 it was... that。另外，應注意即使強調的部份為複數，如本句中的 rental rates，後續的動詞使用複數動詞，但仍使用 it is/ was，因為 it 在此指的是「事實」或「情況」，而非強調的部份，不隨其單複數改變（如 It is the rates that are...）。

✦ 改寫：

1️⃣ It was the manager **that/who** decided the rates.（此時要選 that/who）

決定費率的是經理。

2️⃣ It was last week **that/when** they lowered the rates.（此時要選 that/when）

他們是在上週把費率調低的。

Car Rentals
租車 ❷

❶❹❾ Fast Care Hire is said ------- the best deals and services, which is why people always go there when they need to rent a car.

(A) to be offered　(B) offer　(C) to offer　(D) to being offering

中譯 ▶ (C) Fast Care Hire 據説提供的價格與服務是最好的，也因此大家如果需要租車都去那。

⊃ 5 秒「秒殺」

✦ 看到整個句子目光直接鎖定「is said -----」，空格前為主詞加上 is said，且為主動語態，空格應填入 to + V.，即選項(C) to offer。

✦ 選項(A) to be offered 表被動語態，不可選。選項(B) offer 為原形動詞，會造成句中有兩個主要動詞，不可選。選項(D) to being offering 不符本句型要求，不可選。

⊃ 了解原因

✦ 本題考的重點是「據説」或「聽説」的句型中的動詞形態。這類句型時常使用虛主詞 it（如 It is said that Fast Car Hire offers the best deals and services.），真主詞後方動詞依照想表達的時態做變化。

✦ 但除了使用虛主詞外，也可使用真主詞，並將 that 帶領的子句改為不定詞結構，且因 Fast Car Hire 與 offer 為主動關係，應該選擇(C)，並將句子改為 Fast Care Hire is said to offer…。

靈活變通、舉一反三

✦ 補充：

前面提到的 it is said that 句型也可改成 people say that… 句型（如 People say that it offers the best deals.），句中的 that 都可省略。不論是虛主詞或真主詞，後方動詞都必須依狀況做相對應的時態變化，但真主詞的狀況下仍必須維持以 to 開頭（如 It is said the company is selling… 與 The company is said to be selling…），若有被動關係，後方動詞也須改為被動語態。類似的句型尚有 it is reported/ believed/ rumored/ considered/ likely 等，同樣可用真主詞開頭。

✦ 改寫：

1. Fast Car Hire is said **to have been sold** to a buyer in China.（此時要選 to have been sold）

   Fast Car Hire 據說被賣給一位中國的買家。

2. It is said that a buyer in China **has purchased** Fast Car Hire.（此時要選 has purchased）

   據說一位中國的買家已買下 Fast Car Hire。

Car Rentals
租車 ❸

⓮ ------- the busy summer car-rental season is approaching, prices are climbing.

(A) Before   (B) While   (C) When   (D) As

中譯▶ (D) 隨著夏天的租車季節接近，價錢也在攀升中。

⮕ 5 秒「秒殺」

✦ 看到整個句子目光直接鎖定「----- …season is approaching…prices are climbing」，空格前後為兩個子句，且表同時發展的事件，空格應填正確的連接詞，即選項(D) as。

✦ 選項(A) Before 為表「之前」的連接詞，與語意不合，不可選。選項(B) While 與選項(C) When 表「當」，語意或文法不合，不可選。

⮕ 了解原因

✦ 本題考的重點是語意相似的連接詞的用法。連接詞的題型通常需藉前後子句的關係判斷答案。本句中兩個子句都使用進行式來表示情況的變化，空格中通常只能填入 as，表「隨著」的意思。當 as 表「隨著」時可能用來表示一種狀況隨

著另一種狀況變化，或一種狀況是另一種狀況的結果。

✦ 選項中 when 與 while 則通常表「當」，兩者都可表達一個較長的動作進行過程中，發生另一個較短的動作，但 when 後會接較短的動作（以簡單式表示），而 while 後會接較長的動作（以進行式表示）。

➡ 靈活變通、舉一反三

✦ 補充：

本題選項中連接詞 as, when, while 都有「當」的意思，都用來引導從屬子句，有時可交替使用，但有些情況下只能使用其中一個或兩個。例如當要講述的是一個持續性的動作中發生一個短暫性的動作，當從屬子句是短暫動作時會使用 when（如 She was reading the report when he came into her office.），也可使用 while 或 as 在表達長動作的從屬子句前（如 He came into her office while she was reading the report.）。而 when 與 as 也可用來表達兩個接連但幾乎同時發生的短暫動作（如 They ran back to their seats when the supervisor appeared.）。另外，當講述兩個同時發生、較長的動作或事件時，通常偏好使用 while (如 While I was reading, he was cleaning the kitchen.)。

✦ 改寫：

1 **When** my child was young, we had to rent cars to get to places.
（此時要選 when）
我小孩小的時候，我們去不同的地方必需租車。

2 He called **while** I was trying to rent a car.（此時要選 while）
他在我試著要租一台車的時候打來。

Part 5
娛樂、健康

	學習進度規劃	延伸學習
單字	Part 5包含電影、戲劇、音樂、博物館、媒體、看醫生、看牙醫和健康保險、醫院、藥房八大類主題,每天使用零碎時間完成一個主題後將每個主題相關字彙跟例句都記起來。	浣熊改寫句中出現的單字,記誦同個主題或類別的字,例如Unit 170中出現了treatment治療、Unit 171中出現的postpone延期、appointment 約會、Unit 172中出現的appreciation感激等等相關用字,可抄錄於筆記本中做背誦。
文法	使用【獵豹→貓頭鷹→浣熊】逐步且漸進式的學習邏輯,每完成一個主題後徹底了解每題的文法概念並做複習。	從貓頭鷹解題中出現的文法概念,熟悉特殊慣用語,在part 5 和 part 6 細節性答題上不失分。
分數段	800-860+	位於此分數段的學習者仍需掌握更多細節性的文法概念,例如比較級、易混動詞和被動語態等,讀者需精讀part 5收錄的29個精選文法概念。

Movies
電影 ❶

152 The girl doesn't like sci-fi movies. Can you suggest ------- of a different genre?

(A) one　(B) all　(C) it　(D) both

> 中譯 ▸ (A) 那個女孩並不喜歡科幻片,你可不可以建議另一種類型的電影。

5 秒「秒殺」

✦ 看到整個句子目光直接鎖定「suggest ----- of a different genre」,空格前為動詞,空格後為可修飾名詞的介系詞片語,空格應填正確的名詞或代名詞,即選項(A) one。

✦ 選項(B) all 可做代表「全部」的不定代名詞,選項(C) it 為代替先前提及的單數事物的代名詞,即選項(A) one 選項(D) both 可做代表「兩者」的不定代名詞,皆與語意不合,不選。

了解原因

✦ 本題考的重點是代名詞。不定代名詞是用來代替未明確指定的人事物等,或是先前提及或後述的人事物中的全部或一部份(如 one, all, some, each, both 等),而代名詞如 it, you, they 等則

是有明確指定的人事物。本題中並無指定的電影，故不使用代名詞 it。

✦ 選項中的 one, all 與 both 都可做不定代名詞，one 可用來指代「任何一個或其中一個」、all 則指「某群體的全部」、both 則指「兩個都」。本題語意與 all 或 both 並不合，應選可代表「任何一部」的 one，即選項(A)。

➡ 靈活變通、舉一反三

✦ 補充：

題中的不定代名詞 one 也可做複數 ones 使用（如 I've finished all the DVDs. I need to find some new ones.），這類不定代名詞應與代名詞 it 或 them 等分辨清楚（比較 I've finished all the DVDs. Can you return them for me?）。不定代名詞若加上 of ＋ 名詞，通常需要加上 the 或所有格（如 all of the movies 或 all of his movies），不定代名詞通常也可作為數量詞使用（如 Some students are in the classroom.），應注意後方可接的名詞可能會有可數或不可數的限制。

✦ 改寫：

1 He brought two movies. Can we watch **both**?（此時要選 both）
他帶了兩部電影。我們可以兩部都看嗎？

2 He brought tons of movies but **all** of the same genre.（此時要選 all）
他帶了很多電影，但全都同一種類型。

Movies
電影 ❷

152 The director used ------- sound effects in her latest movie because she wanted viewers to focus on the performance of the characters.

(A) less　(B) fewer　(C) leaset　(D) fewest

中譯▶ (B) 導演在她最新的電影裡使用較少的聲效,因為她希望觀眾能專注在角色的演出上。

➔ 5 秒「秒殺」

✦ 看到整個句子目光直接鎖定「used ----- sound effects」,空格前為動詞 used,後為可數名詞 sound effects,空格應填適當的形容詞比較級,即選項(B) fewer。

✦ 選項(A) less 為接不可數名詞的形容詞比較級,不可選。選項(C) least 與選項(D) fewest 皆為最高級,不可選。

➔ 了解原因

✦ 本題考的重點是形容詞搭配的限制。選項中 less 為形容詞 little 的比較級,least 為最高級,搭配的名詞必須是不可數名詞,而 fewer 為形容詞 few 的比較級,fewest 為最高級,搭配的名詞必須是可數名詞。

✦ 本題空格後的名詞 sound effects 為可數名詞，不可使用 less 或 least。又形容詞最高級前方應有定冠詞 the，空格前不見 the，故不選 fewest，而選 fewer，即選項(B)。

➡ 靈活變通、舉一反三

✦ 補充：

特別注意 little, less 或 least 可作副詞使用（few, fewer, fewest 則無副詞用法）。當修飾動作或形容詞時，則無法使用 few, fewer, fewest，應使用 little, less 或 least（如 We have to focus less on the negative. 或 This type of tumor in the brain is less common.）。當談論金錢、時間或距離等數字時，會被視為單數，故也應使用 less（如 According to the survey, less than $1000 is spent on entertainment every month. 或 The movie is less than 20 days away.）。

✦ 改寫：

1 The director used the **fewest** sound effects possible in her latest movie.（此時要選 fewest）
導演在她最新的電影裡盡量使用最少的聲效。

2 The director presented a **less** violent vision in her latest movie.（此時要選 less）
導演在她最新的電影裡呈現了較少的暴力畫面。

Movies
UNIT 153 電影 ❸

153 As soon as he ------- the tickets and snacks, we will enter the auditorium to get better seats.

(A) got　(B) get　(C) gets　(D) will get

中譯 ▶ (C) 他一買到票跟零食,我們就進場找好位置。

➡ 5 秒「秒殺」

✦ 看到整個句子目光直接鎖定「As soon as ------…will enter」,主要子句為未來式,而空格前為主詞,後為受詞,空格應填現在簡單式動詞,即選項(C) gets。

✦ 選項(A) got 為過去式,選項(B) get 為非第三人稱現在式,選項(D) will get 為未來式,皆不可選。

➡ 了解原因

✦ 本題考的重點是 as soon as 的用法。連接詞 as soon as 表「一… 就...」,可連接兩個幾乎同時發生的動作,結構會是一個主要子句加上由 as soon as 帶領的從屬子句,兩子句可使用同樣時態,強調同時發生,但若主要子句是未來式,從屬子句應使用現在式代替未來式。

✦ 本句的主要子句 we will enter… 使用未來式，故從屬子句 As soon as he… 中的動詞應該使用現在式，故不選(A)或(D)，又從屬子句中的主詞為 he，應使用第三人稱單數形的動詞，即選項(C) gets。

靈活變通、舉一反三

✦ 補充：

前述當兩個子句中的動作發生時間很相近時，可使用相同時態，但若想要強調事件發生前後，且強調動作不是緊接著發生，從屬子句可使用完成式來代表動作先發生。若主要子句為未來式，as soon as 後的子句也可使用現在完成式（如 We will enter the auditorium as soon as we have got the tickets and snack.），過去的事件同樣可使用完成式強調事件先發生（如 As soon as he had got the tickets and snack, we entered the auditorium.）。

✦ 改寫：

1 As soon as he **got** the tickets and snack, we entered the auditorium to get better seats.（此時要選 got）
他一買到票跟零食，我們就進場找好位置。

2 As soon as we **get** the tickets and snack, we will enter the auditorium to get better seats.（此時要選 get）
一買到票跟零食，我們就進場找好位置。

Theater
戲劇 ❶

UNIT 154

❶❺❹I go to the theater very often despite ------- to pay quite a lot for a show.

(A) had　(B) having　(C) have　(D) had had

中譯 ▶ (B) 儘管一場秀不便宜，我還是常常上劇場。

➡ 5 秒「秒殺」

✦ 看到整個句子目光直接鎖定「despite ----- to」，空格前為介系詞 despite，空格應填動名詞，即選項(B) having。

✦ 選項(A) had 為過去式，選項(C) have 現在式，選項(D) had had 為過去完成式，皆與 despite 不合，不可選。

➡ 了解原因

✦ 本題考的重點是 despite 的用法。本句空格前的 despite 表「儘管」，用來表示對比，屬於介系詞，後方應接上名詞、代名詞（如 Despite this, she...）或由 what 或 who 帶領的子句（如 Despite what he said, she...），前方或後方會有主要子句與 despite 引導的片語形成對比。

✦ 本題中前方有主要子句 I go to the theater very often，而 despite 後方的片語原為(I) have to pay quite a lot…，因介系詞 despite 後方應使用名詞，故遇動詞應改為動名詞，have 被改為 having，空格應填入選項(B)。

➡ 靈活變通、舉一反三

✦ 補充：

前述，本句中的 despite 後方應使用名詞，若需使用動詞，需改為動名詞，而若需接上句子的話，也須先使 the fact that… 再接上 S. + V.，此時 despite 為連接詞，連接子句。另外與 despite 有相同意思的片語為 in spite of，兩者用法與意思相同，despite 似乎較常見，注意不可混合兩詞而使用 despite of。另 despite 與 in spite of 引導的片語可置前，此時需使用逗號（如 Despite having to pay quite a lot of money, I go to the theater very often.）。

✦ 改寫：

1️⃣ I go to the theater very often despite the fact that I **have** to pay quite a lot for a show.（此時要選 have）
儘管一場秀不便宜，我還是常常上劇場。

2️⃣ I go to the theater very often in spite of **having** to pay quite a lot for a show.（此時要選 having）
儘管一場秀不便宜，我還是常常上劇場。

1 一般商務、辦公室
2 人事、採購、財務與預算
3 經營管理
4 餐廳與活動、旅行
5 娛樂、健康

Theater
戲劇 ❷

❶❺❺ Watching an opera in the Sydney Opera House is ------- I want to do when I arrive in Sydney.

(A) what　(B) which　(C) that　(D) where

中譯 (A) 在雪梨歌劇院裡看一齣歌劇是我一到雪梨就想做的事。

⇒ 5 秒「秒殺」

✦ 看到整個句子目光直接鎖定「is ----- I want to do」，空格前為動詞 is，後為不完整子句 I want to do，空格應填適當的複合關係代名詞，即選項 (A) what。

✦ 選項(B) which、選項(C) that 與選項(D) where 皆為關係代名詞，不可選。

⇒ 了解原因

✦ 本題考的重點是 what 作為複合關係代名詞的用法。前面章節說明過，複合關係代名詞如 whatever, whichever, whenever 等，代表先行詞加上關係代名詞。而 what 也是一個可以代替「事物」的複合關係代名詞，代替先行詞 the thing (s)與關係代名詞 which。

✦ 本題以動名詞 watching an opera in the Sydney Opera House 當主詞，而後方接上以複合關係代名詞引導的子句。本句原可看成 Watching… Opera House is the thing which I want to…，因空格前無並先行詞，無法直接使用關係代名詞，而必須使用可同時代表先行詞與與關係代名詞的選項，故應選擇(A)。

⟹ 靈活變通、舉一反三

✦ 補充：

複合關係代名詞引導的子句也可作主詞（如 What he said is significant. 或 Whoever wants to say something can do so.），可比較關係代名詞 that 引導一完整子句做主詞（如 That he decided to delay the project is true.）。關係子句中由先行詞加上關係代名詞，有時關係代名詞主詞與動詞可以省略（如 I can't understand the question which was raised in the class. 可改為 … the question raised in the class.），這即是前面章節提及的分詞構句（主動使用現在分詞，被動使用過去分詞）。

✦ 改寫：

1 Watching an opera in the Sydney Opera House is the thing **which/that** I want to do.（此時要選 which/that）

在雪梨歌劇院裡看一齣歌劇是我想做的事。

2 The Sydney Opera House is **where** I want to watch my first opera.（此時要選 where）

雪梨歌劇院是我想看我第一齣歌劇的地方。

Theater
戲劇 ❸

⑮ I can't remember which Broadway musical ------- during our last trip to New York.

(A) did we watch　(B) we watched

(C) we did watch　(D) watched

中譯 (B) 我想不起來我們上一次到紐約旅行時看的百老匯音樂劇是哪一部。

5 秒「秒殺」

✦：看到整個句子目光直接鎖定「I can't remember which… -----」，空格前為一主要子句接上疑問詞 which，空格應填適當的間接問句語序，即選項(B) we watched。

✦ 選項(A) did we watch 為疑問句中的語序，選項(C) we did watch 為有強調語氣的直述句中的語序，選項(D) watched 通常用在直述句，以上皆不可選。

了解原因

✦ 本題考的重點是間接問句。間接問句即是在主要句子裡的問句，而原問句的語序需做變換，即助動詞與主詞調換（問題為「疑問詞＋助動詞＋主詞＋動詞」時改為「疑問詞＋主詞＋助動詞＋

動詞」），但若助動詞為 **do/ does/ did** 則需拿掉助動詞，且將時態反映在動詞上。

✦ 本題由主要句子 I can't remember 加上問句 which Broadway musical did we watch⋯。間接問句在主要子句裡應改變語序，且因助動詞為 did，拿掉 did 後，過去的時態要表現在動詞上，故在空格應填入 we watched。

靈活變通、舉一反三

✦ 補充：

問句放入主要句時，依照主要句決定為直述句或疑問句，如「I can't remember what he did. 」與「Can you tell me what he did?」，前句的主要句為直述句 I can't remember⋯，故句尾使用句點，整句維持直述句；後句的主要句為疑問句 Can you tell me⋯，故句尾使用問號，整句維持疑問句。另，間接問句可做主詞（如 How he treated his mother disappointed a lot of people. ），且此主詞需視為單數，故主要動詞需使用第三人稱單數。

✦ 改寫：

1 Which Broadway musical **did we watch** during our last trip to New York?（此時要選 did we watch）
我們上一次到紐約旅行時看的百老匯音樂劇是哪一部。

2 We didn't get to do much during our last trip to New York but **we did watch** a Broadway musical.（此時要選 we did watch）
我們上一次到紐約旅行時沒能做太多事，但我們確實有看一齣百老匯音樂劇。

Music
音樂 ❶

UNIT 157

---

⑮ He will go to the Woodstock Festival in New York unless the flight -------.

(A) was canceled   (B) will cancel

(C) is canceled   (D) has canceled

中譯 ▶ (C) 除非班機被取消，否則他會去紐約的胡士托音樂節。

➔ 5 秒「秒殺」

✦ 看到整個句子目光直接鎖定「unless the flight -----」，空格前方為連接詞 unless，前方主要動詞為未來式，且主詞與動詞為被動關係，空格應填現在簡單式被動語態，即選項(C) is canceled。

✦ 選項(A) was canceled 為過去式被動語態，選項(B) will cancel 為未來式主動語態，選項(D) has canceled 為現在完成式主動語態，皆不可選。

➔ 了解原因

✦ 本題考的重點是連接詞 unless 的用法。連接詞 unless 連接兩個子句，用來表示「除非...否則」，連接詞 unless 後的從屬子句裡的動詞可使用現在式、過去式或過去完成式，若講述未來時

間，unless 引導的從屬子句需使用現在式代替未來式。

✦ 本句 unless 連接子句 he will go… New York 與子句 the flight…，前方子句中使用未來式 will go，則 unless 後的動詞應使用現在簡單式，又 flight 與 cancel 為被動關係，故應使用現在式的被動語態，即(C) is canceled。

➡ 靈活變通、舉一反三

✦ 補充：

題中的連接詞 unless 與 if… not 意思相同，然而 unless 後方的條件雖為否定條件，卻需使用肯定動詞（即不使用 not，如 unless the flight is canceled 或 unless you speak up）。本句若使用 if… not 可改為「He will go to the Woodstock Festival in New York if the flight is not canceled.」。此外，當 unless 引導的子句置句首時，兩子句中應使用逗號（如 Unless the flight is canceled, he will go to the Woodstock Festival in New York.）。

✦ 改寫：

1 He would go to the Woodstock Festival in New York unless the flight **was canceled**.（此時要選 was canceled）
除非班機被取消，否則他會去紐約的胡士托音樂節。

2 He wouldn't come home for dinner unless one of his appointments **had been canceled**.（此時要用 had been canceled）
他以前除非某個約定被取消了，否則不會回家吃晚餐。

Music

音樂 ❷

UNIT 158

158 The singer will not be releasing a new album until the contract dispute with the record label -------.

(A) resolves   (B) was resolved   (C) is resolved   (D) will resolve

中譯 ▶ (C) 那個歌手在跟唱片公司的合約糾紛解決之前不會出新專輯。

⊃ 5 秒「秒殺」

✦ 看到整個句子目光直接鎖定「will not be…until… -----」,空格前方有連接詞 until,且主要子句的動詞為未來式,且動詞與主詞為被動關係,空格應填現在簡單式,即選項(C) is resolved。

✦ 選項(A) resolves 為現在主動語態,選項(B) was resolved 為過去被動語態,選項(D) will resolve 為未來主動語態,皆不可選。

⊃ 了解原因

✦ 本題考的重點是 until 的用法。連接詞 until 表「一段時間、直到」,句中的 until 用來連結主要子句 The singer will not... album 與另一個子句 the contract...。當主要子句使用的是未來式時,until 後的動詞應使用現在式代替未來式,故空格

中不填選項(B)或(D)。

✦ 又從屬子句中的名詞 contract dispute 與動詞 resolve 在此應為被動關係，故不選(A)而選(C) is resolved。

➡ 靈活變通、舉一反三

✦ 補充：

前述連接詞 until 表「一段時間」，故主要子句應使用表達有持續性動作的動詞（如 wait, stay 等，如 The girl stayed in the room until her mother came．），不可使用表瞬間動作的動詞（如 realize, open, stop 等）。本句中的 not…until 表「直到...才」，主要子句可使用持續性或瞬間動作，也可用在倒裝句 Not until + 助動詞/be 動詞＋S.＋V.（如 Not until the dispute was resolved did the singer release a new album.）或是用強調句 it is/was not until… that （如 It was not until this month that the singer released a new album.）。

✦ 改寫：

1. The singer didn't release a new album until the contract dispute with the record label **was resolved**.（此時要選 was resolved）
   那個歌手在跟唱片公司的合約糾紛解決之後才出新專輯。

2. The singer will not be releasing a new album until he **resolves** the contract dispute with the record label.（此時要選 resolves）
   那個歌手在跟唱片公司的合約糾紛解決之前不會出新專輯。

Music
音樂 ❸

UNIT 159

❶❺❾ I always can't help ------- to listen to Sam Smith on a rainy day.

(A) want　(B) wanted　(C) to want　(D) wanting

中譯 (D) 下雨時我總是忍不住想聽 Sam Smith 的歌。

➲ 5 秒「秒殺」

✦ 看到整個句子目光直接鎖定「can't help -----to...」，空格前為 can't help，空格應填動名詞，即選項(D) wanting。

✦ 選項(A) want 為動詞原形，選項(B) wanted 為過去式動詞，選項(C) to want 為不定詞，皆不可選。

➲ 了解原因

✦ 本題考的重點是 can't help 的用法。本句中的 can't 為 cannot 的縮寫，help 不可解釋為「幫助」，片語 can't help 表達「禁不住、忍不住」，後方若是動詞，需使用動名詞，不使用不定詞或其他動詞形態。

✦ 本句以主詞 I 開頭，接上 can't help，後方動詞原為 want to listen

to…，因在 can't help 後方，應使用動名詞，改為 wanting to listen to...，故應選擇(D) wanting。

靈活變通、舉一反三

✦ 補充：

本句中的 can't help 也可改成另一個常見的說法 can't help but，但此時後方動詞則需使用原形（如 I can't help but think about him.），也有較不常見的結構 cannot but（如 I cannot but think about him.），後方同樣加上原形動詞。另一個同樣表「不得不、別無選擇」的片語為 have no choice but，後方需加上不定詞（如 I have no choice but to think about him.）。

✦ 改寫：

1 I always can't help but **want** to listen to Sam Smith on a rainy day.（此時要選 want）

下雨時我總是忍不住想聽 Sam Smith 的歌。

2 I have no choice but **to want** to listen to Sam Smith because my sister plays his songs all the time.（此時要選 to want）

我總是忍不住想聽 Sam Smith 的歌，因為我姐時常播他的歌。

Museums
博物館 ❶

UNIT 160

❶⑥⓪ The museum is facing closure ------- recession and budget cuts and many are preparing to protest.

(A) because of　(B) because　(C) since　(D) so

> **中譯** (A) 因為經濟不景氣與預算縮減，博物館將關閉，而許多人正準備抗爭。

➡ 5 秒「秒殺」

✦ 看到整個句子目光直接鎖定「facing closure ------ recession and budget cuts」，空格前後為因果關係，且後為名詞，空格應填適當的詞，即選項 (A) because of。

✦ 選項(B) because、選項(C) since 與選項(D) so 皆為連接詞，不可選。

➡ 了解原因

✦ 本題考的重點是意思相近的詞。本題中有一主要子句 The museum is facing closure，而後方是名詞 recession and budget cuts，在選項中僅能填入 because of 來表達因果關係，因為 because of 為介系詞，後方需使用名詞或動名詞。

✦ 而其他選項同樣可表達因果關係，但 because 與 since 皆為連接詞，因連接兩個子句，即後方應接上有主詞與動詞的句子，與空格後的名詞不符，不可選。而 so 同樣為連接詞，後方同樣須接上有主詞與動詞的子句，且 so 後方的子句表達的應為結果，而非原因，故本題同樣不可選。

➔ 靈活變通、舉一反三

✦ 補充：

一個意思相近的詞是 due to，與 because of 同樣是介系詞，後方應使用名詞，不可接句子。兩者雖意思相近，卻不可隨意替換，because of 是作為副詞的介系詞片語，用來修飾動詞或子句等，前方通常是完整子句（如 She was successful, because of hard work and good luck.）；然 due to 是作為形容詞的介系詞片語，用來修飾名詞，前方通常是名詞，不可是一般動詞（be 動詞不是一般動詞，可在 due to 前）或完整句子（如 Her success was due to hard work and good luck.）。

✦ 改寫：

1 The museum is facing closure **because/since** there is recession. （此時要選 because/since）

因為經濟不景氣，博物館將關閉。

2 There is recession, **so** the museum is facing closure. （此時要選 so）

因為經濟不景氣，所以博物館將關閉。

Museums
博物館 ❷

⑯ The museum is increasing guards and surveillance cameras for fear of ------- again.

(A) burglarized　　　(B) be burglarized

(C) being burglarized　(D) burglarizing

中譯▶ (C) 博物館將會增加警衛與監視器,以免再次遭偷竊。

5 秒「秒殺」

✦ 看到整個句子目光直接鎖定「for fear of -----」,空格前為 for fear of,選項中動詞與省略的主詞為被動關係,空格應填動名詞的被動語態,即選項(C) being burglarized。

✦ 選項(A) burglarized 為過去動詞主動語態,選項(B) be burglarized 為原形動詞被動語態,選項(D) burglarizing 為現在分詞,皆不可選。

了解原因

✦ 本題考的重點是 for fear of 的用法。介系詞片語 for fear of 意指「唯恐..、以免...」,表條件,後方應使用名詞或是動名詞,不可接上動詞或句子等。

✦ 本句空格前為 for fear of，後方若為動詞，應改為動名詞，故選項(A) 與(B)皆不可選。又 for fear of 後方指的是「博物館再次被偷」，動詞 burglarize 應使用被動語態 be burglarized，改為動名詞後為 being burglarized，故不選(D)而選(C)。

➡ 靈活變通、舉一反三

✦ 補充：

在「以免...」後方希望接上子句，則可改用 for fear that，且後方通常使用 may, might, should 等並接上原形動詞（如 The museum is increasing guards and surveillance cameras for the fear that they might be burglarized again.）。另有較正式的用法，即連接詞 lest，多於書面使用，帶有警惕語氣，結構為 … lest + S. + should + V.，因動詞前方有 should，故動詞應使用原形，而結構中的 should 基本上皆省略（如 We should all remind ourselves lest we forget.）。

✦ 改寫：

1 The museum is increasing guards and surveillance cameras for the fear that they may **be burglarized** again.（此時要選 be burglarized）

博物館將會增加警衛與監視器，以免再次遭偷竊。

2 The police has been following him for fear that he would **burglarize** again.（此時要選 burglarize）

警方一直跟監那個男人，以免他再次偷竊。

Museums
博物館 ❸

UNIT
162

162 As the exhibitions are periodically -------, I recommend visiting the museum whenever you feel like it.

(A) rearrangement (B) rearranging

(C) rearranged (D) rearrangeable

中譯 ▶ (C) 因為展出品會定期重新安排，我建議想去的時候就可以再去參觀。

🡆 5 秒「秒殺」

✦ 看到整個句子目光直接鎖定「exhibitions are periodically -----」，空格前為副詞，且主詞語動詞為被動關係，空格應填適當的動詞形態，即選項(C) rearranged。

✦ 選項(A) rearrangement 為名詞，選項(B) rearranging 為現在分詞，選項(D) rearrangeable 為形容詞，皆不可選。

🡆 了解原因

✦ 本題考的重點是詞性搭配與語態。本句由連接詞 as 連接兩個子句，故兩部分都會有主詞與動詞。本句空格在從屬子句中，前方有主詞 the exhibition 與副詞 periodically，而副詞修飾動詞

或形容詞，故選項(A)的名詞不可選。

✦ 動詞 rearrange 與主詞 exhibitions 應為被動關係，不應使用主動語態，若選擇(B)會與 be 動詞 are 形成現在進行式的主動語態，應選擇(C)與 be 動詞 are 形成現在簡單式的被動語態。另若填入選項(D)的形容詞，不足以成為主要子句的原因，與語意較不符，不選。

➡ 靈活變通、舉一反三

✦ 補充：

副詞是用來修飾動詞與形容詞的，但有一些特殊副詞，可用來修飾名詞或名詞片語（如 The exhibition tonight sounds interesting. 或 Even a child can create impressive paintings. 或 Almost everyone saw the report.），例句中的 tonight, even, almost 皆為副詞，其他可用來修飾名詞或名詞片語的副詞還有 only, such, merely, most, just, particularly, especially 等。有些人認為這種時候應該分析為形容詞，可不必太過拘泥於文法用語，而熟悉用法即可。

✦ 改寫：

1 The **rearrangement** of the exhibitions was able to attract more visitors for the museum.（此時要選 rearrangement）
展出品的重新安排為博物館吸引了更多觀眾。

2 The curator is **rearranging** the exhibitions for the reopening.（此時要選 rearranging）
館長正在為改裝開幕重新安排展品。

Media
媒體 ❶

UNIT 163

⓫According to the news report, the body was found ------- in the middle of the street with gunshot wounds.

(A) lying   (B) laying   (C) lay   (D) lie

中譯 ▶ (A) 根據新聞報導，屍體發現時倒在路中央，身上有槍傷。

➡ 5 秒「秒殺」

✦ 看到整個句子目光直接鎖定「the body was found -----」，空格前為 for fear of，空格應填適當的動詞形態，即選項(A) lying。

✦ 選項(B) laying 為原形動詞被動語態，選項(C) lay，選項(D) lie 為現在分詞，皆不可選。

➡ 了解原因

✦ 本題考的重點是分辨易混淆動詞與特殊動詞 find 的用法。動詞 find 為不完全及物動詞，後方必須要加上受詞與補語，句子的意思才會完整。而當後方的補語是動名詞時，通常指受詞正在進行某動作。

✦ 選項中的動詞 lay 有「放置、下蛋」等意思，變化為 lay-laid-laid，現在分詞為 laying，動詞 lie 有「躺、位於」等意思，變化為 lie-laylain，現在分詞為 lying。在本句中應使用表「躺」，且使用 Ving 表主動、發現時正躺著，即選項(A) lying。

靈活變通、舉一反三

✦ 補充：

例句選項中的動詞很容易讓人混淆，尤其當 lie 做「躺」而 lay 做「放置」意思時，但可記住 lie 為不及物動詞，故後方不加受詞，而 lay 為及物動詞，後方會有受詞（比較 I lie on the bed. 與 I lay my clothes on the bed.），需特別注意當「躺」lie 為過去式時，不應與原形的「放置」lay 搞混（如 I lay on the bed. 中的 lay 是「躺」lie 的過去式，判斷方式除語意外，可注意後方無受詞）。另外，當 lay 做「下蛋」解時，可作及物或不及物。而 lie 另有「說謊」的意思（如 You should never lie.），變化是規則的，為 lie-lied-lied，現在分詞則稍有變化，為 lying。

✦ 改寫：

1 My kid was really excited when he saw our goldfish **laying** eggs.（此時要選 laying）

我兒子看到我們的金魚下蛋的時候非常興奮。

2 The caption says "firefighters **lay** bodies of victims next to fire truck when they are removed from the remains of the crashed aircraft".（此時要選 lay）

照片的說明寫著「消防員將罹難者屍體從失事飛機的遺骸中移出後，將他們置於消防車的旁邊」。

164 Many people feel that the news media are devoting ------- less time to serious news coverage.

(A) more　(B) much　(C) the　(D) very

中譯 (B) 許多人覺得新聞媒體報導嚴肅的新聞的時間減少很多。

➲ 5 秒「秒殺」

✦ 看到整個句子目光直接鎖定「devoting ----- less」，空格前為動詞，後為 形容詞比較級，空格應填適當的副詞，即選項(B) much。

✦ 選項(A) more 本身為比較級或可與形容詞合成比較級，選項(C) the 用於最高級前，而選項(D) very 修飾最高級，皆不可選。

➲ 了解原因

✦ 本題考的重點是修飾比較級的副詞。當需要修飾形容詞時，應使用副詞，即使形容詞為比較級或最高級時，句中空格前為動詞 are devoting，空格後為形容詞 less 加上名詞 time。

✦ 因為 less 本身為比較級形容詞，故不可加與最

高級共用的選項(C) the 或是選項(A) more（與部分雙音節形容詞或三音節以上形容詞組成比較級，如 more common 或 more beautiful）。選項(B)與(D)為副詞，然而 very 不可修飾比較級，故不可選，空格中應填入選項(B) much。

➡ 靈活變通、舉一反三

✦ 補充：

其他可以修飾形容詞比較級的副詞還有 a lot, rather, a little, slightly, somewhat, even, any 等（如 His room is somewhat bigger than mine.），而修飾最高級的副詞則有 by far, very, easily 等（如 That house is by far the most expensive in town.），但應注意 very 應放在 the 與最高級之間（如 He is the very best.）。另，very 與 much 都做副詞時，very 還可修飾原形形容詞與副詞（如 very interested/interesting 與 very fast），而 much 還可修飾動詞與過去分詞的形容詞（如 want it so much 與 much interested）。

✦ 改寫：

1 Many people feel that the news media need to devote **more** time to serious news coverage.（此時要選 more）
很多人覺得新聞媒體需要再增加嚴肅新聞報導的時間。

2 Many people feel that the news organization provides its audience with the **very** best news coverage.（此時要選 very）
很多人覺得這家新聞機構提供給觀眾最好的新聞報導。

Media
媒體 ❸

165 The president-elect ------- about his vision for the country in his first interview with The Guardian.

(A) mentioned　(B) conveyed　(C) spoke　(D) expressed

中譯 (C) 總統當選人在他與衛報的第一次訪問中談及了他對國家的願景。

➡ 5 秒「秒殺」

✦ 看到整個句子目光直接鎖定「----- about」，空格前為主詞，後為介系詞 about，空格應填不及物動詞，即選項(C) spoke。

✦ 選項(A) mentioned、選項(B) conveyed 與選項 (D) expressed 為及物動詞，皆不可選。

➡ 了解原因

✦ 本題考的重點是不及物動詞。不及物動詞為後方不需受詞的動詞（如 It doesn't matter. 中的 matter 或 A bird appeared. 中的 appear），有些不及物動詞若後方想加上受詞，可使用介系詞。而及物動詞是後方會直接接上受詞的動詞（如 He likes dogs. 中的 like 或 I just cleaned my room. 中的 clean）。

✦ 本句空格前為主詞 the president-elect，後為介系詞 about 與受詞 his vision for the country，因為有介系詞，故空格內無法使用及物動詞，選項(A)、(B)與(D)皆為及物動詞，不可選，應填入選項(C)的不及物動詞。

➡ 靈活變通、舉一反三

✦ 補充：

及物動詞可區分為完全及物與不完全及物動詞，完全及物動詞後方必定會接上一個受詞（如 He wants a cellphone.），而不完全及物動詞則是後方需要受詞與補語以完整句子的意思（如 They consider the behavior to be rude.）。不及物動詞同樣可分為完全與不完全不及物動詞，完全不及物動詞後方不加受詞（如 An accident happened.），而不完全不及物動詞後方沒有受詞，但需要加上補語（如 You look happy. 中 look 後方沒有受詞，但需要補語 happy）。另，有些動詞可作及物也可作不及物動詞，端看意思（如 He runs. 中 run 為不及物，He runs a business. 為及物動詞）。

✦ 改寫：

1 The president-elect **spoke** to world leaders in the summit.（此時要選 spoke）總統當選人在高峰會與各國領袖談話。

2 The president-elect **mentioned/conveyed/expressed** his vision for the country in his first interview with The Guardian.（此時 mentioned/conveyed/expressed 都可能）總統當選人在他與衛報的第一次訪問中提及/傳達/表達了他對國家的願景。

Dentist's Office
看醫生 ❶

UNIT 166

⓪ With the help of the latest technology, your doctor can better

------- your condition.

(A) diagnostic　(B) diagnosis　(C) diagnose　(D) diagnosable

中譯 ▸ (C) 有了最新科技的幫助，你的醫生更能準確的診斷你的狀況。

---

5 秒「秒殺」

✦ 看到整個句子目光直接鎖定「can better -----」，空格前為助動詞 can 與副詞 better，空格應填原形動詞，即選項(C) diagnose。

✦ 選項(A) diagnostic 為形容詞，選項(B) diagnosis 為名詞，選項(D) diagnosable 為形容詞，皆不可選。

了解原因

✦ 本題考的重點是詞性分析。better 可作為形容詞，但也可作副詞。在主要子句 your doctor can… 中因為有助動詞 can，後方應有動詞，又空格後僅有一名詞片語 your condition，故空格應填入動詞，即選項(C)，而前方 better 則是解釋為副詞，修飾動詞 diagnose。

✦ 選項(A)與選項(D)為形容詞，由字尾 -ic 與 -able 可推測詞性，而選項 (B)為名詞，由字尾 -sis 可推測詞性。英文句子裡必定會有動詞，若填入以上選項中非動詞的字，則句子無主要動詞，故皆不可選。

⟶ 靈活變通、舉一反三

✦ 補充：

判斷副詞與形容詞時，如前面章節說過的，可藉由字尾協助判斷詞性。但有些字的副詞與形容詞同形，需特別注意，除本題的 better，還有如 fast, hard, high, near, deep, low, long, late, early, weekly, monthly 等（如 He's a hard worker. 與 He works hard. 或 I'm subscribed to the weekly newsletter. 與 I read the newsletter twice weekly.）。另，副詞的位置相對來說較自由，有可能在句首、句中或句尾，端看副詞類型或修飾的成分（修飾整句或是某個字詞），但若如本句在句中，通常會置於 be 動詞或助動詞後，一般動詞前。

✦ 改寫：

1 With the help of the latest technology, your doctor can provide a better **diagnosis** for your condition.（此時要選 diagnosis）

有了最新科技的幫助，你的醫生更能就你的狀況提供準確的診斷。

2 With the help of the latest technology, better **diagnostic** results can be achieved.（此時要選 diagnostic）

最新科技幫助取得更好的診斷結果。

Dentist's Office
看醫生 ❷

UNIT
167

❼ When you've come down with a cold, ------- is actually no better
cure than rest and fluids.

(A) it (B) when (C) as (D) there

中譯 (D) 感冒的時候，最好的治療其實就是休息和補充水分。

➡ 5 秒「秒殺」

✦ 看到整個句子目光直接鎖定「----- is actually
no better cure」，空格後為名詞片語 better
cure，空格應填適當的主詞，即選項(D) there。

✦ 選項(A) it 為代替較長的主詞或是講特定主題時
使用的虛主詞，與後方名詞片語不符，不選。選

項(B) when 與選項(C) as 為連接詞，皆不可選。

➡ 了解原因

✦ 本題考的重點是區分虛主詞 there 與 it。英文
句子中，除非是祈使句（如 Finish your
homework now.），否則一定會有主詞。選項(B)
與(C)為連接詞，用來連接兩個子句，若填入這兩
個選項，則主要子句沒有主詞，不可選。

✦ 而選項(A)與選項(D)都可作為虛主詞。虛主詞 it 可用來代替較長的真主
詞（如 It is hard for me to get up early in the morning.）或是當談論

如「天氣或時間」時（如 It's getting cold. 或 It's almost five o'clock.）。而 there 同樣是個虛主詞，用來引出新主題或表達存在，故後方會是名詞或名詞片語（如 There was a seminar and I learned a lot. 或 There are many participants.）。本題空格後方為名詞片語 better cure，故應使用 there，即選項(D)。

➡ 靈活變通、舉一反三

✦ 補充：

例句中的 there is 用來表達存在，中文可翻成「有」，單數使用 there is 而複數則需改成 there are，比較虛主詞 it，只能使用單數動詞（is, was 等）。但可注意的是，有時 there 雖引導兩樣以上的東西，但因後方接的東西為單數（如 a book），習慣會使用 there is 非 there are，聽起來較不突兀（如 There is a book and some pens on the table.）。另 there is/ there are 因翻為「有」，需特別小心不能誤用為 there has/ there have。另外，片語 come in 也可能翻成「有」，通常用來指商品在市場上的狀態、可取得的顏色、尺寸等（如 The sunglasses come in three colors.）。

✦ 改寫：

1 When you've come down with a cold, **it** is actually better to rest and drink plenty of fluids.（此時要選 it）感冒的時候，其實最好休息與多補充水份。

2 You don't always have to go to a doctor, **as** there is actually no better cure than rest and fluids.（此時要選 as）你不一定要每次都去看醫生，因為最好的治療其實就是休息和補充水分。

Dentist's Office
看醫生 ❷

UNIT 168

❶❻❽ Emergency rooms do not refuse care to people who need it, ------- do they provide the service for free.

(A) nor　(B) so　(C) but　(D) only

中譯 ▸ (A) 急診室不會拒絕有治療需要的人，但他們也不會免費提供服務。

➡ 5 秒「秒殺」

✦ 看到整個句子目光直接鎖定「do not… ----- do they」，空格前的句子是否定語氣，後方子句倒裝，且也想表達否定語氣，空格應填適當的連接詞，即選項(A) nor。

✦ 選項(B) so 與選項(C) but 後方子句不倒裝，選項(D) only 倒裝表強調，皆與本句不合，不可選。

➡ 了解原因

✦ 本題考的重點是 nor 的用法。連接詞 nor 可用來連接兩個子句，然而，第一個子句必須是否定句，且由 nor 帶領的子句必須倒裝。本題以一個子句開頭 Emergency rooms do not…，且為否定句，空格後又有另一子句，且為倒裝句 do they

provide…，故空格應填入 nor，表「也不」，連接一否定句與一倒裝句。

✦ 連接詞 so 與 but 雖可連接兩個子句，但後面的子句不應倒裝，故不選。而 only 倒裝時，通常放句首，且後方接副詞（如 Only when we are silenced do we realize the importance of our voices.），與本句不符，不選。

➡ 靈活變通、舉一反三

✦ 補充：

一般連接詞（如 and, but, or）除連接兩個子句外，也可連接字詞或片語（如 an accountant and a project manager），但本句中的 nor（與 so 或 for），都只能連接子句（而如前述 nor 更特別在前一子句必須為否定句）。副詞 neither 同樣可以用來引導另一個否定句，後方主詞與助動詞倒置（如 She didn't want to go, and neither did I.），而 neither 會與 nor 共用形成連接詞，表達「既不是…也不是…」，必須連接兩個對等的字詞、片語或子句（如 I neither like nor detest the color. 或 Neither he nor I am interested.），且動詞會依最近的主詞變化，如前方第二句動詞使用 am。

✦ 改寫：

1 This emergency room does not offer care to everyone, **but** they do provide the service for free.（此時要選 but）
這家急診室不服務所有人，但他們的服務是免費的。

2 This emergency room provides the service for free, but **only** if you can provide proof of your poverty status.（此時要選 only）
這家急診室的服務是免費的，但只有你能證明你生活貧窮才行。

Dentist's Office
看牙醫 ❸

169 Many people in remote areas cannot afford basic needs, ------- visit the dentist for regular dental care.

(A) not to mention　　(B) let alone

(C) to say nothing of　　(D) not to speak of

中譯 ▶ (B) 很多在偏遠地區的人無法負擔基本需求，更不用說找牙醫做定期護理。

5 秒「秒殺」

✦ 看到整個句子目光直接鎖定「cannot afford basic needs, ----- visit」，空格前為否定句，後方為原形動詞，空格應填適當的字詞，即選項(B) let alone。

✦ 選項(A) not to mention、選項(C) to say nothing of 與選項(D) not to speak of 雖有類似意思，但後方須接動名詞，皆不可選。

了解原因

✦ 本題考的重點是相似片語的不同用法。片語 let alone 表達「更不用說」，用來講述兩個否定語句，而 let alone 放在第二個否定語句前，強調第二個否定語句的更低可能性。選項中的片語都可表達「更不用說」，然而選項(A)、(C)與(D)因為

mention 以及介系詞 of 的關係，後方必須使用動名詞（或名詞），而 let alone 則基本上會與前方子句的動詞相搭配，使用同樣的形式。

✦ 本句空格後為原形動詞 visit，故不可填入(A)、(C)或(D)，應填入選項 (B)，即 let alone（前方為動詞 afford，故後方也使用原形動詞 visit）。另，以上片語的前方都需逗號。

➡ 靈活變通、舉一反三

✦ 補充：

本句中的 let alone 後方子句中若有與第一個子句重複的字詞，基本上都可省略，故 let alone 後方可接動詞也可接名詞（如 We can't afford a sofa, let alone a house.）。又 let alone 只能用在否定句中，但 not to mention, to say nothing of, not to speak of 否定句與肯定句都可使用（肯定句如 They have big houses all around the world, not to mention one here in Australia.）。

✦ 改寫：

1 Many people in remote areas cannot afford basic needs, **not to mention/to say nothing of/ not to speak of** visiting the dentist for regular dental care.（此時除 let alone 外都可選）
很多在偏遠地區的人無法負擔基本需求，更不用說找牙醫做定期護理。

2 People in this area travel around the world all the time, **not to mention/to say nothing of/ not to speak of** visiting the dentist for regular dental care.（此時除 let alone 外都可選）
這個區域的人們時常環遊世界，更別說找牙醫做定期護理。

Dentist's Office
看牙醫 ❷

UNIT 170

⑰Most people prefer using ceramic dental crowns ------- using gold crowns for dental restoration because the former ones look more natural.

(A) from　(B) to　(C) of　(D) more than

中譯 ▶ (B) 大部分人的補牙偏愛使用陶瓷，而不是金，因為前者看起來比較自然。

➡ 5 秒「秒殺」

✦ 看到整個句子目光直接鎖定「prefer... -----」，空格前方為 prefer，接著兩個比較的事物，空格應填適當的介系詞，即選項(B) to。

✦ 選項(A) from 、選項(C) of 與選項(D) more than 皆與 prefer 不合，不可選。

➡ 了解原因

✦ 本題考的重點是 prefer 的用法。動詞 prefer 表達「兩個之中更偏好...」，為及物動詞，後方必須有受詞，可接不定詞、動名詞、名詞或 that 子句。當在同一個句子寫出比較的兩樣東西時，基本上會使用 to（如 I prefer coffee to tea.）。

✦ 本句中主詞 most people 後跟著主要動詞 prefer，後方接著兩樣比較的事物，以動名詞形式出現（using ceramic dental crowns 與 using gold crowns），故中間應該使用介系詞 to，即選項(B)。

➡ 靈活變通、舉一反三

✦ 補充：

如前述，使用 prefer 時，比較的兩樣東西中間使用 to，但 over 也會被拿來替代（如 I prefer coffee over tea.），甚至當前方使用不定詞時，也會使用 rather than（如 I prefer to drive to work rather than walk. 後方不定詞 to walk 的 to 會省略）。另也可使用聽起來可能較有禮貌的 would prefer，但注意不可接動名詞（would prefer N. to N. 或 would prefer to V. rather than to V.）。另一個可用來表達「偏愛」的片語還有 would rather，後方接原形動詞（如 I'd rather use ceramic crowns than use gold crowns.）。

✦ 改寫：

1 Most people prefer using ceramic dental crowns **more than** gold crowns for dental restoration.（此時要選 more than）
大部分人的補牙偏愛使用陶瓷甚過於金。

2 Patients can demand any treatment they prefer **from** their doctor.（此時要選 from）
病人可向醫生要求任何他們比較想要的療法。

Dentist's Office
看牙醫 ❸

171 There are two ways to treat gum diseases, receiving dental treatment and practicing good oral hygiene, and the ------- is more important.

(A) last　(B) lately　(C) later　(D) latter

中譯 ▶ (D) 治療牙周病有兩種方法：口腔治療與良好的口腔衛生習慣，而後者更加重要。

➡ 5 秒「秒殺」

✦ 看到整個句子目光直接鎖定「two ways…, and the ----- is」，空格前方有兩個選項，空格應填可表示兩者中後者的選項(D) latter。

✦ 選項(A) last 表「最後」，選項(B) lately 表「最近」，選項(C) later 表「待會」，皆不可選。

➡ 了解原因

✦ 本題考的重點是 latter 的用法。形容詞 latter 用來指「兩者中的後者」，也可作為代名詞，會與 the 合用。本句開頭引介兩種方式 there are two ways…，並指出此兩種方式 receiving dental treatment 與 practicing good oral hygiene，又空格前為 the，後為 is，應選擇 latter 來表示兩者中的後者。

✦ 選項中 last 表「排名最後或順序中的最後一個」，也可與 the 連用，來談論三者以上中的最後一項，故本題不選。而副詞 lately 與形容詞/副詞 later 語意上都與本題不合，同樣不選。

➡ 靈活變通、舉一反三

✦ 補充：

句中的 the latter 可與 the former 「兩者中的前者」對照使用。選項中皆為可能搞混的字詞，應清楚分辨。另也應區分 last 與 latest，如前述，last 指「順序中的最後一個」（如 He was the last student to come in. 或用來說明多個項目 first⋯ second⋯ third⋯ last...），而 latest 則是用來表示資訊等「最新（出來）的」（如 I finally got his latest album.）。說明多個項目時，也可使用 firstly⋯ secondly⋯ thirdly⋯lastly，雖 lastly 對有些人來說聽起來較不習慣，可改用 finally，但 finally 也用來指「（經過長時間或辛苦後）終於」（而相似的詞 at last 則是隱含不耐煩的「終於」）。

✦ 改寫：

1 Something came up and I had to postpone my appointment with the dentist to a **later** time.（此時要選 later）

突然有急事，因此我必須把看牙醫的時間往後延。

2 If you've seen blood in your sink when you brush your teeth **lately**, you might want to go to your dentist for a checkup.（此時要選 lately）

如果最近刷牙時，在洗手台會看到血的話，你可能需要去給牙醫檢查一下。

1 一般商務、辦公室
2 人事、採購、財務與預算
3 經營管理
4 餐廳與活動、旅行
5 娛樂、健康

Health Insurance
健康保險 ❶

UNIT 172

⑰ If you have health insurance, all you need to do is ------- your insurance card when you go to the doctor.

(A) show   (B) showed   (C) shown   (D) showing

中譯 (A) 如果你有健保的話，你只需要在看醫生的時候顯示你的健保卡即可。

⇨ 5 秒「秒殺」

✦ 看到整個句子目光直接鎖定「all you need to do is -----」，空格前為片語 all...is，空格應填不定詞，且 to 省略，即選項(A) show。

✦ 選項(B) showed 為動詞過去式，選項(C) shown 為過去分詞，選項(D) showing 為現在分詞，皆不可選。

⇨ 了解原因

✦ 本題考的重點是 all… do 的用法。此類句型中 all…do 為主詞，且此種主詞基本上會視為單數整體，故 be 動詞使用第三人稱單數，而後方主詞補語中的動詞會使用不定詞，且 to 會省略（如 All she could do was (to) stand there and watch.）。

✦ 本句中的主要子句以 all you need to do 開頭，後方為單數動詞 is，而後方動詞應使用 to 省略後的不定詞，故空格中應填入選項(A) show，而不選其他動詞形態。

➡ 靈活變通、舉一反三

✦ 補充：

如前方說過本句型中後方主詞補語的不定詞會省略 to，但這基本上是在主詞中有 do 時，當主詞中沒有 do 時，則會保留 to（如 All I want is to stay with him.）。另，all 在主詞中可能代表單數或複數，當指的是不可數的事物、虛有的事物或可視為一個整體的事物，動詞會使用單數（如 All the food was delicious. 或 All he eats is pizza），但若接複數名詞或是代表的是複數事物，則會使用複數動詞（如 All men are created equal.）。

✦ 改寫：

1 All staff believe that **showing** appreciation at work is of vital importance.（此時要選 showing）

所有的人員都相信在工作場合表達感激是很重要的。

2 All health insurance plans are **shown** in the report.（此時要選 shown）

所有的健保方案都列在報告中。

Health Insurance
健康保險 ❷

UNIT 173

⒔ The healthcare system in Taiwan promises that the rich as well as the poor ------- equal access to healthcare.

(A) enjoy　(B) enjoys　(C) enjoyed　(D) is enjoying

中譯▶ (A) 台灣的健保系統承諾富者與窮者都能平等享有健保。

5 秒「秒殺」

✦ 看到整個句子目光直接鎖定「the rich as well as the poor -----」，空格前方有 as well as，空格應填搭配遠方主詞的動詞，即選項(A) enjoy。

✦ 選項(B) enjoys 為動詞第三人稱單數，選項(C) enjoyed 為過去式動詞，選項(D) is enjoying 為進行式動詞，皆不可選。

了解原因

✦ 本題考的重點是 as well as 的用法。連接詞 as well as 表達「以及、是...而且...也是」，用來連接兩個字詞、片語或子句。當 as well as 用來連接兩個主詞時，動詞應該依遠方主詞變化。本句 that 子句中以 as well as 連接兩個主詞 the rich 以及 the poor，而空格後為受詞 equal access to healthcare，故空格應

填動詞，且須配合較遠的主詞 the rich。

✦ 又 the 加上形容詞當名詞時，會視為複數名詞，如本句中 the rich 等同 rich people，故使用的動詞應為可搭配複數名詞的動詞，即選項 (A)。

靈活變通、舉一反三

✦ 補充：

應注意 as well as 是用來連接兩個地位不平等的語句，即 as well as 引導的部分為附加說明，是聽者早已知道的訊息，而句子剩下的部分則是想提供的新訊息，故不能替代 and，對等連接詞 and 是用來連接兩個有同等重要性的資訊，as well as 與 not only… but also… 較相似。

另外，當連接兩個動詞時，後方的動詞應使用動名詞（He did the dishes as well as finishing the laundry.）。

✦ 改寫：

1 The law states that he as well as you **enjoys** the same rights.（此時要選 enjoys）

法律規定他和你都享有同樣的權利。

2 Children as well as adults **enjoyed** themselves at the event last week.（此時要選 enjoyed）

小孩與大人在上週的活動都玩得很開心。

1 一般商務、辦公室

2 人事、採購、財務與預算

3 經營管理

4 餐廳與活動、旅行

5 娛樂、健康

⑰ I'm not going to take the employer-sponsored plan; -------, I'll look for my own health plan.

(A) because of　(B) rather than　(C) instead of　(D) instead

中譯 (D) 我不會參加雇主提供的健保,而是自己找健保計畫。

➡ 5 秒「秒殺」

✦ 看到整個句子目光直接鎖定「**not going to⋯;-----, I'll...**」,空格前後為相反的兩個完整句子,且空格後有逗號,空格應填副詞,選項(D) instead。

✦ 選項(A) because of 、選項(B) rather than 與選項(C) instead of 為介系詞,皆不可選。

➡ 了解原因

✦ 本題考的重點是 instead 的用法。副詞 instead 表「反而、卻」,引導一個替代的選擇,通常置於句首或句尾,在句首時需接著一個逗號。

✦ 本題為兩個獨立的句子 I'm not going to⋯ 以及 I'll look for⋯,以分號區隔,而空格後方有逗號,空格應填入副詞的 instead。其他選項中的連接詞或介系詞片語後方都

應該接名詞或動名詞，不接子句，且後方不使用逗號，故本題不可選。

靈活變通、舉一反三

✦ 補充：

選項中 instead, instead of, rather than 都可用來表示「反而、替代」，但用法上稍有不同。如前述，instead 為副詞，通常用在句首或句尾；而 instead of 與 rather than 為介系詞，兩者後方都應使用名詞或動名詞。另外，instead 與最後執行的動作或選擇共用，且前面的句子通常是否定句（如 He didn't go to the party. He went to the library instead. 最後執行的動作是 went to the library），而 instead of 或 rather than 則接在最後沒執行的動作或選擇前，兩者基本上可替換（如 Instead of /Rather than going to the party, he went to the library.）。另外，rather than 也可做連接詞。

✦ 改寫：

1 I'll look for my own health plan **because of** the restrictions of the employer-sponsored plan.（此時要選 because of）
我會自己找健保計畫，因為雇主提供的健保有限制。

2 I'll look for my own health plan **instead of/rather than** taking the employer-sponsored plan.（此時要選 instead of/rather than）
我不會參加雇主提供的健保，而是自己找健保計畫。

Hospitals
醫院 ❶

UNIT **175**

⑰ The study showed that patients at the worst hospitals were three times ------- to die than patients at the best hospitals.

(A) likely　(B) more likely　(C) most likely　(D) much likely

> **中譯** (B) 研究顯示在最差醫院的病人的死亡機率比在最好醫院的病人的死亡機率高出三倍。

⊃ 5 秒「秒殺」

✦ 看到整個句子目光直接鎖定「three times -----to die than」，空格前方有倍數，空格應填比較級形容詞，即選項(B) more likely。

✦ 選項(A) likely 為形容詞原形，選項(C) most likely 為形容詞最高級，選項(D) much likely 為程度副詞加形容詞，皆不選。

⊃ 了解原因

✦ 本題考的重點是倍數的用法。當要使用倍數來表示差異時，有幾種表示方法，其中之一為「倍數詞 + 形容詞比較級 + than」，表示「是...的幾倍...」，而倍數詞包含 half（一半）、twice（兩倍）與 … times（三倍以上，如 three times, four times 等）。

✦ 本句空格前為倍數 three times，後方有與比較級共用的 than，故空格內應使用形容詞比較級，即選項(B)。

➡ 靈活變通、舉一反三

✦ 補充：

倍數的表示方法尚有「倍數詞 + as + 形容詞原形 + as」，表示的意思與使用比較級相同（如 three times as likely to die as⋯），此句型中需使用原形的形容詞。另也可使用名詞來表達同樣的倍數差異，結構會是「倍數詞 + the 名詞 + of」（其中名詞通常為 size, length, depth, width, quantity, amount 等，如 die at three times the rate as）。以上兩種句型可互換（His room is twice as big as mine. = His room is twice the size of mine.）。

✦ 改寫：

1 The study showed that patients at the worst hospitals were three times as **likely** to die as patients at the best hospitals.（此時要選 likely）

研究顯示在最差醫院的病人的死亡機率是在最好醫院的病人的三倍。

2 The study showed that patients at the worst hospitals were three times **much more likely** to die than patients at the best hospitals.（可使用 much more likely）

研究顯示在最差醫院的病人的死亡機率比最好醫院的病人的死亡機率更高過於三倍。

Hospitals
醫院 ❷

UNIT 176

❶⑦⑥ The state-of-the-art hospital in a remote area in India is in fact ------- bamboo.

(A) made of　(B) made from　(C) made to　(D) made with

中譯 (A) 那家在印度偏遠地區，擁有最先進技術的醫院其實是以竹子蓋成的。

5 秒「秒殺」

✦ 看到整個句子目光直接鎖定「the state-of-the-art hospital…is ----- bamboo」，空格前方主詞為醫院，後方受詞為材料，空格應填可表本質不變的片語，即選項(A) made of。

✦ 選項(B) made from 表本質有改變，選項(C) made to 表「為...而做」，選項(D) made with 表食材，皆不可選。

了解原因

✦ 本題考的重點是不同介係詞與動詞的搭配。不同介係詞表示不同意思，故不同動詞可能會有不同的慣性搭配的介係詞，而有時一個動詞可能使用不同介係詞，且帶有不同意思。動詞 make 則常以被動語態接上不同介系詞，來表達「由...做

成」。

✦ 本句主詞為 hospital，動詞為 make，故應使用被動語態。又受詞為建材 bamboo，本質並不改變，還可看得出此建材的樣子，故應使用 made of。但若製作過程中材料產生了變化，會使用 made from。而 made with 通常在講述食材時使用。介系詞 to 代表「向著某個目標」，made to 表「為...而做」。

➜ 靈活變通、舉一反三

✦ 補充：

前述的 made to 後方通常接原形動詞，表達「為了 V. 而做」（如 Rules are made to be broken.）。另有類似的 made up of，通常表「由（數個部份）組成」，後方通常是複數（如 The hospital is made up of several departments.），可表相同意思的還有 be composed of 以及通常使用主動的 consist of, comprise, contain 等（如 The hospital consists of several departments.）。另外不同介系詞與動詞的搭配例子還有包含前述的 think of, think about, pick up, pick out, look up, look into, turn up, turn down, fill in, fill out, carry on, carry out, come up with, put up with 等。

✦ 改寫：

1 The hospital uses scrubs **made from** organic cotton.（此時要選 made from）這家醫院使用的手術服是由有機棉做成的。

2 The dish is **made with** beef, sliced potatoes, and gravy.（此時要選 made with）這道料理是用牛肉、切片的馬鈴薯以及肉汁做成的。

Hospitals
醫院 ③

⑰ The doctor took a full medical history and performed a detailed ------- to find out the real cause of her abdominal pain.

(A) examined　(B) examine　(C) examination　(D) examining

中譯 (C) 醫生詢問完整的病史並進行詳細的檢查，以找出她腹部疼痛的真正原因。

⇒ 5 秒「秒殺」

✦ 看到整個句子目光直接鎖定「performed a detailed ----- 」，空格前方有冠詞與形容詞，空格應填名詞，即選項(C) examination。

✦ 選項(A) examined 為過去式動詞，選項(B) examine 為原形動詞，選項(D) examining 為動名詞，皆不可選。

⇒ 了解原因

✦ 本題考的重點是形容詞修飾名詞。本句只需專注在主要部分 The doctor… a detailed -------。主詞為 the doctor，主要動詞有 took（加受詞 a full medical history）以及 performed（加受詞 a detailed…）。空格前有不定冠詞 a，後方

detailed 應解讀為形容詞，而後方沒有名詞，故空格應填入名詞 examination 作為受詞

✦ 選項(B) examine 為動詞，而選項(A) examined 與選項(D) examining 不論解讀為動詞或形容詞，在此都不可使用。另 examining 可做動名詞，而動名詞雖可作名詞使用，卻不以形容詞修飾。

靈活變通、舉一反三

✦ 補充：

先前章節提過，形容詞修飾名詞與代名詞，而副詞可用來修飾動詞、形容詞或副詞。必須注意的是，動名詞（如 examining, eating, spending 等），雖作名詞使用，但大部份時候因本身仍保有動詞性質，不以形容詞來修飾，而是使用副詞修飾（如 Crossing the street quickly is important.）；但若特別強調動名詞的名詞性質（如...的行為），有時也可使用形容詞修飾（如 That's quick thinking.）。

✦ 改寫：

① The doctor took a full medical history and **examined** the patient carefully.（此時要選 examined）
醫生詢問完整的病史並詳細檢查病患。

② The doctor took a full medical history and spent much time **examining** the patient.（此時要選 examining）
醫生詢問完整的病史並花時間詳細檢查病患。

Pharmacy
藥房 ❶

UNIT 178

❶❼❽ Sometimes the information about a medicine given by the doctor is different from ------- given by the pharmacist.

(A) it　(B) they　(C) that　(D) those

中譯 ▶ (C) 有時關於某種藥物的資訊，醫生說得和藥師說得不一樣。

5 秒「秒殺」

✦ 看到整個句子目光直接鎖定「the information… ----- is different from」，主要動詞 is 與形容詞 different 前後應為比較的兩樣東西，空格應填適當的指示代名詞，即選項(C) that。

✦ 選項(A) it 為人稱代名詞，選項(B) they 為人稱代名詞，選項(D) those 為複數指示代名詞，皆不可選。

了解原因

✦ 本題考的重點是指示代名詞。指示代名詞用來指代已知或是特定的名詞，包含 this, that, these, those, such 等，可作主詞，也可作受詞。又當比較同類型事物時，為避免重複，可使用指示代名詞中的 that 與 those 來代替（注意不使用其他代

名詞），單數使用 that，複數使用 those，後方接修飾詞。

✦ 本句中 is different from 可看出是在做比較，前方的事物為 information about a medicine (given by the doctor)，而後方是 information about a medicine (given by the pharmacist)，因 information 重複，且屬於不可數名詞，應使用單數的 that 來代替。

➡ 靈活變通、舉一反三

✦ 補充：

前面說過替代未指定的事物可使用不定代名詞 one 與 ones (如 The dress is so cute. I want one, too.)。若是有特指的則可在前方加上 the（如 Our fate is different from the one we imagined.），

有時 the one 或 the ones 可與 that 或 those 替換，但若是前方有修飾語，只能使用 the one/ the ones（如 the big one/ ones），若後方有 of 加修飾語時只能使用 that 或 those（如 The population of Indonesia is larger than that of Japan.），且若代替單數的人時，只能用 the one（特指複數的人時 the ones 或 those 都可使用）。

✦ 改寫：

1 Sometimes the medicines given by the doctor are different from **those** given by another doctor.（此時要選 those）

有時一個醫生給的藥會跟另一個醫生給的不同。

2 The information about the medicine given by the doctor is different from **it/that**.（此時可選 it/that）

醫生給的藥物資訊跟這個/那個不同。

Pharmacy
藥房 ❷

UNIT 179

⑰When it comes to -------, following directions carefully is most important.

(A) medical　(B) medication　(C) medicate　(D) medicated

中譯 ▶ (B) 當說到藥物時,小心遵循說明是最重要的。

➡ 5 秒「秒殺」

✦ 看到整個句子目光直接鎖定「When it comes to -----」,空格前為介系詞,空格應填名詞,即選項(B) medication。

✦ 選項(A) medical 為形容詞,選項(C) medicate 為原形動詞,選項(D) medicated 為過去分詞,皆不可選。

➡ 了解原因

✦ 本題考的重點是 when it comes to 的用法。片語 when it comes to 表達「談到...時」,用來指出正在談論的特定主題,其中 to 為介系詞,後面應該接名詞或動名詞,後方接主要子句,主要子句可以是肯定句或是疑問句。

✦ 本句中以 when it comes to 帶出主題，後方接完整子句 following directions carefully is…。空格出現在 when it comes to 後，空格應填入名詞或動名詞，故只能填入 medication。

靈活變通、舉一反三

✦ 補充：

主要子句與 when it comes to 帶出的子句可交換順序，中間都會以逗號分開。而 when it comes to 也可和 speaking of 替換，後方同樣使用名詞或動名詞，通常放句首，後方使用逗號。另外類似可用來指出談論的主題的片語還有 as for...、as far as... is/ are concerned、with regard to...、with respect to... 與 in relation to... 等，以上皆是介系詞結尾，故後方也接上動名詞或名詞。

✦ 改寫：

1 Speaking of **medication**, following directions carefully is most important.（此時要選 medication）

當說到藥物時，小心遵循說明是最重要的。

2 As far as **medication** is concerned, following directions carefully is most important.（此時要選 medication）

當說到藥物時，小心遵循說明是最重要的。

Pharmacy
藥房 ❸

UNIT 180

⓭⓪ In recent years, several cases of counterfeit drugs have been -------- in both developed and developing countries.

(A) reported　(B) reporting　(C) report　(D) reportage

中譯 (A) 近年來,好幾起假藥事件在已開發和開發中國家都被報導。

➡ 5 秒「秒殺」

✦ 看到整個句子目光直接鎖定「cases of counterfeit drugs have been -----」,空格前 have,且主詞與動詞的關係為被動,空格應填現在完成被動,即選項(A) reported。

✦ 選項(B) reporting 為現在分詞,選項(C) report 為原形動詞,選項(D) reportage 為名詞,皆不可選。

➡ 了解原因

✦ 本題考的重點是區分主動與被動語態。當主詞是從事某個動作的主事者時,會使用主動語態,而主詞是某個動作的接受者時,則須使用被動語態(即 be 動詞 + p.p.),而時態的變化會表現在 be 動詞上。

✦ 本句的主詞為 several cases of counterfeit drugs，後方為副詞 in both...countries，句中沒有主要動詞，空格應填入動詞。若將 been 解釋為主要動詞，後方應接形容詞或名詞，但語意不合。動詞為 report，主詞應為動作的接受者，應使用被動語態。又前方有 in recent years，故時態使用現在完成式 have been reported。

靈活變通、舉一反三

✦ 補充：

英文中大部份時候偏好使用主動語態，但在需強調動作的接受者、主事者未知或是想避免談及主事者等的情況下，便應使用被動語態。**另外，應注意只有及物動詞才有被動語態，不及物動詞因為沒有受詞，故無法改為被動語態。**且如前述，時態變化僅表現在 be 動詞上，如現在進行式的 The minister is being investigated. 或未來完成式的 They predict that 2018 will have been the worst year. 時態變化皆僅在 be 動詞上。

✦ 改寫：

1 All news outlets have been **reporting** the most recent case of counterfeit pills.（此時要選 reporting）

所有的媒體與報社都在報導最近的一起假藥丸事件。

2 There has been much **reportage** of counterfeit medication in the country.（此時要選 reportage）

在那個國家已有好幾起假藥的報導。

考用英語系列 003

首選必考新多益文法：金色證書

作　　者	倍斯特編輯部
發 行 人	周瑞德
執行總監	齊心瑀
行銷經理	楊景輝
企劃編輯	陳韋佑
封面構成	高鍾琪

內頁構成	菩薩蠻數位文化有限公司
印　　製	大亞彩色印刷製版股份有限公司
初　　版	2017 年 9 月
定　　價	新台幣 429 元
出　　版	倍斯特出版事業有限公司
電　　話	(02) 2351-2007
傳　　真	(02) 2351-0887
地　　址	100 台北市中正區福州街 1 號 10 樓之 2
E - m a i l	best.books.service@gmail.com
網　　址	www.bestbookstw.com

港澳地區總經銷	泛華發行代理有限公司
地　　　　址	香港新界將軍澳工業邨駿昌街 7 號 2 樓
電　　　　話	(852) 2798-2323
傳　　　　真	(852) 2796-5471

國家圖書館出版品預行編目(CIP)資料

首選必考新多益文法：金色證書/郭玥慧, Jin Ha Woo
著. -- 初版. -- 臺北市：倍斯特, 2017.09　面 ；
公分. -- (考用英語系列 ； 3)　ISBN
978-986-95288-0-1(平裝)

1. 多益測驗 2. 語法

805.1895　　　　　　　　106013882